동명왕의
노래

동명왕의
노래

이규보 씀
김상훈, 류희정 옮김

보리

겨레고전문학선집을 펴내며

우리 겨레가 갈라진 지 반백년이 넘어서고 있습니다. 그러나 함께 산 세월은 수천, 수만년입니다. 겨레가 다시 함께 살 그날을 위해, 우리가 함께 한 세월을 기억해야 합니다.

옛부터 우리 겨레가 즐겨 온 노래와 시, 일기, 문집 들은 지난 삶의 알맹이들이 잘 갈무리된 보물단지입니다.

그동안 남과 북 양쪽에서 고전 문학을 되살리려고 줄곧 애써 왔으나, 이제껏 북녘 성과들은 남녘에서 좀처럼 보기 어려웠습니다.

북녘에서는 오래 전부터 우리 고전에 깊은 관심과 사랑을 보여 왔고 연구와 출판도 활발히 해 오고 있습니다. 그 가운데 〈조선고전문학선집〉은 북녘이 이루어 놓은 학문 연구와 출판의 큰 성과입니다. 〈조선고전문학선집〉은 가요, 가사, 한시, 패설, 소설, 기행문, 민간극, 개인 문집 들을 100권으로 묶어 내어, 고전을 연구하는 사람들과 일반 대중 모두 보게 한 뜻깊은 책들입니다. 한문으로 된 원문을 현대문으로 옮기거나 옛글을 오늘의 것으로 바꾼 성과도 놀랍고 작품을 고른 눈도 참 좋습니다. 〈조선고전문학선집〉은 남녘에도 잘 알려진 홍기문, 리상호, 김하명, 김찬순, 오희복, 김상훈, 권택무 같은 뛰어난 학자분들이 머리를 맞대고 연구한 성과를 1983년부터 펴내기 시작하여 지금도 이어 가고 있습니다.

보리 출판사는, 조선민주주의인민공화국 문예 출판사가 펴낸 〈조선고
전문학선집〉을 〈겨레고전문학선집〉이란 이름으로 다시 펴내면서, 북녘
학자와 편집진의 뜻을 존중하여 크게 고치지 않고 그대로 내는 것을 원칙
으로 삼았습니다. 다만, 남과 북의 표기법이 얼마쯤 차이가 있어 남녘 사
람들이 읽기 쉽게 조금씩 손질했습니다.

　이 선집이, 겨레가 하나 되는 밑거름이 되고, 우리 후손들이 민족 문화
유산의 알맹이인 고전 문학이 지니고 있는 아름다움을 제대로 맛보고 이
어받는 징검다리가 되기 바랍니다. 아울러 남과 북의 학자들이 자유롭게
오고 가면서 남북 학문 공동체가 이루어지는 날이 하루라도 앞당겨지기
바랍니다. 그리고 이 자리를 빌려 어려운 처지에서도 이 선집을 펴내 왔
고 지금도 그 작업에 몰두하고 있는 북녘의 학자와 출판 관계자들에게 고
마운 마음을 전합니다.

2004년 11월 15일
보리 출판사 대표 정낙묵

차례

이규보 작품집 1

동명왕의 노래

■ 겨레고전문학선집을 펴내며   4

아직도 붉은 마음 살아 있으니

동명왕의 노래〔東明王篇〕   22

달단이 강남에 들어왔단 말을 듣고〔聞達旦入江南〕   50

오랑캐가 강동에 들어왔단 말을 듣고〔聞胡種入江東城自保~〕   52

이월 초하룻날 쓰노라〔二月初一日〕   53

이월에 아직도 적들이 남쪽에 있단 말을 듣고〔二月聞虜兵猶在南〕   54

시월의 번개〔十月電〕   55

오랑캐가 강 너머에 주둔했다기에 1〔九月六日聞虜兵來屯江外~〕   56

오랑캐가 강 너머에 주둔했다기에 2〔又九月六日聞虜兵來屯江外~〕   58

전승 소식 1〔聞官軍與虜戰捷〕   59

전승 소식 2〔又聞官軍與虜戰捷〕   61

나의 불안〔不平〕   62

금주 사창 벽 위에 쓰노라〔書衿州倉壁上〕   64

비를 기다리며 1〔渴雨〕   65

비를 기다리며 2〔是夜又作〕   67

기쁜 비〔喜雨〕 68

큰비〔丁酉六月十八日大雨~〕 70

정월 보름날 큰눈이 내려〔戊戌正月十五日大雪〕 72

늙은 홀어미의 한숨〔孀嫗嘆〕 74

가려움증을 다스리고서〔理病詩〕 76

손득지에게 다시 보내노라〔孫翰長復和 次韻寄之〕 79

황려현 수령 유경로에게〔次韻黃驪縣宰柳卿老見寄〕 84

늙은 장수〔老將〕 86

날카로운 큰 칼을 들고

명성 낚음을 풍자하노라〔釣名諷〕 90

이불 속에서 웃노라〔衾中笑〕 93

군수 몇 놈이 뇌물을 받아 죄를 입었다는 말을 듣고
〔聞郡守數人以贓被罪〕 96

중이 행실이 나빠 형벌을 받았다는 말을 듣고
〔聞批職僧犯戒被刑 以詩戲之〕 98

농사꾼에게 청주와 이밥을 못 먹게 한단 말을 듣고
〔聞國令禁農餉淸酒白飯〕 100

며칠 있다가 또 쓰노라〔後數日有作〕 104

쥐 소동〔鼠狂〕 106

죽순竹笋 108

민머리를 스스로 비웃노라〔頭童自嘲〕 109

통음〔自田司空元均宅醉廻犯夜〕 111

전주 관사에서 수직하며〔全州客舍夜宿書褊懷〕 112

갈담역에서〔自淳昌郡向全州 入葛覃驛 用板上諸公韻〕 114

의서를 읽으며〔讀本草〕 115

내 홀로 읊노니〔自貽雜言〕 116

전주를 떠나며〔十二月十九日 被讒見替 發州日有作〕 120

광주에 들러서 진 서기에게〔二十九日入廣州贈晉書記公度〕 122

스스로 비웃다〔自嘲〕 123

수령살이 낙이라고 하지 말라〔莫道爲州樂〕 124

퇴청하니 할 일 없어〔退公無一事〕 127

문을 닫아걸고서〔杜門〕 132

초당에서 벗들과 술을 마시며 1〔草堂與諸友生置酒 ~〕 133

초당에서 벗들과 술을 마시며 2〔又和草堂與諸友生置酒 ~〕 134

딱따구리〔啄木鳥〕 136

느낀 바 있어서〔感興〕 137

흰머리의 죄수〔庚寅十一月二十一日 將流猬島 ~〕 140

배를 타고 위도로 들어가며〔十二月二十六日將入 猬島泛舟〕 142

뱃길에서〔舟行〕 144

갑군대에서 자고 밝은 날 떠나면서〔宿甲君臺明日將發有作〕 146

위도에 들어가서〔入島作〕 147

스스로 대답하노라〔自答〕 148

조강을 건너며〔己卯四月日得桂陽守 將渡祖江有作〕 149

늦은 봄 북사루 등잔 아래서〔暮春燈下北寺樓〕 150

황려 여사에서〔黃驪旅舍有作〕 151

조롱에 든 새〔籠中鳥詞 望江南令〕   153

신묘년 정월 초아흐렛날 꿈 이야기〔辛卯正月九日記夢〕   155

열하룻날 다시 읊노라〔十一日又吟〕   158

괴로운 비〔苦雨〕   159

괴로운 더위〔苦熱〕   161

사월 칠일에〔四月七日又吟〕   163

다시 새로운 초옥을 빌리고〔又次新賃草屋詩韻〕   165

안혼에 느끼는 바 있어〔眼昏有感 贈全履之〕   169

나를 꾸짖노라〔自責〕   172

남쪽 집을 바라보며〔望南家吟〕   174

추위 막는 목서화〔辟寒犀〕   176

옛일에 부쳐〔寓古〕   177

칼 두드리는 노래〔彈鋏歌〕   180

늙은 무당〔老巫篇〕   182

하늘이여 우리 백성 소중하거든

농사꾼의 노래〔代農夫吟〕   190

햇곡식의 노래〔新穀行〕   192

동문 밖에서 모내기를 보면서〔東門外觀稼〕   193

올벼를 얻고서〔得蟬鳴稻〕   195

비 내리는데 밭갈이하는 것을 보고 서기에게 주노라

　〔雨中觀耕者 贈書記〕   196

단비가 내려〔喜雨〕 197

가문 논에 물 대는 것을 보고〔旱天見灌田〕 199

큰비가 내려〔四月二十四日大雨〕 200

밤비 소리를 들으며〔四月十九日聞夜雨〕 202

비에 목말라〔渴雨〕 203

이튿날 큰비가 내려〔明日大雨復作〕 205

밤중에 큰눈이 내려〔十月八日五更大雪〕 207

벼논의 물고기〔稻畦魚〕 209

추운 사월〔四月猶寒〕 210

채마밭에서〔家圃六詠〕 211

누에치는 것을 보고〔見人家養蠶有作〕 216

운제현에 큰물이 났다는 소식을 듣고〔聞雲梯縣 爲大水所漂〕 218

촌가〔村家〕 223

송림현을 지나며〔過松林縣〕 225

꽃과 마주 앉아 술 한잔

정월 초하룻날〔元日戲作〕 228

이월 그믐껜데 여전히 추위〔二月向晚猶寒〕 229

봄날〔春日雜言〕 230

봄날에〔絶句〕 232

흥겨운 봄날에〔春日寓興〕 234

봄날 감흥〔春感〕 235

한가로운 봄날〔次韻白樂天春日閑居〕 237

봄을 보내며〔送春〕 239

칠월 초사흗날 바람을 두고〔七月三日詠風〕 241

추위〔苦寒〕 242

우물 안에 비친 달을 두고〔山夕詠井中月〕 243

칠월 칠석에 비가 내려〔七月七日雨〕 245

여름날〔夏日卽事〕 248

흥천사 강가에서〔興天寺江上偶吟〕 250

고통스러운 비〔苦雨歌〕 252

밤에 비는 멎고〔夜霽〕 256

못가에서 달을 노래한다〔池上詠月〕 257

비 멎은 후에〔新晴〕 258

겨울비〔仲冬雨〕 259

가랑비〔偶讀山谷集 次韻雨絲〕 260

눈을 노래하노라〔詠雪〕 262

눈〔詠雪〕 264

길 가면서 눈을 두고〔路上詠雪〕 266

밤하늘을 바라보며〔晩望〕 268

꽃을 아끼노라〔惜花〕 269

꽃을 꺾으며〔折花吟〕 270

밥알꽃〔詠黍飯花〕 272

맨드라미가 정원 가득 피어〔鷄冠花滿苑盛開～〕 273

맨드라미〔次韻李百全學士復和鷄冠花詩〕 275

구월 그믐께 핀 국화를 두고〔雜菊皆盡 見名菊至九月向晦盛開～〕 277

석류꽃〔己未五月日 知奏事崔公宅千葉榴花盛開～〕　278

배꽃〔沃野縣客舍 次韻板上蔡學士寶文梨花詩〕　280

사계화四季花　281

꽃을 가꾸며〔種花〕　283

해당화〔海棠〕　284

홍작약紅芍藥　285

금전화〔林秀才求金錢花移栽〕　286

동백꽃〔冬柏花〕　287

국화〔詠菊〕　288

취중에 꽃구경〔陳澕家置酒賞花 醉後走筆〕　290

중양절에 국화를 바라보며〔重九日詠菊〕　293

국화를 두고〔詠菊〕　294

매미〔蟬〕　296

번데기가 나비 되는 것을 보고〔觀菁蟲上壁化蝶〕　297

고양이를 꾸짖노라〔責猫〕　298

옛 제비가 왔구나〔舊鷰來〕　299

기 상서 댁의 화난 원숭이〔奇尙書宅賦怒猿〕　301

앵무새〔鸚鵡〕　303

닭을 노래하노라〔詠鷄〕　304

까마귀 울음을 미워하여〔憎烏啼〕　306

거미 그물〔蛛網〕　307

꾀꼬리 소리를 듣고〔聞鸎〕　310

노는 물고기〔游魚〕　311

매미 소리〔園中聞蟬〕　312

까치집〔鵲巢〕 314

검정 고양이를 얻었네〔得黑猫兒〕 316

개를 타이르노라〔諭犬〕 319

찐 게를 먹으며〔食蒸蟹〕 321

밤〔栗詩〕 324

양 교감이 앵두를 보내서〔謝梁校勘國峻送櫻桃〕 327

아이들이 가지고 노는 탱자를 보고〔見兒童弄枳有作〕 330

능금을 먹으며〔七月三日食林檎〕 332

붉은 오얏을 먹으며〔初食朱李〕 334

다시 오얏을 먹으며〔屢食朱李〕 336

초당에서〔草堂卽事〕 338

달밤에 떠가는 배를 보고〔江上月夜望客舟〕 339

경복사 가는 길에서〔景福寺路上作〕 340

남원으로 가다가 오수역 다락 위에서〔將向南原獒樹驛樓上~〕 342

인월역에서〔自南原到源水寺一宿 還指南原 入印月驛 次壁上詩韻〕 343

적성강을 건너며〔渡赤城江〕 344

바닷가 작은 마을〔題浦口小村〕 345

해 저무는 강가에서〔江頭暮行〕 346

장마 비가 걷혀 손님과 정원을 거닐면서〔六月二十日久雨忽晴~〕 347

석천〔題石泉〕 349

조수〔又樓上觀潮 贈同寮金君〕 350

취하여 부른 노래〔醉歌行〕 352

북산에서 노닐며〔遊北山〕 354

봉두사에서〔題鳳頭寺〕 356

기 상서의 퇴식재에서〔奇尙書退食齋用東坡韻賦一絶〕 357

눈을 읊노라〔雪詠〕 358

여윈 말을 두고〔傷瘦馬〕 360

봄을 보내는 노래〔送春吟〕 361

삼월인데도 여전히 추워〔三月猶寒〕 363

버들〔柳怨〕 365

한식날에 비가 오지 않아〔寒食日有風無雨〕 368

옛 제비가 다시 오다〔舊鷰來〕 370

장미薔薇 371

옥매화〔玉梅〕 372

오동나무〔詠桐〕 373

길가에서〔路傍二詠〕 374

송화松花 376

최 상국의 운을 따서〔次韻和崔相國詵和黃郞中題朴內園家盆中四詠〕 377

달밤에 두견새 우는 소리를 듣고서〔月夜聞子規〕 380

술 깨는 풀〔醒醉草〕 381

꽃의 요괴〔花妖〕 382

구월의 지루한 비〔九月苦雨〕 383

초당에서 비를 노래하노라〔草堂詠雨〕 385

풀이 우거져〔草沒〕 387

잔솔〔矮松〕 388

기러기를 노래하노라〔詠鴈〕 389

매미를 놓아주고〔放蟬賦〕 390

봄을 바라 부른 노래〔春望賦〕 395

향기로운 술 그대 먼저 가져오니

참다운 벗〔謝元興倉通判金君携粮酒見訪〕 404

양 평주를 전별하며〔冠成 置酒朴生園 餞梁 平州公老 得黃字〕 406

김 선달을 찾아가서〔六月十七日訪金先達轍 用白公詩韻賦之〕 411

이별〔將赴全州幕府 李中敏見贈 次韻答之 在王禪師方丈作〕 413

노 동년이 술을 가지고 와서〔次韻盧同年携酒見訪有詩〕 414

작별〔劉同年沖祺見和 次韻答之〕 416

송순을 보내면서〔送宋左丞恂節制塞北〕 417

문 선로가 쌀과 풀솜을 준 게 고마워〔謝文禪老惠米與綿〕 420

통판 정군에게〔示通判鄭君〕 423

문 장로에게〔贈文長老〕 425

길에서 친구를 만나〔路上逢故人口號〕 426

병석에서〔病中謝金學士仁鏡見訪〕 427

오군에게〔吳君見和復次韻〕 429

숯을 보낸 문 선로에게 사례하노라〔走筆謝文禪老惠炭〕 430

장미꽃 아래서 전이지에게〔飮家園薔薇下 贈全履之〕 431

급제하여 고향으로 가는 김 선배에게〔秋送金先輩上第還鄕〕 433

벗을 남전에 보내면서〔送友人之南田居〕 434

동년 한 추밀의 죽음을 듣고〔聞同年韓樞密薨〕 436

조상〔追哭故承宣崔宗蕃〕 438

배 두들기며 부르는 노래〔腹鼓歌 戱友人獨飮〕 441

말바위에서 취해 돌아와〔馬巖會賓友 大醉夜歸 記所見 贈鄕校諸君〕 444

동문생들에게 사례하여〔十二月移寓保安懸李進士翰材家～〕 447

잊지 못할 은혜〔坐上走筆 謝李詹事等諸公 大設筵見慰〕 449

박 학사에게 가야금을 돌려보내며〔寄朴學士還加耶琴〕 453

진생이 화원 가꾸는 것을 보고〔觀晉生公度理園 取東坡詩韻贈之〕 455

민광효에게 준 즉흥시〔留醉閔判官光孝家 主人乞詩 走筆贈之〕 459

김군에게〔復次韻金君見和〕 462

정군에게 책력과 밀감을 보내고서〔次韻丁祕監復和謝曆柑二詩〕 463

장원 김신정의 '남새를 가꾸며' 시에 화답하여

  〔次韻金壯元莘鼎見和菜種詩來訪贈之〕 465

동으로 간 오덕전에게〔吳德全東遊不來 以詩寄之〕 468

김신정 군이 술을 가지고 와서〔金內翰莘鼎携酒來訪 卽席走筆謝之〕 469

조 유원에게 화답하노라〔次韻趙留院和前詩來呈〕 470

가야금을 가져다 준 문생에게〔謝門生趙廉右留院持加耶琴來貺〕 472

숯을 보내 준 벗에게〔走筆謝大王寺文師送炭〕 475

전군과 박군에게〔是日次韻全君有作 兼贈朴君〕 477

강남에서 옛 친구를 만나〔江南逢故人〕 478

눈 속에 벗을 찾아가 만나지 못하고〔雪中訪友人不遇〕 479

이 시랑, 김 장원과 함께 우물가에서

  〔又和六月三日李侍郞需金壯元莘鼎來訪和家泉詩飮席次韻〕 480

이대성에게 준 즉흥시〔李進士大成邀飮 席上走筆贈之〕 481

박군과 최군에게 답하노라〔朴崔二君見和 復次韻答之〕 483

박환고가 남쪽을 유람하고 지은 시에 차운하노라

  〔次韻朴還古南遊詩十一首〕 484

맏아들 함을 홍주목으로 보내면서〔辛丑三月三日送長子～〕 487

아이들에게〔囑諸子〕 489

절을 배우는 외손자〔外孫孩兒學拜〕 490

집안 아이들에게〔示子姪〕 491

조강에서 처자를 작별하여 서울로 보내면서〔祖江別妻兒還京〕 493

양포를 얻어 어머니를 대접하고〔謝崔天院宗藩惠羊羓饋病母〕 495

두 아이를 생각하고〔憶二兒〕 498

아들 삼백이 술 마심을 보고〔兒三百飮酒〕 502

어린 딸을 애도하노라〔悼小女〕 504

온 천하를 부채질하리

단옷날 그네뛰기〔端午見鞦韆女戲〕 508

함자진의 자석연을 두고〔題咸校勘子眞子石硯〕 510

모진 더위에 관아에서〔苦熱在省中作〕 513

능가산 원효방에서〔八月二十日題楞迦山元曉房〕 514

박연폭포에서〔題朴淵〕 516

다시금 불사의 암자를 두고〔又題不思議方丈〕 517

문 장로의 짚신〔又用白公韻 賦文長老草履〕 519

취한 중이 밤에 얼음 먹는 것을 조롱하노라〔嘲醉僧夜起嚼氷〕 521

꼭두각시놀음을 보고〔觀弄幻有作〕 522

떠도는 티끌〔游塵〕 524

늙은 기생〔老妓〕 525

기생집에 불이 났네〔隣妓家火戲作〕 526

밤에 술 거르는 소리를 들으며〔夜聞汁酒聲〕 527

박생의 아이 죽음을 슬퍼하며 쓰노라〔悼朴生兒 兼書夢中事〕 529

연복정을 지나며〔過延福亭〕 532

푸른 사기잔〔金君乞賦所飲綠瓷杯～〕 534

질항아리의 노래〔陶甄賦〕 537

■이규보 연보　542

■이규보 작품에 대하여－김하명　551

■원래 제목으로 찾아보기　572

이규보 작품집 2

조물주에게 묻노라

꿈속에서 또 꿈을 꾸노라

규정閨情 외 시 105편

시 짓는 병

시 짓는 병〔詩癖〕 외 시 28편

지혜 밝은 군자를 기다리며

시 귀신을 몰아내는 글〔驅詩魔文〕 외 20편

조물주에게 묻노라

조물주에게 묻노라〔問造物〕 외 22편

큰 가난뱅이가 작은 가난뱅이에게

남행월일기南行月日記 외 17편

홀로 맑게 살다 간 이여

백성 위해 오셨다가 어찌 그리 빨리 가셨는가〔趙公誄書〕 외 9편

1. 《동명왕의 노래》와 《조물주에게 묻노라》는 북의 문예 출판사에서 1990년에 펴낸 《리규보 작품집 1》과 《리규보 작품집 2》를 보리 출판사가 다시 펴내는 것이다.
　　보리 출판사에서 시와 산문을 다시 갈래지어서 편집했다. 제목을 새로 단 작품이 여럿 있다.
　　《동명왕의 노래》에는, 조국을 사랑하는 마음을 담은 시, 사회의 모순을 비판하는 시, 농민을 생각하는 시, 자연을 노래한 시 들을 담았다.
　　《조물주에게 묻노라》에는, 시인의 일상을 노래한 시, 문예 평론적 시들과, '시 귀신을 몰아내는 글', '조물주에게 묻노라', '국선생전', '남행월일기' 같은 산문들을 담았다.

2. 옮긴이와 북 문예 출판사 편집진의 뜻을 존중하는 것을 큰 원칙으로 했으나, 한자와 옛날 말투들은 지금 독자들이 알아듣기 쉽도록 풀어 썼다.
　　예 : 독비곤→쇠코잠방이, 안새→메추라기, 웨치다→외치다

3. 맞춤법과 띄어쓰기는 '한글 맞춤법'을 따랐다.
　　ㄱ. 한자어들은 두음법칙을 적용했고, 모음과 ㄴ 받침 뒤에 오는 한자 '렬'은 '열'로 '률'은 '율'로 고쳤다. 단모음으로 적은 '계'나 '폐' 자를 '한글 맞춤법'대로 했다.
　　　　예 : 량식→양식, 전률→전율, 페단→폐단

　　ㄴ. 'ㅣ' 모음동화, 사이시옷, 된소리 따위의 표기도 '한글 맞춤법'대로 했다.
　　　　예 : 피였다→피었다, 간지대→간짓대, 빛갈→빛깔

4. 남에서는 흔히 쓰지 않는 표현이지만, 북에서 흔히 쓰는 입말들은 다 살려 두어 우리말의 풍부한 모습을 살필 수 있게 했다.
　　예 : 게사니, 마상이, 면바로, 새라새, 섭슬리다, 에우다, 재밤중

5. 《동국이상국집》에 본디부터 있던 주석은 '■' 한 가지로 표시했고, 문예 출판사가 달아 놓은 주석은 번호 순서를 주었다.

아직도 붉은
마음 살아 있으니

그 옛날 쓰던 활은
벽 위에 걸려 있고
원수를 베던 칼도
칼집에 들었도다

아직도 나라 위한
붉은 마음 살아 있어
꿈속에선 원수를
쏘아 없앤다네

동명왕의 노래

동명왕에 대한 신기한 이야기는 세상에 널리 전파되어 아무리 어리석고 몽매한 사람이라도 이 이야기만은 잘할 줄 안다.

나도 일찍 이 이야기를 들었건만 그때 나는 웃고 말았다. 공자가 괴상하고 요란한 귀신 이야기는 하지 않았다 하기에 이 역시 황당하고 괴이한 이야긴지라 우리들이 즐겨 말할 바가 아니라고 생각하였기 때문이다.

그 뒤 《위서》와 《통전》[1]을 읽으니 거기에 또한 이 이야기가 실려 있는데 내용이 간략하여 상세하지 못하였다. 자기네 중국 이야기라면 자세히 썼으련만 다른 나라 이야기라 이다지 간략하게 쓴 것이 아니겠는가.

지난 계축년(1193) 4월 《구삼국사》[2]를 구하였는데 거기에 실린 '동명왕본기'를 보니 신비로운 사적이 세상에 알려진 것보다 훨씬 더 많았다. 그러나 처음에는 역시 잘 믿기지 않아 그저 괴상하고 황당한 이야기려니 하였다. 그러다가 여러 번 거듭 읽으면서 참뜻을 생각하고 그 근원을 찾아보니, 이것은 황당한 것이 아니요 성스러운 것이며 괴상한 것이 아니라 신비로운 것이었다. 하물며 나라 역사의 정직한 필치에 무슨 거짓이 있겠는가!

김부식 공이 다시 《국사》[3]를 편찬하면서 동명왕의 사적을 자못 간략하게 다루었는데, 공은 아마 국사란 세상을 바로잡는 글이라 매우 이상한 이야기를 기록하여 후세에 전함이 옳지 않은 일이라고 생각한 모양이다.

생각건대 당나라 '현종본기'와 '양귀비전'을 보면 방사方士가 하늘과 땅을 오르내렸다는 이야기가 없는데, 시인 백낙천(白樂天, 백거이)이 그러한 이야기가 희미해져 없어질까 봐 '장한가長恨歌'[4]를 지어 그 사연을 밝혀 두었다. 실상 그 이야기야 거칠고 음탕하며 황당한 것이지만 그래도 시로 노래하여 뒷세

---

1) 《위서魏書》는 북제北齊의 위수魏收가 저술한 중국 역사책. 《통전通典》은 당唐나라 두우杜佑가 편찬한 제도사.
2) 우리 나라 고대의 역사책. 현재는 남아 있지 않다.
3) 김부식이 저술한 《삼국사기》를 가리킨다.
4) 당나라 시인 백거이가 지은 노래 이름. 당 현종과 양귀비의 관계가 서술되어 있다.

상에 전하였거늘 하물며 우리 동명왕의 이야기랴. 동명왕의 이야기는 변화무쌍한 신비한 것으로 사람들의 마음을 현혹하려는 것이 아니라 실로 우리 나라가 처음 창건되던 때의 신성한 자취를 나타내려 한 것이다.

이것을 이제 서술해 두지 않으면 뒷세상 사람들이 어떻게 알 수 있으랴. 그러므로 내 노래로 이 사적을 기록하는 것이니 우리 나라가 본디 성인이 이룩한 나라임을 온 세상에 알리고 싶어서다.

오랜 어둠 속에서
세상이 처음 생길 때
천황씨[5]는 머리가 열셋이요
지황씨[6]는 머리가 열하나라
그들은 생김새부터
이렇게 신기하였도다.
그 뒤를 이어
성스러운 임금들 차례로 나왔으니
모든 신비로운 사적들
옛글에 밝혀져 있어라.

여절[7]은 무지개처럼 흐르는 큰 별을 보고

---

5) 중국 고대 신화에 나오는 최초의 임금.
6) 중국 고대 신화에 나오는 임금.
7) 여절女節은 중국 고대 개국 신화에 나오는 여성으로 황제黃帝의 아내며 소호씨小昊氏의 어머니다.

소호씨[8]를 낳았으며

여추[9]가 전욱[10]을 밸 때도

또한 밝은 빛을 보고 느꼈음이라.

복희씨[11]는 들에 내려와

가축을 기르기 시작하였으며

수인씨[12]는 나무를 맞비벼

처음으로 불을 일구었고

요 임금[13]의 뜰에 자란 상서로운 풀은

온 세상의 달력이 되었으며

신농씨[14]가 맛본 백가지 풀 중에서

우리들이 농사짓는 곡식이 자랐도다.

푸른 하늘이 허물어졌을 때

여와씨[15]는 오색 돌로 하늘을 기웠고

아홉 해 동안 홍수로 세상이 잠겼을 때

하우씨[16]는 산을 끊어 물을 뺐으며

---

8) 중국 고대 신화에 나오는 임금으로 궁상窮桑이라는 곳에 도읍을 했기 때문에 궁상씨라고도 한다.

9) 여추女樞는 중국 고대 신화에 나오는 여성으로 전욱顓頊의 어머니.

10) 전욱은 중국 고대 신화에 나오는 임금인데, 황제黃帝의 손자로 소호씨를 섬기다가 뒤에 왕이 되었다. 고양씨高陽氏라고도 한다.

11) 복희씨伏羲氏는 정착하여 농사짓고 가축 기르는 것을 백성들에게 가르쳤다 한다.

12) 수인씨燧人氏는 처음으로 불을 발견하였다 한다.

13) 요 임금은 중국 고대의 임금으로 나라를 잘 다스려 어진 임금의 표본이 되었다.

14) 신농씨神農氏는 농업과 의학을 백성들에게 가르쳤다 한다.

15) 수신水神인 공공工共이 난리를 일으켜 머리로 부주산不周山을 들이받아 하늘과 땅이 허물어졌는데 여와씨가 돌을 갈아서 하늘을 기웠다 한다.

16) 하우씨夏禹氏는 중국 고대 임금으로 순舜 임금의 명령을 받아 홍수를 다스렸다고 한다.

황제 헌원씨[17])가 하늘에 오를 때는
수염 흩날리며 하늘 용이 내렸도다.

태곳적 인심이 순박할 때는
신비롭고 성스러운 일
이루 다 기록할 수 없었어라.
세월이 흘러흘러
사람들의 마음이 야박해지고
풍속이 분에 넘쳐 사치해지자
세상에 성인이 자주 나지 않고
신비로운 자취도 드물어졌도다.

한나라 신작[18]) 3년
사월 달에 왕위에 오른
해동의 해모수는
진정한 하늘의 아들이었어라. ■

---

17) 황제 헌원씨軒轅氏는 치우蚩尤라는 침략자를 물리치고 왕이 되어 글자를 제정하고 의복
　과 기타 제도를 만들었으며 농업과 잠업을 장려하였다고 한다.
18) 신작神雀은 한나라 선제宣帝 때의 연호로, 신작 3년은 기원전 59년.
■ '본기本記'에 다음과 같은 글이 실려 있다. 옛날 부여땅에 해부루解夫婁라는 왕이 있었
　는데 아들이 없어 산천에 기도를 드려 아들을 구하던 중 왕이 탄 말이 곤연鯤淵이라는 못
　가에 이르러 큰 돌을 보고 눈물을 흘렸다. 왕이 괴이하게 여겨 사람을 시켜 그 돌을 굴리
　니 어린아이가 있는데 금빛 개구리처럼 생겼다. 왕은 '하늘이 내게 아들을 준 것이다.'
　하고, 그 아이를 금와金蛙라고 이름 붙여 태자로 삼았다. 그때 정승 아란불阿蘭弗이 왕
　에게 고하기를, "일전에 하늘이 제게 말하기를, '여기에 내 아들을 보내 나라를 세우겠으
　니 너희들은 피하라.' 하였사옵니다. 동해 가의 가섭원迦葉原은 오곡이 잘 되는 곳이니

그가 처음 하늘에서 내려올 때
다섯 마리 용이 수레를 끌고
백여 명의 신하들이 따오기를 타고
날개도 가지런히 내려오는데
음악 소리 맑게 울려 퍼지고
오색구름은 깃발이 펄럭거리는 듯.▪

예로부터 임금이 되는 자
누구나 하늘의 명을 받았으련만
대낮에 하늘에서 날아 내리는
이런 일은 있지 않았느니.
아침에는 세상에서 나라를 다스리고
저녁이면 다시 하늘로 올라갔도다.▪

내 옛사람들에게 들은 일 있거니와
하늘이 땅과 서로 떨어지기를
이억 일만 팔천에

우리는 그리 옮겨가사이다." 하였다. 왕이 그 말을 따라 나라를 비우고 가섭원으로 옮겨
가 동부여라고 했다. 부여땅에는 하늘의 아들 해모수解慕漱가 내려와서 도읍을 정하였다.
▪ 한나라 신작 3년 임술년에 천제天帝가 태자를 부여 왕의 옛 도읍지에 내려 보냈는데, 태
자의 이름은 해모수였다. 해모수가 하늘에서 내려올 때 다섯 마리 용이 수레를 끌고 백
여 명의 신하들이 흰 따오기를 탔는데, 오색구름이 하늘에 떠 있고 구름 속에서 음악이
울려 퍼졌다. 해모수는 웅심산熊心山에서 열흘 남짓 머물다가 내려왔는데 오우관烏羽冠
을 쓰고 용광검龍光劍을 찼다.
▪ 아침에는 세상에서 나라를 다스리고 저녁이면 다시 하늘로 올라가니, 세상에서 해모수
를 천왕랑天王郎이라 하였다.

칠백 팔십 리라 하였거늘
어떤 사다리를 밟고 오르며
무슨 날개론들 날 수 있으랴만
아침저녁 마음대로 오르내리는
이 조화를 그 누가 당할쏜가.

성 북쪽엔 맑은 압록강이 흐르는데
하백의 고운 딸 세 자매*가
압록강 물결 헤치고 나와
웅심연[19] 기슭에서 재미있게 노닐 제
쟁그랑쟁그랑 구슬 부딪는 소리
꽃 같은 자태 아리따웠네.
한수의 여신[20]인가
아니면 낙수의 여신[21]인가.

때마침 왕이 사냥을 나왔다가
첫눈에 어느덧 마음이 끌렸도다.
그들의 꽃다움을 탐내서랴
왕후로 맞아 아들을 보려 함이라.

---

* 유화柳花, 훤화萱花, 위화葦花다.
19) 어디인지 모르겠으나 처음 해모수가 하늘에서 내려올 때 웅심산에 머물렀다고 한 것으로 보아 부여에 있던 땅 이름인 듯하다.
20) 중국의 한수에는 한녀漢女라는 아름다운 여신들이 논다고 한다.
21) 중국 신화에 복희伏羲의 딸 복비宓妃가 낙수洛水에 빠져 낙수의 신이 되었다고 한다.

세 처녀들 왕이 다가가자
물속으로 들어가 숨어 버렸네.
신하들 왕에게 고하누나.
"아름다운 궁전 지어 놓고
잠깐만 가만히 기다리사이다.
그들이 반드시 놀러 나오리다."

말채찍으로 땅을 그으니
어느덧 일어선 구리 궁전
비단 자리 눈부시게 찬란하고
금주전자엔 술도 향기로우니
정말로 처녀들 가뿐히 들어와
취하도록 서로 술을 마셨네.

세 처녀 일어서 가려고 할 때
왕이 문득 문을 가로막으니
처녀들 놀라 엎어지고 넘어지며
뿔뿔이 모두 달아났으나
그만 맏딸 유화만은
왕에게 꼭 잡히고 말았어라.

하백이 몹시도 화가 나서
급히 사신 보내 말하누나.
"대체 너는 어떠한 자이기에

이처럼 감히 방자하게 구느냐?"
"예, 나는 하늘 임금의 아들이라
그대네와 연분을 맺으려 하오."

왕은 하늘에서 용 수레를 불러 내려
깊숙이 용궁으로 타고 들어갔도다.
하백이 왕더러 타이르기를
"혼인은 한평생의 엄숙한 일이라
중매와 예절을 갖추어야 하거늘
어찌 이처럼 경솔히 하여
우리 가문을 욕되게 하느뇨.
그대 진실로 하늘의 아들이면
신기한 재주를 보여 줄지어다."

물결 잔잔한 푸른 바다 속에
하백이 한 마리 잉어가 되니
왕은 고대 수달이 되어
그 자리에서 잉어를 잡아 왔네.

하백이 또 날개가 돋쳐
꿩이 되어 훨훨 나니
왕은 어느덧 매가 되어
용맹스럽게도 내리쳤네.

그 다음엔 하백이
사슴 되어 달리니
왕은 승냥이 되어
뒤를 쫓았네.

이만하면 진실로 하늘의 아들이라
하백도 그 신기함을 깨닫고
술과 음식을 장만하여
예를 갖추어 잔치를 베풀었도다.

부지런히 술을 권하여
왕이 정신없이 취하자
하백은 왕과 유화를
가죽 수레에 함께 넣어
같이 하늘로 올라가도록
재빨리 떠나보냈어라.

그러나 수레가 물 밖에도 못 나와
술이 깬 왕은 놀란 듯 일어나
유화의 금비녀를 뽑아서
가죽 수레[22] 뚫고 그 틈으로 나가

---

22) 여기서 수레라고 함은 수레 전체가 아니라 수레 위에 사람이 올라타는 부분만 가리킨다.
원저자의 주에는 가죽 수레에 넣어 그것을 또 용이 끄는 수레에 담았다고 하였다. 이것

혼자 하늘로 올라갔도다.
외로워라 한번 가신 님
다시 돌아오지 않았어라.

아비의 말을 듣지 않아
마침내 가문을 더럽혔다고
하백은 사납게도 딸을 꾸짖으며
입술을 당겨 석 자나 늘어뜨린 다음
종 두 명을 딸려서는
멀리 우발수*로 내쫓아 버렸도다.

우발수 기슭에 사는 고기잡이
물속을 살피다가
괴이한 짐승이 거니는 걸 보고 놀라
금와왕23)에게 고하여
돌 위에 앉은 여인 하나를
쇠그물을 던져 끌어올리니
그 여인 모습이 이상하여라.
입술이 길어 말을 못 하므로
세 번이나 입술 잘라 내니

으로 보아 큰 가죽 주머니라고 생각할 수 있다.
* 우발수優渤水는 못 이름인데, 지금의 태백산 남쪽에 있다.
23) 해모수에게 나라를 비워 주고 가섭원으로 옮긴 해부루의 아들 금와를 가리키다.

비로소 입을 열었구나.

해모수의 왕비임을 알자
별궁에 홀로 살게 하였더니
밝은 햇빛이 품속에 깃들어
계해년[24]에 주몽을 낳았도다.

주몽은 처음부터 뼈마디가 억세고
울음소리도 웅장한 아이
갓 태어났을 때는
뒷박만큼 큰 알이었으니
보는 사람들 모두 놀라
어찌할 바를 몰랐어라.

금와왕은 상서롭지 못하다고
이것이 어찌 사람 같으냐고
마구간에 가져다 버렸는데
말들은 모두 밟지 않았고
다시 깊은 산속에 버려도
온갖 짐승들이 받들어 모셨도다.

그제야 어머니에게 되돌려주어

---

24) 기원전 58년이다.

아늑히 품어 고이 길렀더니
그 안에서 나온 귀여운 아이
한 달 만에 능히 말을 하였네.
"파리가 눈시울에 앉아
누워도 편안히 잠들 수 없으니
활을 하나 만들어 주세요."
어머니가 만들어 준 활과 활촉으로
물레 위에 앉은 파리들을
어김없이 쏘아 맞췄다네.

차차 나이 들어
재간이 날마다 늘어가자
부여 나라 태자▪는 그를 시샘하여
금와왕에게 이르누나.
"주몽은 비상한 사람이오니
일찍 없애 버리지 않으면
장차 큰 걱정이 되리다."▪

▪ 금와왕의 일곱 아들 중 맏아들인 대소帶素를 가리킨다.
▪ 금와왕의 일곱 아들이 주몽과 함께 사냥 갔을 때 왕자들은 40여 명의 신하들과 함께 짐승
을 몰아 겨우 사슴 한 마리를 잡았는데, 주몽은 혼자서 수많은 사슴을 쏘아 잡았다. 왕자들
이 주몽을 시샘하여 그를 나무에 동여매고 사슴을 모조리 빼앗아 가자, 주몽은 자기를 묶
어 놓은 나무를 뽑아 버리고 딴 데로 갔다. 이때부터 태자 대소는 주몽을 두려워하여 그는
비상한 사람이니 일찍 없애버리자고 왕에게 고하였다.

금와왕은 그 마음 알아보기 위해
주몽에게 말을 먹이게 하였네.
괴로워라 하늘 임금의 손자로
말 먹이는 종이 된 그 마음이여!

견디기 어려운 안타까움을
가슴 움켜쥐고 어머니에게 속삭였네.
"이렇게 사느니
차라리 죽느니만 못하외다.
내 장차 남쪽 땅으로 가
거기서 나라를 세우고
성을 쌓고 도읍을 정하려 하옵니다.
그러나 어이하오리까
홀로 계시는 어머님을
차마 버리고 떠날 수 없사오니."

어머니도 아들의 말을 듣고
눈 가득 맑은 눈물 머금으며
"내 걱정은 조금도 말지니
나도 언제나 가슴 아팠다.
사나이가 먼 길 떠나려면
반드시 좋은 말이 있어야 하느니라."

함께 마구간으로 달려가

긴 채찍으로 말들을 후려치니
뭇 말들이 뛰어 달아날 제
그중 한 마리 붉은 말은
두 길 울타리를 뛰어넘었도다.
이 말이야 참으로 준마가 아닌가!

붉은 말 혀 밑에
남몰래 바늘을 꽂아
풀도 여물도 못 먹게 했더니
며칠 안 되어 빼빼 말라
노둔한 말과 다름없었네.

그럴 때 마침 금와왕이 나와
말들이 살진 것을 기뻐하면서
메마른 말을 주몽에게 주니
그제서야 바늘을 뽑고
밤낮으로 잘 먹이며 보살폈어라.

남몰래 사귄 어진 벗 세 사람▪
그들은 모두 지혜가 많았어라.
부여 군신들의 눈을 피하여
큰 뜻 품고 함께 떠날 제

▪ 오이烏伊, 마리摩離, 협보陜父 세 사람을 가리킨다.

엄체수▪ 언덕에 이르러 보니
강물은 깊은데 배가 없구나.

주몽은 채찍으로 하늘을 가리키며
크게 한숨짓고 다시 외쳤어라.
나는 하늘의 손자요 하백의 외손이라
난리를 피하여 여기에 이르렀거늘
슬프다 이 외로운 마음을
하늘과 땅은 저버리려나.

문득 활을 들어 강물을 치니
자라 떼 몰려나와 꼬리를 맞물어
어느덧 훌륭한 다리가 되어
무사히 강물을 건넜도다.

추격하는 군사들이 따라와
멋모르고 다리 위에 올라섰으나
다리는 어느덧 허물어지고
군사들은 강물에 떨어졌다네.

나무 위에 날아온 비둘기 한 쌍
보리 씨를 물어다 전해 주었네.

▪ 엄체수淹滯水는 개사수蓋斯水라고도 하는데, 압록강 동북쪽에 있는 물 이름.

어머니가 주신 오곡 씨앗 중
어머니 이별할 때 너무도 서러워
아차 잊고 못 가져온 그 보리 씨
어머니가 이렇게 보내 주심이라.[■]

지형 좋은 곳에 도읍을 정하니
산천은 울창하여 병풍을 두른 듯
스스로 엄숙하게 옥좌에 앉으니
군신의 자리가 정하여졌도다.

어리석어라 비류왕[25]은
자기 힘도 헤아리지 못하고
자기만이 신선의 후예라 우기며
하늘의 손자님을 욕되게 하였도다.
도리어 동명왕 보고 저를 섬기라니
이다지도 말을 삼갈 줄 모르는가.

누가 누구를 섬겨야 할지

■ 주몽이 떠나면서 어머니를 이별하기 못내 안타까워하니 어머니는, "내 걱정은 조금도 말
라." 하며 오곡 씨앗을 싸서 보냈다. 주몽은 너무도 이별이 괴로워 보리 씨를 깜빡 잊고
왔다. 그뒤 주몽이 남으로 향하여 얼마를 가다가 큰 나무 밑에 앉아 쉬는데 어머니가 비
둘기를 보내 보리 씨를 전해 주었다. 활로 비둘기를 쏘아 떨어뜨려 목구멍에서 보리 씨
를 꺼내고는 물을 뿜으니 비둘기가 살아나 날아갔다.

25) 당시 비류강沸流江 부근에 있던 나라의 왕으로 이름은 송양松讓. 비류수는 중국 동북의
혼강渾江이라는 설도 있다. 성현의 《용재총화》에 송양국은 성천成川이라고 하였다.

서로 재주 내기 하여 보자.
비류왕은 열 걸음 안에서
사슴의 배꼽도 맞히지 못할 때
동명왕은 백 걸음 밖에 있는
옥가락지를 산산이 깨뜨렸도다.

비류왕의 북과 나팔을 가져오니
이것은 실로 하늘이 준 것이기에
그 빛이 스스로 변하였으니
감히 제 것이란 말 못 하네.[*]

도읍이 오랜 것을 자랑하려 할 제
동명왕은 좀먹은 나무로
기둥을 세워 궁전을 지었으니
자랑하던 혓바닥이 부끄러워졌구나.

동명왕이 서쪽으로 사냥 갔을 때
뜻밖에 희고 큰 사슴을 잡았네.
해원蟹原 위에 거꾸로 매달고
주문을 외우며 말하였어라.

---

* 동명왕이 나라를 세웠으나 나라의 위의를 갖출 만한 보배로운 북과 나팔이 없었기 때문에
신하 부분노扶芬奴의 말을 듣고 비류국의 북과 나팔을 가져왔는데, 그 북과 나팔이 곧 빛이
변하여 아주 오래된 것으로 보였기 때문에 비류왕이 자기 것이라고 주장하지 못하였다.

"하늘에서 큰비가 쏟아져
비류땅이 모조리 잠기면
내 너를 놓아 주리라.
너는 나의 걱정을 풀어 달라."

사슴의 울음소리 몹시 슬퍼
하늘에까지 울려 오르니
어느덧 장마 비가 이레를 쏟아져
강물을 기울여 퍼붓는 듯하였네.

비류왕 송양은 벌벌 떨며
흐름을 따라 새끼줄을 늘여 놓으니
백성들 모두 거기에 매달려
아우성치며 허덕이는지라
동명왕이 문득 채찍을 들어
물결을 가르니 물은 줄었네.
이제사 송양도 항복하였으니
그뒤부터 딴 마음 먹지 못하더라.

검은 구름 골령鶻嶺에서 일어
온 산 캄캄하게 가릴 때
몇천인지 모를 수많은 사람들이
쿵쿵 나무를 찍는 듯하였어라.

왕은 하늘이 나를 위해
이 터전에 성을 쌓는구나 하였네.
어느덧 구름이 흩어지고 나니
과연 궁전이 드높이 솟았어라.

나라를 다스린 지 열아홉 해 만에
왕은 하늘로 올라갔도다.▪
맏아들 유리[26] 또한
뛰어나고 기이한 재간 있어
아버지가 재주를 시험하니
감추어 둔 칼날도 찾아냈으며
물동이를 쏘아 구멍 뚫고 나서
진흙으로 다시 메워 꾸지람 면했도다.▪

내 성질이 본디 소박하여
신기한 이야기 좋아하지 않아

▪ 9월에 동명왕이 하늘로 올라가 내려오지 않으니, 이때 나이 마흔이었다. 태자는 동명왕이
  남긴 옥채찍을 가지고 용산龍山에 장사 지냈다.
26) 동명왕이 고구려를 창건하기 전 첫 아내 예씨禮氏가 동부여에서 낳은 아들.
▪ 유리가 어렸을 때 참새를 잡는다고 새총을 쏘다가 한 부인이 이고 가는 물동이를 쏘아 구
  멍을 내었다. 그 부인이 아비 없는 자식이 물동이를 깼다고 성내며 꾸짖자, 유리가 부끄럽
  게 생각하고 진흙으로 총알을 만들어 그 물동이의 구멍을 메웠다. 집에 돌아와 어머니에
  게 아버지에 대해 묻자 아버지가 떠날 때 남긴 "일곱 고개 일곱 골짜기 돌 위 소나무 아래
  에 숨겨 둔 것을 찾아낸 자가 내 아들이다."라는 수수께끼를 말해 주었다. 유리는 산골짜
  기를 헤매다가 돌아와 주춧돌을 보고서야 깨달아 동명왕이 숨겨 둔 칼을 찾아내 아버지
  를 찾아가 태자가 되었다.

처음에 동명왕의 사적을 보고
황당하고 괴이한 일이라 하였노라.
그 다음 천천히 살펴보니
그 변화란 헤아릴 수 없구나.
역사에 기록된 바른 필치라
글자 한 자인들 헛될 수 있으랴.

신성하고 또 신성하도다.
만세에 길이 법이 되리라.
생각하면 나라를 처음 세우신
임금이 성스럽지 않을 수 있으랴.

옛날 유온[27]은 못가에서 쉴 때
꿈속에서 신을 만났는데
번개 우레 어둠 속에 번득일 제
용이 굽이쳐 내려오더니
그때부터 태기 있어
마침내 한 고조를 낳았으니
이가 바로 적제[28]의 아들이라.

---

27) 유온劉媼은 한나라 태조 유방劉邦의 어머니.
28) 적제赤帝는 남방의 불의 정기를 대표하는 신의 이름으로, 한나라 고조 유방은 스스로 남
   방의 불의 덕으로 왕이 되었다고 하였다.

나라가 처음 일어날 때는
이렇듯 신기한 일 있는 법이로다.
한나라 광무제[29]가 태어날 때도
온 방안에 밝은 빛 가득 차니
상서로운 적복부[30] 옛 법을 이어
황건적[31]을 물리쳐야 하였으리.

예부터 제왕이 일어날 때는
상서로운 징조 이렇게 많았지만
그다음 자손들이 게으르고 거칠어
조상의 업적을 잇지 못하나니
옛 법을 잘 지키는 임금은
어려움 겪을수록 스스로 경계하도다.

임금은 언제나 너그럽고 어질어
예절과 의리로 백성을 다스리며
이 법 자자손손 전하여
천만년토록 나라를 편히 하리.

---

29) 한나라를 중흥시켜 동한東漢을 창건한 임금. 이름은 유수劉秀.
30) 한나라 광무제가 왕위에 오르기 전에 관중關中에서 상서로운 적복부赤伏符가 나타났는데, 거기에 광무제가 왕위에 오를 것이라는 예언이 기록되어 있었다고 한다.
31) 중국 동한이 망할 때 장각張角이라는 사람이 신비한 도술로 군중을 모아 반란을 일으켰는데 그 부대가 모두 머리에 누런 수건을 썼기 때문에 황건적이라고 하였다.

東明王篇

世多說東明王神異之事 雖愚夫騃婦 亦頗能說其事 僕嘗聞之 笑曰 先師仲尼 不語
怪力亂神 此實荒唐奇詭之事 非吾曹所說 及讀魏書通典 亦載其事 然略而未詳 豈
詳內略外之意耶 越癸丑四月 得舊三國史 見東明王本紀 其神異之迹 踰世之所說
者 然亦初不能信之 意以爲鬼幻 及三復耽味 漸涉其源 非幻也 乃聖也 非鬼也 乃神
也 況國史直筆之書 豈妄傳之哉 金公富軾重撰國史 頗略其事 意者公以爲國史矯
世之書 不可以大異之事爲示於後世而略之耶 按唐玄宗本紀 楊貴妃傳 並無方士升
天入地之事 唯詩人白樂天恐其事淪沒 作歌以志之 彼實荒淫奇誕之事 猶且詠之以
示于後 矧東明之事 非以變化神異眩惑衆目 乃實創國之神迹 則此而不述 後將何
觀 是用作詩以記之 欲使夫天下知我國本聖人之都耳

元氣判流渾　天皇地皇氏

十三十一頭　體貌多奇異

其餘聖帝王　亦備載經史

女節感大星　乃生大昊摯

女樞生顓頊　亦感瑤光暐

伏羲制牲犧　燧人始鑽燧

生妓高帝祥　雨粟神農瑞

青天女媧補　洪水大禹理

黃帝將升天　胡髥龍自至

太古淳朴時　靈聖難備記

後世漸澆漓　風俗例汰侈

聖人間或生　神迹少所示

漢神雀三年　孟夏斗立巳

海東解慕漱　眞是天之子
初從空中下　身乘五龍軌
從者百餘人　騎鵠紛襂襹
淸樂動鏘洋　彩雲浮旖旎
自古受命君　何是非天賜
白日下靑冥　從昔所未視
朝居人世中　暮反天宮裡
吾聞於古人　蒼穹之去地
二億萬八千　七百八十里
梯棧躡難升　羽翮飛易瘁
朝夕恣升降　此理復何爾
城北有靑河　河伯三女美
擘出鴨頭波　往遊熊心涘
鏘琅佩玉鳴　綽約顏花媚
初疑漢皐濱　復想洛水沚
王因出獵見　目送頗留意
玆非悅紛華　誠急生繼嗣
三女見君來　入水尋相避
擬將作宮殿　潛候同來戲
馬撾一畫地　銅室欻然峙
錦席鋪絢明　金罇置淳旨
蹁躚果自入　對酌還徑醉
王時出橫遮　驚走僅顚躓
長女曰柳花　是爲王所止

河伯大怒嗔　遣使急且駛
告云渠何人　乃敢放輕肆
報云天帝子　高族請相累
指天降龍馭　徑到海宮邃
河伯乃謂王　婚姻是大事
媒贄有通法　胡奈得自恣
君是上帝胤　神變請可試
漣漪碧波中　河伯化作鯉
王尋變爲獺　立捕不待跬
又復生兩翼　翩然化爲雉
王又化神鷹　搏擊何大鷙
彼爲鹿而走　我爲豺而趡
河伯知有神　置酒相燕喜
伺醉載革輿　并置女於輢
意令與其女　天上同騰轡
其車未出水　酒醒忽驚起
取女黃金釵　刺革從竅出
獨乘赤霄上　寂寞不廻騎
河伯責厥女　挽吻三尺弛
乃貶優渤中　唯與婢僕二
漁師觀波中　奇獸行駓騃
乃告王金蛙　鐵網投潑潑
引得坐石女　姿貌甚堪畏
唇長不能言　三截乃啓齒

王知慕漱妃　　仍以別宮置
懷日生朱蒙　　是歲歲在癸
骨表諒最奇　　啼聲亦甚偉
初生卵如升　　觀者皆驚悸
王以爲不祥　　此豈人之類
置之馬牧中　　群馬皆不履
棄之深山中　　百獸皆擁衛
母姑擧而養　　經月言語始
自言蠅嘬目　　臥不能安睡
母爲作弓矢　　其弓不虛掎
年至漸長大　　才能日漸備
扶余王太子　　其心生妬忌
乃言朱蒙者　　此必非常士
若不早自圖　　其患誠未已
王令往牧馬　　欲以試厥志
自思天之孫　　廝牧良可恥
捫心常竊道　　吾生不如死
意將往南土　　立國立城市
爲緣慈母在　　離別誠未易
其母聞此言　　潸然抆淸淚
汝幸勿爲念　　我亦常痛痞
士之涉長途　　須必憑騄駬
相將往馬閑　　卽以長鞭捶
群馬皆突走　　一馬騂色斐

跳過二丈欄　始覺是駿驥

潛以針刺舌　酸痛不受飼.

不日形甚癯　却與駑駘似.

爾後王巡觀　予馬此卽是

得之始抽針　日夜屢加餧

暗結三賢友　其人共多智

南行至淹滯　欲渡無舟艤

秉策指彼蒼　慨然發長喟

天孫河伯甥　避難至於此

哀哀孤子心　天地其忍棄

操弓打河水　魚鼈騈首尾

屹然成橋梯　始乃得渡矣

俄爾追兵至　上橋橋旋圮

雙鳩含麥飛　來作神母使

形勝開王都　山川鬱崒嵂

自坐茀薐上　略定君臣位

咄哉沸流王　何奈不自揆

苦矜仙人後　未識帝孫貴

徒欲爲附庸　出語不愼葸

未中畫鹿臍　驚我倒玉指

來觀鼓角變　不敢稱我器

來觀屋柱故　咋舌還自愧

東明西狩時　偶獲雪色麂

倒懸蟹原上　敢自呪而謂

天不雨沸流　漂沒其都鄙
我固不汝放　汝可助我憪
鹿鳴聲甚哀　上徹天之耳
霖雨注七日　霈若傾淮泗
松讓甚憂懼　沿流謾橫葦
士民競來攀　流汗相諤眙
東明即以鞭　畫水水停沸
松讓舉國降　是後莫予訾
玄雲羃鶻嶺　不見山邐迤
有人數千許　斲木聲髣髴
王曰天爲我　築城於其趾
忽然雲霧散　宮闕高嵳峩
在位十九年　升天不下莅
俶儻有奇節　元子曰類利
得劍繼父位　塞盆止人詈
我性本質木　性不喜奇詭
初看東明事　疑幻又疑鬼
徐徐漸相涉　變化難擬議
況是直筆文　一字無虛字
神哉又神哉　萬世之所韙
因思草創君　非聖即何以
劉媼息大澤　遇神於夢寐
雷電塞晦暝　蛟龍盤怪傀
因之即有娠　乃生聖劉季

是惟赤帝子　其興多殊祚
世祖始生時　滿室光炳煒
自應赤伏符　掃除黃巾僞
自古帝王興　徵瑞紛蔚蔚
末嗣多怠荒　共絶先王祀
乃知守成君　集蓼戒小毖
守位以寬仁　化民由禮義
永永傳子孫　御國多年紀

달단이 강남에 들어왔단 말을 듣고

북쪽 풍속이 남쪽에 익지 못하건만
달단*은 더운 지방을 침노했도다.
차마 어찌 만민의 식량 먹여
우리 원수를 살찌게 하랴.
성을 굳게 지킴이 으뜸가는 대책이나
들곡식을 치움도 좋은 수러라.

어떻게 하늘의 칼을 얻어
놈들의 머리를 일시에 벨까.
그 칼날에 떨어진 놈들의 머리
둥근 공같이 데굴데굴 구르리라.

그렇잖으면 큰 바다를 기울여
쏟아진 물 위에 둥둥 띄워 버리지.
그리하여 고기와 자라가 되면
우리 백성에게 회를 쳐 먹이리라.

---

* 동북부 지방에 살던 만주족으로 식량을 빼앗으러 고려를 자주 침입하였다.

이 말이 어리석다고 하지 마라
하늘의 뜻이지 사람의 꾀 아니로다.
그러나 원하노니 하느님이여
뒷일을 짐작하여 다 죽이지는 마소서.
아 무엇을 더 말할거나
분분히 흐르는 눈물 거둘 길 없어라.

聞達旦入江南

北俗不習南　胡爲入炎洲
忍令萬民食　肥澤一邦讎
嬰城雖首策　淸野亦良籌
安得天上劍　一時墮胡頭
盡隨白刃落　跳轉如圓毬
不然大海水　傾注使漂流
化爲魚與鼈　作膾我民喉
此言亦迂闊　天意非人謀
但願皇上帝　悔禍無盡劉
嗚呼何更陳　流淚紛難收

오랑캐가 강동에 들어왔단 말을 듣고

몇 놈 안 남은 도적들이
아직도 도망치지 않고
제 스스로 무덤을 파듯
죽을 자리에 들어왔구나.

원수를 잡으면
발기발기 살점을 저며
우리 만백성이
나누어 짓씹어 주세.

聞胡種入江東城自保 在省中作

殘胡厭竄逃　已入圈牢內
得肉幸平分　萬人甘共膾

이월 초하룻날 쓰노라

화창한 기운 온 하늘에 어려 있고
화산[1]에 꽃은 피어 봄도 벌써 중춘일세.

쳐들어온 오랑캐 서북으로 물리쳤으니
햇빛도 상서롭게 오색으로 빛나네.

二月初一日

蕩空和氣正氤氳　已入花山第六春
風卷胡塵西北去　日含五色瑞華新

---

1) 강화도에 있는 산 이름이다.

이월에 아직도 적들이 남쪽에 있단 말을 듣고

기러기도 북으로 날아가는데
아직도 오랑캐가 남쪽에 있다니.
남쪽을 지키는 붉은 새[1]야
원수를 모조리 쪼아 먹어라.

二月聞虜兵猶在南

候雁已歸北　胡雛猶在南
南方朱鳥窟　何不啄皆殲

---

1) 남방을 수호하고 관할하는 신으로 주작朱雀이라고도 한다. 남방을 수호하는 일곱 성좌인
정井, 귀鬼, 유柳, 성星, 장張, 익翼, 진軫을 총칭하여 '주조朱鳥'라고 한다는 설도 있다.

시월의 번개

교만한 오랑캐들의 노략질도 독스럽거든
겨울에 번개는 또 무슨 일인고.

번개야 너 오랑캐의 머리를 내리치렴.
그러면 제철은 아니어도 때를 맞추었다 하리라.

十月電

天放驕兒毒已彌　當冬震電又奚爲
翻然若向胡頭擊　縱曰非時可曰時

오랑캐가 강 너머에 주둔했다기에 1

오랑캐 무리 사나워도
강을 건너오진 못하리라.
놈들도 그것을 아는 까닭에
저렇게 칼날만 번뜩임이라.

누가 강가에 오랑캐를 끌고 오라.
물에만 이르면 모두 죽음을 주리라.

만백성 모두 놀라지 말고
베개를 높여 편히 잠들라.
오랑캐는 고대 물러가리니
나라는 다시금 편안해지리라.

九月六日聞虜兵來屯江外 國人不能無驚 以詩解之

虜種雖云頑　安能飛渡水
彼亦知未能　來以耀兵耳

誰能諭到水　到水卽皆死
愚民且莫驚　高枕甘爾寐
行當自退歸　國業寧遽已

오랑캐가 강 너머에 주둔했다기에 2

오랑캐 무리 모질다 하나
악쓰며 짖어 대는 개와 같나니
사람에게 덤비며 짖는 개 신세
제명에 죽기 어려우리라.

컹컹 제아무리 짖어 댄대도
우리 높은 덕 무너뜨릴 수 있으랴.
다스리는 법에 더욱더 힘써
터전을 다지고 국경을 튼튼히 하세.

又九月六日聞虜兵來屯江外 國人不能無驚 以詩解之

我道胡雛悍　僅若好吠犬
犬也好吠人　其終完者鮮
猖猖吠高耳　高德亦何累
但益修政經　保德兼保水

전승 소식* 1

거란의 기세 날로 성하여
사람 죽이기 풀 베듯 하네.
범 아가리에 침이 질질 흐르며
어린이 늙은이 닥치는 대로 구별이 없구나.

부녀들아 너무 근심치 말라
피비린내 다 쓸어버릴 테니.
나라 정치가 다 되지 않았고
조정의 술책이 또한 묘하네.

놈들은 죽음에 빠져들리라.
어찌 천벌을 피할쏘냐.
내 말이 어찌 헛된 것이랴.
오늘 전승 소식을 들었도다.

---

* 우리 군대가 거란과의 싸움에서 이겼다는 말을 들었다.

聞官軍與虜戰捷

虜氣日披猖　殺人如刈草
虎吻流饞涎　吞噬無幼老
婦女愼勿憂　腥穢行可掃
國業未遽央　廟謀亦云妙
行且自就誅　焉得避天討
吾言豈妄云　今日聞捷報

전승 소식 2

거란의 말굽이 아직도 남아서
밤에 누워도 잠들 수 없더니
나는 듯 빠른 우편이
아군의 승전을 알려 주네.
온 나라가 기뻐 날뛰고
축하하는 사람들 구름처럼 모여들도다.

又聞官軍與虜戰捷

胡騎猶未殲　夜臥難交睫
郵筒疾似飛　報道官軍捷
一國喜濃濃　蔟賀如雲合

나의 불안

벼슬에서 벗어나 한가로운 사람 되었으나
그래도 녹을 받아 가난치도 않거늘
내 무슨 일로 한없는 불안 있어
언제나 가슴속이 이리도 쓰라린가.

*

늙어도 녹 받으니 나라 은혜 지중하다.
때로 술을 빚어 시름도 잊는다만
내 마음 이리도 불안에 싸임은
오랑캐가 우리 땅을 침노함이라.

*

오랑캐 날뜀이야 온 나라의 근심인데
내 어이 혼자만 이토록 아파하나.
아직도 심장 속에 붉은 마음 살아 있어
벼슬에선 물러나도 충성은 변함없네.

不平 三首

已抛綬綬作閑人　半俸猶存食不貧
何事無窮不平事　每來胸底大傷神

*

老猶食祿聖恩優　略釀如堪得寫憂
遮箇心頭不平事　殆因胡虜滿方州

*

胡虜猖狂一國愁　汝何爲者作私憂
尙餘方寸丹心在　縱曰懸車豈肯休

금주 사창[1] 벽 위에 쓰노라

늘그막에 고을을 맡아
힘에 겨우니
부끄러운 마음
이마까지 땀이 솟누나.

곳간을 헤쳐 가난을 구제하니
기다리던 비가 내린다.
아아 비로소 알겠노라 하늘의 뜻을
그 얼마나 백성을 사랑하는가를.

書衿州倉壁上

殘年典郡力難任　愧積心中顙泚淋
發廩賑貧仍得雨　始知天意愛民深

---

1) 사창社倉은 환곡을 저장해 두는 창고. 여기서는 금주에 있는 환곡 창고를 말한다.

비를 기다리며 1

하늘 바라기 눈이 아물거리더니
운애도 짙은 구름같이 보이누나.
창틈에 기어가는 벌레 소리도
사락사락 내리는 빗소리인 듯.

*

아침엔 으슴푸레 내림 직도 하더니
다시금 파란 하늘 구름 한 점 없구나.
채마밭이 메말라 가슴이 타는데
마른 벼 소스락임 차마 듣겠느냐.

*

강 밑에 잠긴 용도 이 나라 용이라면
무슨 일로 엎드려서 비구름을 안 보내나.
아득한 땅 위에서 보잘것없는 내가
하늘에 외치노니 비를 내려 주소서.

渴雨 三首

長望天涯眼亦昏　錯看烟霧是濃雲
廻頭微有窓蟲響　又作蕭蕭細雨聞

　　　　　　*

朝昏凝睇望膏恩　天更深靑無片雲
小圃蔬乾猶自憫　甫田禾槁忍堪聞

　　　　　　*

龍宅江河亦國恩　如何潛伏不興雲
茫茫下土微臣在　號及皇天庶一聞

비를 기다리며 2

나 같은 벼슬아치야
굶어 죽음이 마땅하도다.
몇 해를 두고 하는 일 없이
나라 쌀만 축내었으니.

하늘이여
이 죄 없는 백성들이야
어쩌자고 굶주려
죽게 하느냐.

是夜又作

如我合爲飢死鬼　無功食祿幾多年
蒼生盡是天之物　何忍終令溝壑塡

기쁜 비

사람들은 다 새로 밭을 가져[1]
비가 내리니 기뻐 날뛰는구나.
나 홀로 밭이 없지만
나라 위하여 성심으로 기뻐하노라.

나라 창고 넉넉하면
내 살림도 모자랄 때 없으리니
원컨대 하늘은 두루 혜택을 베풀되
나라 밭에 맨 먼저 비 내리소서.

喜雨

人皆新有田　得雨抃不止
我無一畝地　爲國誠自喜

---

1) 1232년에 고려가 수도를 개성에서 강화도로 옮긴 뒤에 벼슬아치들이 다투어 밭을 얻어 경
작하였는데 이규보는 그렇게 하지 않았다.

國廩如有餘　吾食何時匱
願天賜澤周　先自公田始

큰비

— 정유년(1237) 6월 18일 큰비가 내려 사람과 집이 떠내려갔다. 정승으로서 곧바로 구조의 손길을 뻗치지 못함을 탄식하여 동료 이 정승에게 보이노라.

그릇 승상이 됐음을
내 스스로 비웃노니
졸렬한 솜씨이매
정치를 잘하지 못했구나.
나라 일에 참여한 지 다섯 해
내 무엇을 하였는고.
하루저녁 큰비에
많은 집이 떠내려가게 했네.

        *

조정에 인재가 없는 것도 아닌데
우리가 요행히도 이 자리에 앉았을 뿐
백성을 구하려 정승 되었건만
도리어 큰 장마를 불러
사람과 집들을 떠내려 보냈는지.

丁酉六月十八日大雨漂人物家戶自嘆爲相無狀 示同寮李相 二首

謬參丞相自猶嘲　手拙難於鼎味調
燮理五年何所得　霆霖一夕百家漂

＊

不是朝廷也乏材　吾儕僥倖忝鈞台
未知殷相爲霖用　反致人家墊沒災

정월 보름날 큰눈이 내려

어이하여 겨울에는 적게 내린 눈이
봄 들어 이렇게 한 자나 쌓였는고.
보리 싹을 덮기엔 조금 늦었지만
그래도 안 오는 것보단 한결 낫지.

내 오늘 눈 온 것 적어 두었다가
금년 농사 되는 것을 징험해 보리라.
어이 섣달에 눈이 와야만
밀보리 잘된다는 법이 있으랴.

소금같이 흰 눈이라고도
구슬같이 고운 눈이라고도 하련만
이런 거야 모두 시인들의 말재주라
노래 지을 때나 하는 소리지.

나는 옛사람의 법을 본받아
나라에 복이 될 것 생각하노라.
어떤 사람이 고운 종이 펼쳐

글 한 수 쓰기를 청하니
내 비록 늙었을망정
옛사람이 말 못한 것 말하여 보리라.

戊戌正月十五日大雪

胡奈冬小雪	至春乃盈尺
麥苗潤校遲	猶愈便無澤
欲驗歲何如	書之爲准的
如看隴上靑	何必臘前白
或譬之絮鹽	或況以璐璧
玆惟詞人事	歌詠所自作
我特書國祥	但效春秋則
有人展花牋	請我筆一擲
前人所未道	雖老儻可得

늙은 홀어미의 한숨

수풀은 단풍 들 준비 하고
귀뚜라미는 섬돌 밑에서 우네.
아낙네들 가을 소식에 선뜩했나
은근히 베틀을 정리하네.

그런데 늙은 홀어미
팔짱 끼고 다시금 더워집시사고.
시절이란 차례가 있나니
어찌 그대 위해 바뀌겠는가.

"동산 숲에 단풍이 들려 하니
옛 솜이나 찾아 두구려."
"이게 무슨 말씀입니까?
나는 본디 쪽박 신세
묵은 솜은 전당 잡혔고
새 옷은 줄 이가 없다오."

슬프다 그 말이여

마음에 걸리누나.
그대 궁하여 시름겨울 때에
한 자 비단일망정 보내 드리리.

嫗嫗嘆

林葉尙靑靑	蟋蟀鳴砌底
婦女已驚秋	殷勤理機杼
獨有老嫗嫗	拱手願復暑
時節固有程	進退寧爲汝
園楓行欲丹	爾可尋古絮
答云是何言	妾本最貧女
故絮久已典	新衣誰復與
我聞惻然悲	心若掛私慮
要趁窮愁時	尺帛期可惠

가려움증을 다스리고서

지난 팔월 그믐께 단독丹毒처럼 보이는 병에 걸려 지금까지 넉 달 넘게 앓았다. 의원들이 이런저런 약을 처방해 주었어도 별 효험이 없었다. 그러다 우연히 바닷물로 목욕하면 좋다는 민간 요법을 듣고서 그대로 해 보니, 바로 가려움증도 가시고 좁쌀같이 돋았던 것도 모래알처럼 되면서 모두 없어졌다. 그래서 이 시를 지어 의원들에게 두루 알려 그들을 부끄럽게 하려는 것이다.

지난 가을 팔월 그믐께
좁쌀 같은 것이 온몸에 나니
단독 같아도 단독은 아니요
옴은 아닌데 옴 같기도 하고
긁으면 시원하다가
손을 떼면 몇 배나 더 가렵고
가려운 게 멎으면 딱지가 앉는데
빛깔은 먹을 뿌린 듯하였다.

가렴증이 일면 참을 수가 없고
손톱으로 짜면 진물이 나고
어느덧 헐고 껍질이 생겨
두꺼비 등같이 징그럽게 되니
마치 뭇 소인들이
처음에는 감언이설로 꼬이다가

웃음 속에 칼을 품고
어진 사람을 해치는 격이었다.

아무리 약을 써도 낫지 않아
그대로 두었더니
우연히 항간에 떠도는 말이
짠 바닷물이 약이라고 하여
한 번 목욕에 가렴증이 멎고
두 번 목욕에 온몸이 거뜬했다.

세상 의원들이여
왜 이리도 의술에 어두운가.
오자서[1]의 신령이 남아 있어
바다의 조수가 이렇게 신기한가.
진실로 그러하다면
머리 숙여 오자서에게 절이라도 하리.

온 세상 사람들의 근심 걱정을
가렴증 고치듯 이렇게 고쳤으면
가슴속에 서리고 쌓인 분한도 풀어지련만.

---

1) 전국시대 초나라 사람. 억울하게 죽은 아버지와 형의 원수를 갚기 위해 오나라로 달아나
재상이 되자 초나라를 공격하여 원수를 갚았다. 뒤에 오나라 왕에게 억울하게 죽임을 당
했다. 그의 혼령이 조수潮水의 신이 되었다고 한다.

理病詩

予自去秋八月三十日被病如丹毒者 至今凡一百三十有餘日矣 衆醫哥藥無效 偶用俚俗所言 取海水浴之 是夜便不癢 而如硬沙者皆去 因作詩 遍告衆醫令愧之

去秋八月晦　紅粟被渾體
如丹復非丹　匪疥眞如疥
爬梳味甚佳　梳罷酸痛倍
痛定成硬沙　色似濃墨灑
癢發又難忍　抓作微汁潰
須臾還痱瘔　何異蝦蟆背
比如衆小人　初以甘言快
笑刀藏其中　覆爲君子害
謁醫皆不效　棄置無可奈
偶聞俚俗言　鹹水取於海
一浴癢立除　再浴體淸泰
迺知世上醫　爲術一何昧
不及靈胥濤　餘威猶可賴
遙向伍大夫　頓首敢再拜
濟人苟如此　忠憤庶可解

손득지에게 다시 보내노라

예로부터 글짓는 자
구름같이 많기도 하여
뽐내며 풀과 나무
제각기 노래하나
글귀나 다듬고
말마디나 골라내어
스스로는 신기타 하련만
읽는 사람의 입맛에는 안 맞는다네.

손군이 지은 시는
꽃답고도 풍미 있어
곰의 발처럼 맛이 있으니
그 누가 즐기지 않으랴.
아마 옥황상제도
은근히 그대를 궁 안에 불러
은대에 앉혀 두고
시를 짓게 하고 싶으리.
그대의 자질은 까마득히 높은

천 길 소나무와도 같거니
나 같은 자는 거기 비하면
감아 오르는 칡이라고 할까.

문득 일찍 싹트는 차[1]에 대해
노래를 지었는데
어찌 뜻하였으랴
그 노래 그대 손에까지 들어갈 줄을.

그대의 시를 보니 문득 생각나라
화계 기슭에서 함께 노닐던 일.
옛 생각 가슴속에 스며들어
눈시울이 자꾸만 뜨거워지누나.
그대 노래한 찻잎을
자세히 따지고 살펴보니
그 옛날 남쪽 나라에서
함께 맛보던 바로 그것이로구나.

화계 기슭에서 찻잎 따던
그날 그 광경을 이야기해 보세.
관리들 집집마다 싸다니며

---

1) 조아차早芽茶 혹은 유차孺茶라고 하는 차의 일종으로 남쪽 지방에 나는데 나라에 공납하
였다.

늙은이 젊은이 되는대로 몰아내어
첩첩한 높은 봉우리
아찔아찔 잎을 따서
멀고 먼 서울 길을
어깨로 져 날랐네.

이것은 만백성의
기름과 살이라
그 얼마나 사람을 괴롭혀
찻잎이 여기까지 왔으랴.

그대의 시 편마다 구절마다
사람을 깨우치는 숨은 뜻이 있고
시가 가져야 할 힘과 빛깔이
하나도 빠짐없이 갖추어 있네.

내 한가로운 몸
거리낌 없이 살아가며
한평생 술독과
함께 늙자 했네.

술 먹고 취해 자면
이 맛이 제일이라
무엇 하러 차는 끓여

맹물을 축내랴.
일천 가지에서 따 모은 잎이
한 모금에 넘어가는 찻잔에 떠 있다니
생각할수록 억울해라
양반들의 소일거리에
백성들 몰려 고생하는 것이.

그대 다음날 벼슬하여
간할 자리에 서거든
잊지 말게 내 시 속에
간절한 부탁이 숨어 있음을.
산에 들에 차나무 모조리 불태워
남방의 백성들 차를 따서
어깨로 져 날라 세금을 바치는
이런 제도는 없애도록 하게.

孫翰長復和 次韻寄之

古今作者雲紛紛　調戲草木騁豪氣
磨章琢句自謂奇　到人牙頰甘苦異
壯元詩獨窮芳腴　美如熊掌誰不嗜
玉皇召入蓬萊宮　揮毫吮墨銀臺裏
君材落落千丈松　攀附如吾類蔂藟

率然著出孺茶詩　　豈意流傳到吾子
見之忽憶花溪遊　　懷舊凄然爲酸鼻
品此雲峰未嗅香　　宛如南國曾嘗味
因論花溪採茶時　　官督家丁無老稚
瘴嶺千重眩手收　　玉京萬里賴肩致
此是蒼生膏與肉　　纘割萬人方得至
一篇一句皆寓意　　詩之六義於此備
隴西居士眞狂客　　此生已向糟丘寄
酒酣謀睡業已甘　　安用煎茶空費水
破却千枝供一啜　　細思此理眞害耳
知君異日到諫垣　　記我詩中微有旨
焚山燎野禁稅茶　　唱作南民息肩始

황려현 수령 유경로에게

정치에 관한 소문은
나는 화살보다 빨라
감당에서 밝은 재판 내렸음을
흐뭇하게 들었노라.
완고한 자의 오랜 버릇을
고친 것뿐이랴
탐욕스런 아전들의 미치광이 행동도
깨우쳐 고치게 하였구나.

내가 난 조그만 고을이라
비록 부끄럽지만
다행히 현관을 만나
자세한 실정 말하노니
너그럽고 엄함이 알맞다면
아무 폐단도 없으리라.
보내며 남기는 나의 이 말
깊이 명심하구려.

次韻黃驪縣宰柳卿老見寄

政聲飛到迅風翎　飽聽甘棠聽訟明
不獨頑民湔舊染　更敎貪吏解狂醒
予生小邑雖懷恥　幸遇賢官細說情
寬猛得中庸有害　臨行此語請深銘

늙은 장수[1]

한때는 하늘가를 나는 새매와도 같이
수많은 싸움터를 휘몰아 다녔네.

눈 멎으면 화살 모습 뚜렷이 떠오르고
흐린 날에는 옛 상처가 아파 온다.

그 옛날 쓰던 활은 벽 위에 걸려 있고
원수를 베던 칼도 칼집에 들었도다.

아직도 나라 위한 붉은 마음 살아 있어
꿈속에선 원수를 쏘아 없앤다네.

老將

當年身似鶻飛揚　東北曾馳百戰場

---

1) 이 시는 '늙은 기생〔老妓〕'이라는 시와 함께 이규보 자신을 노래한 것이다.

雪霽錯應看箭影　天陰時復發金瘡
彫弓蛇蟄堂中掛　白刃龍蟠匣裏藏
報國壯心長凜凜　夢中鳴鏑射戎王

날카로운
큰 칼을 들고

강물을 마시는
검은 쥐도
제 배가 부르면
그만두는데
대체 네 놈들은
몇 개나 입을 가져
만백성의 살을
모조리 다 먹느냐

명성 낚음을 풍자하노라

고기를 낚음은 그 살을 이용하려 함이나
명성을 낚음이야 무슨 이익이 있을꼬.
명성은 실속의 손님이라
실속 있으면 손님이 절로 오느니
실속 없이 빈 명성을 누리면
그것이 도리어 욕이 되더라.

용백[1]은 한 낚시에 자라 여섯 마리 낚았으니
이 낚시 그 아니 장한가.
태공[2]은 문왕을 낚았으나
그 낚시에는 미끼도 없었더라.

명성 낚음은 이와 달라서
한때의 요행을 노릴 뿐.

---

1) 키가 30발이나 되었다는 용백국龍伯國 사람으로 낚시를 한 번 던져 큰 자라 여섯 마리를
잡았다는 전설이 있다. 기원전 3세기 열어구列禦寇가 지은 《열자列子》에 나온다.
2) 태공太公은 중국 주周나라 초에 위수渭水 가에서 곧은 낚시로 고기를 낚고 있다가 문왕文
王을 만나서 그를 도와 훌륭하게 정치를 했다는 사람이다.

가령 거울 없는 여인이
화장으로 얼굴을 꾸며도
분성적이 지워져 맨 얼굴이 드러나면
보는 이들 욕지기하며 피하리라.

명성을 낚아서 어진 이가 된다면
어느 시대인들 안씨[3]가 없을 건가.
이름을 낚아서 훌륭한 관리가 된다면
어느 고을인들 공수[4]가 없으랴.

더럽구나 공손홍[5]이여
정승으로서 베 이불을 덮었다지.
작구나 호창수여
돈을 던지고 우물물을 마셨다지.

맑음이란 널리 알려질까 두려워하나니
양진[6]은 참으로 군자로구나.
내 이 시편을 지어
명성 좋아하는 선비를 풍자하노라.

---

3) 공자의 제자인 안회顔回.
4) 공수龔遂는 한나라 선제宣帝 때 지방관으로서 매우 훌륭한 정치를 했다.
5) 공손홍公孫弘은 한나라 사람으로 학식이 넓고 깊었다. 숭상이 되어서도 베 이불을 덮었으
   나 명성을 좋아했다.
6) 양진楊震은 한나라 사람으로 매우 정직하였다.

釣名諷

釣魚利其肉	釣名何所利
名乃實之賓	有主賓自至
無實享虛名	適爲名所累
龍伯釣六鼇	此釣眞壯矣
太公釣文王	其釣本無餌
釣名異於是	僥倖一時耳
有如無鑑女	塗飾暫容媚
粉落露其眞	見者嘔而避
釣名作賢人	何代無顔氏
釣名作循吏	何邑非龔遂
鄙哉公孫弘	爲相乃布被
小矣虎昌守	投錢飮井水
淸畏人之知	楊震眞君子
吾作釣名篇	以諷好名士

이불 속에서 웃노라

사람이 사노라면 우스운 일 하도 많아
낮에는 바빠서 다 웃지 못하고
밤중에 이불 속에서 혼자 웃노라
손뼉을 치며 소리내어 웃노라.

*

혼자서 우스운 일 한두 가지 아니나
그중에서 제일 우스운 일 무엇인가.
글재간이 모자라 보통 때는 쩔쩔매면서
높은 사람 앞에서는 잘난 체 뽐내는 것.

*

두 번째 우스운 건 또 무엇인가.
벼슬아치 뇌물 받아 깊이 감춰 두고는
물건 하나 가진 것도 사람들은 다 아는데
물보다 맑다고 떠드는 것.

세 번째 우스운 건 채신없는 여자라
거울을 보고도 제 못난 것 모르고
그 누가 곱다고 추어나 주면
정말로 잘난 체 아양을 떠는 것.

                    *

네 번째 우스운 건 바로 내 이야기라
세상살이 거의 다 요행을 바라면서
모나고 어리석은 줄 사람들은 다 아는데
저 잘나서 이렇게 높아졌다 떠드는 것.

                    *

다섯 번째 우스운 건 중놈들이라
미인을 만나면 가슴이 설레면서
먼 하늘만 바라보며 보지도 않은 척
제 마음은 짐짓 무심하고 싸늘한 체함이라.

衾中笑　六首

人間可笑事頻生　晝日情多笑未遑
半夜衾中潛自笑　殷於手拍口兼張

*

衆中所笑雖非一　第一呵呵孰最先
文拙平時遲澁者　揮毫示捷貴人前

*

笑中第二又誰是　爲吏稍貪深自秘
一物入門人盡知　對人好說淸於水

*

笑中第三女不麗　鏡裏自看難自識
有人報道爾顏姝　妄擬正妍多作色

*

笑中第四是予身　涉世無差僥倖耳
直方迂闊人皆知　自謂能圓登此位

*

笑中第五是浮屠　邂逅佳人心已寄
目送飛鴻佯不看　故爲灰冷無心士

군수 몇 놈이 뇌물을 받아 죄를 입었다는 말을 듣고

해마다 흉년 때문에도
백성들은 거의 죽게 되어
뼈와 살이 맞붙었는데
그 몸에 몇 점이나 살이 남았다고
이다지도 모질게 긁어모아
마지막 피마저 말리려 드느냐.

*

강물을 마시는 검은 쥐도
제 배가 부르면 그만두는데
대체 네 놈들은 몇 개나 입을 가져
만백성의 살을 모조리 다 먹느냐.

聞郡守數人以贓被罪　二首

歲儉民幾死　唯殘骨與皮

身中餘幾肉　屠割欲無遺

*

君看飮河鼺　不過滿其腹
問汝將幾口　貪喫蒼生肉

중이 행실이 나빠 형벌을 받았다는 말을 듣고

머리 위에 머리카락 있든 없든
사내치고 여자를 좋아하긴 매일반이지.
석가여래의 도움이 없었던들
아난존자도 마등녀에게 빠져 버렸으리.[1]

        *

이 중이야 눈치 없이 사람에게 잡혔으나
법으로야 하나하나 그 어찌 다 잡으랴.
마음대로 아이 낳아 기르게 하여
부지런히 농사짓고 살게 함이 좋으리.

---

1) 불교 전설에 아난阿難이라는 도승이 음탕한 여자 마등가摩登伽에게 유혹당하였을 때 석
가여래가 주문을 외워 구원하였다 한다.

聞批職僧犯戒被刑 以詩戲之 二首

勿論髮在與頭髡　好色人心摠一般
不有如來神呪力　摩登幾已誤阿難

　　　　＊

此髮謀拙被人擒　國令何曾一一尋
任遣生雛皆壯大　盡驅南畝力耕深

농사꾼에게 청주와 이밥을 못 먹게 한단 말을 듣고

장안에 호화롭게 잘사는 집엔
보배가 산더미처럼 쌓여 있도다.
구슬같이 흰 입쌀밥을
말이나 개가 먹기도 하고
기름같이 맛있는 청주를
아이종들도 마음대로 마시누나.

이것이야 모두 다 농사꾼이 이룩한 것
그들이야 본디 무엇이 있었으랴.
농민의 피땀을 빨아 모아선
제 팔자 좋아서 부자가 되었다 하네.

한평생 일해서 벼슬아치 섬기는
이들이 바로 농사꾼이라
누더기로 겨우 살을 가리고
온종일 쉬지 않고 밭을 갈지.

볏모가 파릇파릇 자랄 때부터

몇 번을 김매고 가꾸어 이삭이 맺혔건만
아무리 많아야 헛배만 불렀지
가을이면 관청에서 앗아가는 것.

남김없이 몽땅 빼앗기고 나니
내 것이라곤 한 알도 없어
풀뿌리를 캐어 연명하다가
굶주려 마침내 쓰러지고 마누나.

데려다 일이나 시키지 않으려면
그 누가 밥 한 술인들 먹여 주랴.
농사꾼은 부릴 때만 소용이 되지
먹여 살리는 덴 아랑곳없구나.

구슬같이 희디흰 이밥과
고인 물같이 맑은 술은
바로 농사꾼이 만든 것이라
그들이 먹는 것을 하늘인들 허물하랴.

여보게 권농사 내 말 듣게
나라의 법이라도 잘못되었네.
서울 안 높은 벼슬아치들은
술과 밥이 썩어나고
시골에서 글 읽는 선비들도

언제나 술쯤은 마시고 사는데
놀고먹는 자들도 이러하거니
농사꾼을 왜 이리 천대하는가.

聞國令禁農餉淸酒白飯

長安豪俠家	珠貝堆如阜
春粒瑩如珠	或飼馬與狗
碧醪湛若油	霑洽童僕咮
是皆出於農	非乃本所受
假他手上勞	妄謂能自富
力穡奉君子	是之謂田父
赤身掩短褐	一日耕幾畝
才及稻芽靑	辛苦鋤稂莠
假饒得千鍾	徒爲官家守
無何遭奪歸	一介非所有
乃反掘鳧茈	飢仆不自救
除却作勞時	何人餉汝厚
所要賭其力	非必愛爾口
粲粲白玉飯	澄澄綠波酒
是汝力所生	天亦不之咎
爲報勸農使	國令容或謬
可矣卿與相	酒食厭腐朽

野人亦有之　每飮必醇酎
游手尙如此　農餉安可後

며칠 있다가 또 쓰노라

옛날에 어떤 사람 산에 올라
원숭이가 과일을 딴다고 야단쳤네.
산에 살면서 산열매를 먹음이
그다지 잘못된 일도 아니라네.

그러나 또 한번 생각해 보면
산열매를 원숭이가 가꾼 것은 아니라
야단을 칠 수도 안 칠 수도 있지.
그것은 오직 생각할 탓이로세.

곡식은 이와는 딴판 다르지
이것은 바로 농부가 김매고 가꾼 것
하나에서 열까지 그들의 힘이라
농부의 땀 아니면 어디서 나왔겠나.

맑은 술과 흰 이밥은
농사짓는 힘을 돋우나니
제 것 제 먹게 마음대로 맡겨 두지

여기에 법령이 무슨 소용이랴.

조정에서 이런 법 만들었으나
임금은 이 사정 알아주시리.
두 번 세 번 생각해 볼수록
놀고먹는 자보다 만 배는 더 먹어야네.

後數日有作

昔人有登山　噴猿耗秋果
處山食山實　於理不甚左
翻思果之成　本非猿力借
噴之與不噴　意在可不可
穀則異於是　農夫所自化
摠係力慢勤　不勤無可奈
淸醪與白飯　所以勸其稼
口腹任爾爲　國禁何由下
議雖出朝廷　聖恩宜可赦
反覆思其理　萬倍坐食者

쥐 소동

고양이를 기름은
네놈들을 모조리 잡자는 것보다
네놈들이 고양이를 보고
멀리 도망치게 하렴인데
어찌하여 깊이 숨어 있지 않고
벽을 뚫고 부지런히 드나드느냐.

나와 노는 것도 얄미운 일인데
더구나 미친 것처럼 요란스레 굴어
부스럭부스럭 잠 못 들게 하고
가만히 반찬을 도적질해 먹누나.

고양이가 있어도 이 모양이니
정말로 고양이가 머저리로다.
고양이의 잘못은 잘못이라 치고
네놈들의 죄도 용서할 수 없구나.

고양이는 내쫓아 버리겠지만

네놈들은 잡을 재간이 없으니
쥐새끼야 네놈들이 정 그럴 테면
더 무서운 고양이를 구해 오리라.

鼠狂

畜猫非苟屠爾曹　欲爾見猫深自竄
胡爲不遁藏　穴壁穿墉來往慣
出遊已云頑　矧復狂且亂
鬪喧妨我眠　竊巧奪人饌
猫在汝敢爾　實自猫才緩
猫職雖不供　汝罪亦盈貫
猫可鞭而逐　汝難擒以絆
鼠乎鼠乎若不悛　更索猛猫懲爾慢

죽순

하늘에 닿도록
곧바로 자라야 할 네가
무슨 일로 이렇게
벽을 뚫고 나왔느냐.

구슬 같은 대마디 맺으며
어서어서 드높이 솟아라.
혹시나 욕심 많은 놈들의
술안주 될까 봐 두렵구나.

竹笋

問渠端有干霄意　何事橫穿壁罅生
速削琅玕高百尺　免教饞客日求烹

민머리를 스스로 비웃노라

털이 빠져 번들번들한 민머리
민둥산과도 같구나.
갓을 벗을 제는 부끄럽지만
빗질할 생각 이미 잊었구려.

귀밑털과 수염만 없다면
갈데없는 늙은 중의 머리.
관으로 머리를 가리고
힘써 추기¹⁾를 갖추었네.

누른 옷 뒷자락을 양쪽에서 끌고 갈 제면
구종 소리²⁾ 길가에 시끄러워
길 가던 이들 잘못 알고
피하여 달아나누나.

---

1) 추기騶騎는 말을 타고 윗사람을 뒤따르는 하인.
2) 관원을 모시고 다니는 하인의 외침 소리.

실상인즉 쓸모없는 자
나라에 준 이익 뭐가 있었나.
한갓 큰 배만 채우려고
많은 곡식을 먹었을 뿐.

그래도 뻔뻔스럽기 짝이 없으니
누가 비웃지 않으랴.
잘못을 더하지 않으려면
빨리 물러갈지어다 물러갈지어다.

頭童自嘲

髮落頭盡童　譬之禿山是
脫帽得不憋　容梳已無意
若無鬢與鬚　眞與老髡似
冠弁飾其顚　强自備騶騎
黃裯雙引行　呵喝喧道里
行者錯擬人　趑趄走相避
其實乃妄庸　於國無所利
徒將一腹膳　多喫國廩耳
自尙厚顏深　人誰不嘲戲
不如速卷藏　無重己之累

통음

― 사공 전원균의 집에서 취하여 밤들어 돌아와 쓰노라.

취한 사람이 어떻게 이르고 늦음 분간하리.
금오도 누구냐고 단속하지 않더라.
성 동쪽 술 즐기는 화전¹⁾ 나그네
성 서쪽 재상 집에서 마냥 취했구나.

自田司空元均宅醉廻犯夜

醉客那能分早晏　金吾不用更誰何
城東嗜酒花甋客　痛飮城西宰相家

---

1) 화전花甋은 당시 어사를 의미한다.

전주 관사에서 수직하며

일반 남자는 괴롭다가도 기쁠 때가 있는데
나의 가슴엔 억울함이 뭉쳐 언제나 편치 못하다.

나는 해가 질 때까지 영중에서
무릎을 꿇고 앉아 일하고도
이른 새벽부터 다시 나가 일을 보았거니.

그래도 미친 소리를 자주 하는 자 있으니
그 미간에 뜸이나 놓아 줄까.[1]
분함을 참을 길 없어 볼에 혹이 불거질 것 같다.

누가 백방으로 내 잘못을 찾을라
하여도 나는 굴하지 않는다.
내 마음은 언제나 물같이 맑고 깨끗하거니.

---

1) 진나라 '곽서전郭舒傳'에 미친병에는 미간에 뜸을 놓는다는 말이 있다.

全州客舍夜宿書徧懷

一般男子有枯榮　堆阜撑胸意未平
盡日營中猶曲膝　五更窓外自呼名
狂言屢發眉堪灸　徧憤難消瘦欲生
百計覓瘷難屈處　寸心長共水爭淸

갈담역에서

― 순창군에서 전주로 들어가다가 갈담역 편액에 적어 둔 여러 사람의
시를 보고 그 운에 맞추어 쓰노라.

석양에 돌아가던 나의 깃발은 숲속에서 펄럭이고
남도의 산천은 한결같이 아름답다.
여기저기 늘어진 버들은 사람을 야릇이 괴롭히고
아름다운 꽃은 가꾸는 이 없어도 붉게만 피었다.

이 역의 정자여 오가는 손님들을 다 보았으려니
누가 나처럼 소탈하던가.
역 수레를 타고 총총 다니던 허례를 버리고
옷을 벗어던지며 마루에 벌떡 누워 바람을 쏘이거니.

自淳昌郡向全州 入葛覃驛 用板上諸公韻

夕陽歸旆樹陰中　南道山川一樣同
垂柳惱人隨處綠　幽花無主爲誰紅
郵亭閱遍經由客　野性誰如放曠翁
不作怱忙乘傳態　解衣閑臥一軒風

의서를 읽으며

정사에 서투르니 마음만 고달파 병들었네.
세상만사는 지내 보아야만 아느니.
반백에 군수 노릇 할 것은 아니니
의서를 읽으며 늙은 의원이 되고 싶어라.

讀本草

政拙心勞病切肌　世間萬事折肱知
二毛作郡終無用　欲讀方經作老醫

내 홀로 읊노니

벼슬길에 취해 놀던 일은 전혀 꿈만 같은데
청산에 돌아갈 길은 다시금 멀어지누나.
그 누구에게 배워서 굴레를 쓴 건 아니건만
관청 문서가 들입다 쌓이니 힘에 겹구나.

          *

태수는 병들어 오랜 기간 말미 중이고
부관은 게을러 드문드문 나오더라.
그들과 다를 바 없는 나 홀로 건성 바삐 돌아도
백성을 다스린다는 건 말뿐이지 공연히 세월만 보낸다.

          *

흑석천 냇가엔 피서하기 좋고
개원루 다락 위에선 시 읊기 좋으련만
나에겐 관청 일만 밀리고 밀리어
열흘에 술 한 잔 들기도 어렵구나.

*

일처리 잘 못하는 대로 그럭저럭 꾸려 나갈 뿐
정사가 전 사람만 못하니 누가 더 있어 달라 하겠는가.
어제에 이어 오늘 아침에도 할 일 없이 기생만 처벌하고
서기를 불러 놓고 다만 말하노니 풍류에 들뜨지 말라.

*

붉은 깃발 불길처럼 나부끼고 말은 용처럼 내달려
남산의 백호를 잡았느니라. ▪
나를 가리켜 대담치 못하다는 말 마라.
톱 이빨 가진 놈이 내 꾀에 떨어졌더니라.

*

고을 잘 다스림은 청정함이 으뜸이라고
내 선조들이 거듭거듭 강조하심을 보았거니
책을 읽고 나면 마음은 자꾸만 허전해져
벼슬 버리고 흰 구름 피는 고향에 가고만 싶어라.

*

▪ 그 범이 번번이 사람을 해친다는 말을 듣고 군사를 거느리고 나가 잡았다.

나는 아귀도 염라왕도 아니어서
날마다 옥중의 죄수들을 살피며 애를 끊는다.
풍류 소리도 항상 들으면 싫어진다는데
하물며 매 치는 소리만 들으니 어찌 슬프지 않으랴.

*

바른 일만 하면 원수를 만들기 마련이라
올바른 뜻도 한 달이 가지 못하더라.
금년도 가을이 반 남아 지내고 나니
우습게도 강철 같던 마음 또 흔들리누나.

自貽雜言　八首

紫陌醉遊渾似夢　青山歸計亦違心
誰敎俯首就銜勒　簿領堆高力不任
　　　*
太守抱痾長在假　貳車多懶亦稀衙
唯同一箇栖栖橡　敲榜中間費歲華
　　　*
黑石川邊堪避暑　開元樓上可吟詩
只緣官事來侵軼　十日猶難倒一巵
　　　*

理無善狀皆推去　政謝前賢執借留
昨日今朝連罰妓　但言書記勿風流
*
紅旗如火馬如虯　獵得南山白額侯
莫道書生無膽氣　鋸牙刀齒落吾謀
*
化邑由來貴淸淨　故看吾祖五千文
一篇讀了心虛寂　反欲休官入白雲
*
身非羅刹與閻王　日閱纍囚謾斷腸
笙笛慣聞猶或厭　況聽楚毒可無傷
*
道直無人不作讎　初心不意數旬留
今年又見秋强半　笑我翻成繞指柔

전주를 떠나며

— 12월 19일에 무고를 입고 해직되어 전주를 떠나며 쓰노라. [1]

일찍부터 물러나려 하면서도
그냥 머물러 머뭇거리며
벼슬아치의 부끄러움을 잊었더니
기어이 이 몸을 욕되게 하였어라.

아무런 잘못도 없건만
밝힐 길 아예 없으니
하늘만 쳐다보며 웃을 뿐
다시는 말하기도 싫구나.

나를 무고한 사람은 눈앞에 있으나
누가 그를 범에게 던져 주랴. [2]
우리의 밝은 길은 걷기 어려우니
부질없이 울기만 하였어라.

---

1) 이규보가 33세 때인 1200년 일이다.
2) 《시경》에 무고하는 사람은 범에게 던져 잡아먹히게 한다는 말이 있다.

내가 생겨나기 그 이전에
그 무슨 빚이나 질머졌던가.
슬퍼할 것도 아니며
상심할 것도 아니어라.

十二月十九日被讒見替 發州日有作

早圖斂退偶因循　竊祿忘羞果辱身
詣吏自明猶未得　仰天大笑更何陳
讒人尙在誰投虎　吾道難行謾泣麟
的是前生曾有債　不須惆悵也傷神

광주에 들러서 진 서기에게

내 우연히 강남에 벼슬아치로 갔으나
고을을 다스릴 힘이 모자랐으니 어찌하리오.
남의 말 듣지 않음을 스스로 책망하나
추호도 범한 죄는 없거니 무엇이 부끄러우리오.

전주에서 취했던 꿈이 막 깨었는데
광주 읍 즐거운 놀이에 또다시 취하려네.
여기 광주에서 현명한 서기 그대를 만나니
한 등불 밑에서 서글프던 사연 다 말하였어라.

二十九日入廣州贈晉書記公度

偶霑微祿宦江南　其奈爲州力不堪
未學舌柔甘自責　本無毫犯亦何慙
完山醉夢方驚罷　漢邑歡遊又正酣
賴訪名都賢管記　窮愁瀉了一燈談

스스로 비웃다[*]

메마른 이 몸에도 뜻은 있어
병든 머리카락은 성기구나.
누가 나를 이렇게 고지식하게 하여
세파에 휩쓸리지 못했던고.
범 나왔다는 거짓말도 세 번이면 믿는다는데
나는 지나친 청렴 때문에 파직당하였어라.
인제 나는 다만 소박한 농부가 되어
보습 걸머지고 밭으로 돌아가리라.

自嘲

冷肩高磊落　病髮短蕭疎
誰使爾孤直　不隨時卷舒
誣成市有虎　正坐水無魚
只合作農老　歸耕日荷鋤

---

[*] 서울로 돌아온 뒤에 쓴 것이다.

수령살이 낙이라고 하지 말라

수령살이 낙이라고 하지 말라
수령살이 도리어 근심뿐임을.
공판정은 저자처럼 소란하고
소송장은 산처럼 쌓여 있느니.
가난한 백성에게 비싼 세금 지우고
옥에 넘친 죄인을 가엾이 바라보며
언제 한번 웃어 보지도 못하거늘
하물며 마음 놓고 놀 수 있으랴.

*

수령살이 낙이라고 하지 말라
수령살이 새라새 걱정뿐임을.
사나운 얼굴로 아랫사람을 꾸짖어야 하고
윗사람에겐 웃으며 두 무릎 꿇어야 하느니.
속군은 행춘[1]에 습관이 붙고

---

1) 관리들이 버릇처럼 봄만 되면 순행하는 것을 말한 것이다.

성황당에 비 빌기가 일이라
잠시도 한가한 틈이 없거늘
어찌 몸 편한 시간이 있으랴.

　　　*

수령살이 낙이라고 하지 말라
수령살이 걱정만 더함을.
몸에는 비단 한 자락 걸쳐 보지 못하고
주머니엔 돈 한 푼 남지 않느니.
걱정하는 마누라를 위로할 길이 없고
배고파 우는 아이 달랠 길이 없구나.
앞으로 삼 년이 채 못 가서
알겠노라 백발이 머리를 덮을 것을.

　　　*

시름이 짙어지면 술잔이나 들고서
그럭저럭 이것저것 잊겠지마는
술잔에는 푸른 녹만 슬고
거문고에는 먼지가 덮였구나.
강산도 원한에 잠겼느뇨.
꽃 피니 봄뜻이 완연하다만
내 이 몸 즐길 줄 모름은

날카로운 큰 칼을 들고 | 125

벼슬이 사람을 얽어 놓은 탓이로다.

莫道爲州樂 四首

莫道爲州樂　爲州乃反憂
公庭喧似市　訟牒委如丘
忍課殘村稅　愁看滿獄囚
也無開口笑　況奈事遨遊
　　　　＊
莫道爲州樂　爲州憂轉新
怒顏訶郡吏　曲膝拜王人
屬郡行春慣　靈祠公雨頻
片時閑未得　何計暫抽身
　　　　＊
莫道爲州樂　爲州憂轉稠
身無尺帛暖　囊欠一錢留
妻恚嗔難解　兒飢哭不休
三年如未去　白髮欲渾頭
　　　　＊
憂深何以遣　些少宴遊晨
盞罥生靑暈　琴箏羃素塵
江山應蓄怨　花柳若爲春
不是風情薄　官箴大逼人

퇴청하니 할 일 없어

퇴청하니 할 일 없어
외로운 마을처럼 적막하다.
머리에는 녹태책[1]을 쓰고
몸에는 쇠코잠방이를 걸쳤다.
호랑이는 더러 대낮에도 오고
모기는 저물기도 전에 물어뜯나니
가소롭다 하찮은 수령살이여
부질없이 서울 꿈만 꾸누나.

            *

퇴청하니 할 일 없어
시원한 북창 가에 누웠나니
허물어진 바람벽엔 뱀이 허물 벗고
거친 섬돌에선 개미가 벌레를 끌고 가누나.
잠만 자니 눈두덩이 부어오르고

---

1) 사슴의 태로 만든 두건.

앓고 나니 머리칼만 한 웅큼 빠졌네.
가소롭다 하찮은 수령살이여
몹시도 상늙은이 같구나.

        *

퇴청하니 할 일 없어
더위만 찌는 듯 사람을 괴롭히누나.
시 한 수 읊고 나면 두건은 목 위에 흘러내리고
한잠 자고 나면 온몸에 대자리 자국이로세.
한가히 바둑 두며 독한 술법 쓰고
술도 바닥나 게걸스레 먹던 입 다무누나.
가소롭다 하찮은 수령살이여
늙을수록 가난만 더해 가누나.

        *

퇴청하니 할 일 없어
부처님 그리움에 잠겼노니
굶주린 쥐새끼는 책시렁에 기어오르고
낯선 새는 방안에 날아드네.
기나긴 해를 보낼 길 없어
서산에 해지기만 기다리노라.
가소롭다 하찮은 수령살이여

그 옛날의 젊음을 누려 볼 길 없구나.

*

퇴청하니 할 일 없어
늙은 몸 죄수처럼 외롭다.
내 벼슬살이 낙이란 모르고
중과 더불어 노닐고 싶은 생각뿐.
조정은 저 하늘과 더불어 아득한데
세월은 흐르는 물처럼 빠르기도 하여라.
가소롭다 하찮은 수령살이여
그대도 벼슬을 탐내느뇨.

*

퇴청하니 할 일 없어
문밖에는 찾아오는 이 드물다.
하 고요하니 매미 소리마저 역겨워
매인 몸 나는 새가 부럽구나.
천장은 머리가 닿을 듯
방은 좁아 손도 휘두르기 힘드나니
가소롭다 하찮은 수령살이여
언제나 때가 되어 돌아가리오.

퇴청하니 할 일 없어
머리를 풀어헤친 채 거니노라.
손님 대접에는 푸성귀를 무쳐 놓고
아이 불러 어린 작약에 물을 주네.
세상이 하 싫어 얼굴은 여위건만
그래도 머리 들어 서울만 바라보네.
가소롭다 하찮은 수령살이여
굳센 뜻도 늙어 가매 약해지누나.

退公無一事 七首

退公無一事　寂寞似孤村
頭岸鹿胎幘　身遮犢鼻褌
虎來猶白日　蚊嚼未黃昏
笑矣殘城守　徒勞夢掖垣
　　　　*
退公無一事　高臥北軒風
壞壁蛇遺蛻　荒階蟻曳蟲
睡餘浮眼纈　病後落頭蓬
笑矣殘城守　形容劇野翁
　　　*

退公無一事　暑氣謾蒸人
吟久巾欹領　眠多簟印身
碁閑遊毒手　酒盡錮饞脣
笑矣殘城守　生涯老更貧

*

退公無一事　默坐念空王
飢鼠登書架　幽禽入印床
不堪消永日　聊喜向斜陽
笑矣殘城守　無由放舊狂

*

退公無一事　白首若孤囚
未識邦侯樂　空思法從遊
朝廷天共遠　日月水同流
笑矣殘城守　貪官莫退休

*

退公無一事　門外吏人稀
耳靜嫌蟬噪　身拘羨鳥飛
屋矮頭可觸　城窄手難揮
笑矣殘城守　何時告滿歸

*

退公無一事　散髮自逍遙
對客蒸蔬菜　呼兒灌藥苗
顔因厭世變　首爲望京翹
笑矣殘城守　剛腸老亦銷

문을 닫아걸고서

이러저러한 시비를 피하기 위하여
문을 닫고 누우니 상투는 풀어지고
봄날의 여인처럼 바깥 구경하고 싶던 마음도
인제는 잠잠해져 안거 중인 중처럼 되었어라.

어린 손자에게 옷깃 잡혀 노는 게 즐거워
누가 문을 두들겨도 못 들은 척하여라.
인간의 운명은 하늘에 달렸거니
메추라기가 어찌 붕새를 부러워하랴.

杜門

爲避人間謗議騰　杜門高臥髮鬅鬙
初如蕩蕩懷春女　漸作寥寥結夏僧
兒戲牽衣聊足樂　客來敲戶不須應
窮通榮辱皆天賦　斥鷃何曾羨大鵬

초당에서 벗들과 술을 마시며 1

인제 허리띠는 점점 헐렁해지고
몸은 점점 가늘어지건만
꿈에 어리는 청산에는
아직도 가지 못했도다 가지 못했도다.

파리새끼처럼 웽웽거리는 자에게
일찍이 무고를 입어 머리마저 세었기에
이른 봄날 날씨는 아직도 차지만
파리새끼 날아들까 두렵도다 두렵도다.

草堂與諸友生置酒 取王荊公詩韻 各賦之

年來腰帶漸寬圍　夢繞靑山尙未歸
曾被營營來點白　春寒猶恐有蠅飛

초당에서 벗들과 술을 마시며 2

가난한 사람에겐
풍류도 소용없거니
그저 술만 마시게
거꾸러질 듯 취해 돌아가게.
고을살이에서 쫓겨왔음을
서럽다고 나를 위로하지 말게.
들새가 조롱에서 벗어난 듯
나는 기쁘다네 그것만은 기쁘다네.

　　　*

바둑판을 놓고 마주 앉으면
서로 이기려고 다투었건만
술에 취해 돌아갈 제엔
서로 의지하여 같이 걸었네.
젊은 시절의 기백은
아직도 이 몸에 남아 있어서
눈빛처럼 하얀 종이 위에

붓을 날리네 여보란 듯이 붓을 날리네.

又和草堂與諸友生置酒 取王荊公詩韻 各賦之 二首

薄寒不用妓成圍　劇飲須教客倒歸
罷郡閑居君莫唱　野禽方喜出籠飛

     *

碁戰爭雄正對圍　醉鄕得路共尋歸
少年習氣猶依舊　雪色蠻牋筆似飛

딱따구리

나무 구멍에서 벌레집 찾아내어
딱딱 쪼는 소리 문을 두드리는 듯
뉘라서 너의 부리 빌려다가
사람 먹는 사람 벌레 잡아 주려뇨.

啄木鳥

木穴得蟲藪　剝剝如扣戶
誰能借汝觜　啄去人中蠱

느낀 바 있어서

입이 있어도 말할 수 없고
눈이 있어도 울 수 없으니
뉘라서 알아주리 이내 회포를
종일토록 가슴만 답답하여라.

이 한 몸만 추워서가 아니로다
누더기도 못 걸친 이가 있거늘.
내 배만 고파서가 아니로다
푸성귀도 못 먹는 이가 있거늘.

하 많은 이 시름 풀 길이 없어
저 하늘을 우러러보노니
볼수록 내 마음 슬프도다
북두성 따올 수도 없으니.

어떤 이의 인장은 어마어마하고
어떤 이의 관은 높기도 하더라만
사다새[1]는 주둥이 적시기를 저어하고

봉황은 단혈丹穴에 날개를 숨겼구나.[2]

왜 함정을 미리부터 돌보지 않아
호랑이와 승냥이가 고을에 가득 찼느뇨.
가의[3]는 두 번이나 피눈물을 뿌렸고
정공[4]은 십조목을 논했도다.

감개무량토다 두 분의 높은 뜻이여
이제 뉘라서 그 뜻을 이어가리.
오호라 두 번 다시 말하기 어려우니
소인배들이 속닥거리누나.

感興

有舌不可掉　有眼不可泣
誰能測予懷　竟日空悒悒
豈爲我身寒　藍縷憂難緝

---

1) 사다새는 물고기를 잘 잡는 새인데, 부리를 물에 적시기를 저어한다 함은 세상이 어지러
　워 인재가 나올 수 없다는 뜻이다.
2) 봉황은 평화의 새라서 어지러운 세상에 나오기를 싫어한다는 뜻이다.
3) 가의는 한나라 사람으로 통곡할 일이 한 가지, 눈물 흘릴 일이 한 가지라고 했다.
4) 정공은 당나라 위징魏徵의 봉호로서, 당 태종에게 정견을 2백 번 이상 올렸는데 그중에서
　'십점지소十漸之疏'가 유명하다.

豈爲我腹空　蔬食憂不給
所憂意殊深　疊足仰天立
仰天益自傷　北斗不可挹
何客印纍纍　何人冠岌岌
梁鵜味不濡　穴鳳羽長戢
檻井不早嚴　豺虎滿州邑
賈誼流涕二　鄭公論漸十
慷慨二子心　今者知誰襲
嗚呼難重陳　兒小言耳耳

흰머리의 죄수

— 경인년(1230) 11월 21일 위도로 귀양 가는 길에 부령군에 들러 친구인 자복사[1] 당두堂頭 종의宗誼 스님 방에서 자고 이튿날 시 두 수를 지어 보여 주었다. 이때 상서좌승 송순宋恂과 지어사대사 왕유王猷 등도 모두 각기 다른 섬으로 귀양 갔다.[2]

십 년이나 친히
임금을 모시다가
뜻밖에 귀양길
남쪽으로 만리로다.
믿노니 벼슬에 오르고 내림은
모두 꿈 같은 일
이제부터는 그런 일
헤아려 보지도 않으리라.

*

역리는 귀양길 재촉하여
머무름을 용서치 않으니
몸은 내 몸이다만

---

1) 자복사資福寺는 전라도 부령군에 있던 절.
2) 이규보가 63세 되던 겨울에 팔관회八關會가 잘 진행되지 못해 억울하게 추궁을 받아 멀리 위도猬島로 귀양 갔다.

맘대로 못 하겠네.
지난날 놀던 낯익은 땅[▪]이
옛 추억 자아내건만
이제는 여기 늙은 죄수로
지나가는 손이 되었구나.

庚寅十一月二十一日 將流猥島 路次扶寧郡 寓宿故人資福寺
堂頭宗誼上人方丈 明日作詩二首示之 時尙書左丞宋恂知御
史臺事王猷等 皆同流于各島　二首

十年親對赭袍光　忽落蠻天萬里長
已信升沈都是夢　從今不復算行藏
　　　＊
驛人驅逼不容留　身是吾身未自由
管記昔年遊歷地　如今反作白頭囚

▪ 부령은 전주에 소속된 고을인데, 내가 일찍이 전주 서기書記로 있었다.

배를 타고 위도로 들어가며

섣달 스무엿샛날 섬으로 들어갈 제 보안현에 사는 여러 벗들이 큰 잔치를 베
풀어 주어 너무 취해 배에 오르는 것도 깨닫지 못하였다. 재밤중에 뱃길로 절
반쯤 갔을 때, "배가 뒤집히려고 한다, 배가 뒤집힌다."고 떠드는 뱃사람들 말
소리가 어렴풋이 들려왔다. 내 놀라 일어서서 술을 따라 놓고 하늘에게 무사
하기를 빌고 곧 소리내어 울었더니 오래지 않아 풍랑은 멎고 바람결이 고요하
였다.

　얼마 후에 갑군대에 이르니 위도에서 그다지 떨어지지 않은 곳이었다. 이때
부터 뱃사공들이 나를 가리켜 "저 늙은이는 하늘이 도우니 경솔히 대해선 안
된다." 하였다.

재밤중에 뱃사람들
풍랑과 싸울 때
술에서 깨어나
하늘에게 빌었노라.

사나운 물결도
내 마음 알아주는지
외로운 몸 슬피 우니
어느덧 잠잠해지누나.

十二月二十六日將入猬島泛舟

是日將入島 以保安諸公大設祖筵 予醉倒不覺乘舟 半夜至中流 睡中微聞舟人喧言
舟將覆舟將覆 卽驚起 酌酒祈天 因大哭一聲 未幾浪息風回 風又極順 俄頃至甲君
臺 距島無幾里 自此篙工等目予曰 此翁天所扶護 不可輕也云

半夜舟人久困風　醉中驚起訴天公
靈胥有意今方驗　退却孤臣一哭中

뱃길에서

내 평생에 눈물이 적더니
이 길에는 어이하여 울음이 잦은지.
바다 한가운데로만 가고 또 가니
그 어느 곳에 인가가 있는고.

*

위도가 내 고향도 아니건만
왜 이다지 바삐 가려는 건가.
사람의 고장으로 가는 것이라
바다 한가운데보다는 낫기 때문인가.

舟行 二首

我眼平生少涕滂　此行何事哭聲長
只緣蒼海中央去　不見人家在那方

*

猬島非吾鄕　如何欲去忙
得投烟火地　猶勝海中央

갑군대에서 자고 밝은 날 떠나면서

주도촌에서 고주망태가 되어
나도 모르게 갑군대에 이르렀다.
이제는 섬까지 얼마 아니 남았다.
비로소 알겠노라 참으로 먼 곳에 귀양 왔음을.

宿甲君臺 明日將發有作

注道村邊醉倒廻　不知身到甲君臺
人言距島無多里　始覺眞成遠謫來

위도에 들어가서

내 옛날 이소경[1]을 읽으며
몹시도 굴원을 슬퍼하였더니
어찌 뜻하였으랴
오늘엔 내가 굴원이 되었음을.

선비 노릇 하기도 글렀고
중이 되기도 늦었나 보다.
알 수 없어라
내 장차 어떤 사람이 될는지.

入島作

舊讀離騷悼楚臣　豈知今日到吾身
爲儒已誤爲僧晩　未識終爲何等人

---

1) '이소경離騷經'은 굴원屈原이 지은 장편시로, 자기가 간사한 신하의 참소를 입고 조정에
　서 내쫓겨 강호를 헤매게 된 불우한 사실을 노래한 것이다.

스스로 대답하노라[1]

내 만일 중이 된다면야
늦은들 무슨 상관이랴만
벼슬에 매인 몸
어떤 일인들 마음대로 하랴.

하루에도 천 리씩
내닫고 싶은 말이건만
입에 재갈 물리고
머리엔 굴레가 매였구나.

自答

脫可爲僧晚亦宜　官囚那得自求私
君看繫馬思馳驟　口有金銜首有羈

---

1) 이 시는 앞의 시 '위도에 들어가서'에 스스로 화답한 것이다.

조강을 건너며

― 기묘년(1219) 4월 계양 고을 원이 되어 갈 때 쓰노라.

저문 산에 연기 끼고
강물은 끝이 없는데
난데없는 바람까지 일어
여울물을 건너기 어렵구나.

운수가 기박하여
이제 귀양살이 떠나지만
훌쩍 떠나기는 어려워
서울을 바라보누나.

己卯四月日得桂陽守 將渡祖江有作

晚山烟暝水漫漫　灘險風狂得渡難
命薄如今遭謫去　尙難拚却望長安

늦은 봄 북사루 등잔 아래서

아득하니 푸르른 첩첩한 봉우리
바라보이는 저 어디가 서울이란 말인가.
한가로운 구름은 홀연 천 가지로 변하고
흐르는 물은 그저 한 가지 소리뿐이로다.
장사에는 가의가 귀양 갔었고
장포에는 유정[1]이 쫓겨 갔었지.
누구도 술 한 잔 줄 이 없으니
봄날의 귀양살이 더욱 불평겹고야.

暮春燈下北寺樓

漠漠烟巒萬疊靑　望中何許是神京
閑雲頃刻成千狀　流水尋常作一聲
已分長沙流賈誼　更堪漳浦臥劉楨
無人乞與忘憂物　逐客逢春益不平

---

1) 유정劉楨은 위나라 사람으로 아첨하지 않다가 귀양 갔다.

황려 여사에서

오랫동안 귀양 사니
위문하는 사람 이다지도 드문가.
굴원의 정황이
더욱 어렴풋이 떠오르네.

바람에 떨어진 꽃은
땅에 졌다가 도로 나부끼고
비 맞아 젖은 나비는
가지에 붙은 채 꼼짝도 않네.

흥겨워지려 해도
어디 술이 있어야지.
주릴 적 요기는
오직 고사리뿐이로다.

아침 내 바동거리는
채마밭 호미질에
짚신은 진흙투성이

이슬은 옷을 적셨네.

黃驪旅舍有作

久客塤憎唱者稀　湘纍情況盍依依
風花落地飄還起　雨蝶黏枝澁不飛
遣興未知何處酒　療飢唯賴此山薇
終朝菜圃傭鋤穢　泥濺蒿鞋露浥衣

조롱에 든 새

조롱에 든 새야

너 종일토록 몇천 번을 감도느냐.

너에게도 울 수 있는 입은 있건만

사방을 다 지르면 상처뿐이니 어이하리.

배조차 고프니 더욱 서러운데

저 하늘 우러르면 꿈길만 아득쿠나.

어찌 봉지[1]가 그립지 않으랴.

새로 오부[2]에 깃들려 한다면 말해 줄 이 없으랴.

아직 때가 오기만 기다리노라.

籠中鳥詞 望江南令

籠中鳥竟日幾千廻　縱有一鳴脣舌在

那堪四觸羽毛摧　餒食益哀哀

---

1) 봉지鳳池는 고려 숭상부를 가리킨다.
2) 오부烏府는 어사부御使府를 가리킨다.

天上路回首夢悠哉　再浴鳳池猶有意
新栖烏府豈無媒　且復待時來

신묘년¹⁾ 정월 초아흐렛날 꿈 이야기

너무 깨끗하면 남들이 반드시 비난하고
너무 바르면 세상이 다 배척한다.
매사에 귀한 것은 모나지 않은 것
너무 똑똑히는 밝히지 않아야 하느니.

내 일찍 이 말을 명심했다만
성품을 스스로 이기지 못하여
과연 위태한 길을 밟았구나
이렇듯 만리 길 귀양살이를 당하니.

지난날 굴원과 가의를 조상하고
내 그들의 곧은 마음을 책망했더니
오늘밤 꿈에는 두 분이 나타나
내가 책망한 그 말로 나를 꾸짖는구나.

어찌 홀로 우리들뿐이뇨

---

1) 위도로 귀양 간 이듬해인 1231년.

자네는 곧기가 우리보다 더하이.
우리는 아는 바를 짜내
옳은 계획을 베풀었지만
당시 임금이 무능하여
귀양 가는 신세 되었어라.
자네는 무엇을 주장타가
이런 고생에 빠졌느뇨.
자네가 우리에게 하던 책망
도리어 자네에게 돌아갔구나.
주림을 참으며 궁벽한 고장에 박혔음은
고기와 자라의 집에 있음과 같으리.
다시는 우리를 책망 말고
자네의 그 버릇이나 고치게.

부끄러워라 나는 대답도 못하고
손가락 깨물며 한숨만 쉬었노라.

辛卯正月九日記夢

耿介人必非　剛正世皆斥
凡事貴依違　不欲大明白
我早銘斯言　性方不自克
果然蹈危機　受此萬里謫

伊昔弔屈賈　秉責彼方直
今夜夢二子　來理前所責
寧獨我輩歟　方直汝尤劇
我輩負所蓄　陳義圖經國
時君不能用　所以爲逐客
而子抗何辭　乃落大困阨
爾所責於吾　反爲子所得
忍飢坐窮鄕　魚鼈同窟宅
勿復責我爲　改轍思爾適
我懫未遽答　咋指空大息

열하룻날 다시 읊노라

울고 울고 또 울어 목마저 쉬고
자주 굶주리니 낯빛도 시든다.
오늘 이 죄수의 외로운 모양
촌늙은이도 오히려 조롱하누나.

十一日又吟

哭久喉聲嘎　飢頻面色凋
孤囚今日態　村父尙能嘲

괴로운 비

귀양살이에 자유가 없거니
멀리 놀기야 어찌 바라랴.
마을 앞만 거닐어도
깊은 수심 덜기에 족하리.

장마 비는 오래 걷히지 않아
평지에도 물이 두어 자
문밖에 나갈 수 바이 없으니
이야말로 채통 안에 든 셈이랄까.

귀양 중의 귀양
근심인들 어찌 한 갈래뿐이랴.
이모저모로 침노하여
나중에는 내 목숨 빼앗고 말리.

苦雨

逐客難自由　遠遊非所擬
往來村巷間　尙足寬愁思
霖雨鏁不開　平地數尺水
出門猶不得　窘若在籠裏
此是囚中囚　憂豈一段耳
多方以侵之　然後使我死

괴로운 더위

모진 더위와 불 같은 수심이
가슴속에서 서로 지지고 볶으니
온몸에 땀띠가 돋아
서늘한 난간에 괴로이 누웠다만

바람이 불어도 더위는 한가지고
부채를 부쳐도 역시 찌는 듯
목이 말라 물을 마시나
그것 또한 끓는 물 같구나.

마실 수 없어 도로 뱉으니
가쁜 숨 헐떡헐떡 목이 메인다.
잠들어 잠시라도 잊으려 하니
이번에는 모기 떼의 성화로다.

어째서 귀양 사는 땅이란
온갖 것이 못살게만 구는가.
죽음이야 두렵지 않다만

하늘은 왜 나를 이처럼 괴롭히는고.

苦熱

酷熱與愁火　相煎心腑中
渾身起赤纇　困臥一軒風
風來亦炎然　如扇火熊熊
渴飮一杯水　水亦與湯同
嘔出不敢吸　喘氣塡喉嚨
欲寐暫忘却　又被蚊虻攻
如何流謫地　遭此百端凶
死亦非所懼　天胡令我窮

사월 칠일에

말없이 나뭇등걸에 앉았노라면
어느덧 해는 또 저무는데
스스로 놀라노니
허리띠가 점점 헐렁해지누나.

뱀을 본 숲새들의
짹짹 소리 듣기 싫고
무 벌레 나비 되어
나는 양을 눈여겨보노라.

날을 보냄에는
혀 차는 것이 일이요
사람을 향해서는
옳고 그름 말하지 않노라.

내 생이 이제
얼마 남았을꼬.
일찍 청산에 돌아가지 못한 것을

뉘우친들 어찌하랴.

四月七日又吟

枡座無言又落暉　自驚腰帶漸寬圍
厭聞林雀窺蛇噪　默見菁蟲化蝶飛
度日唯應書咄咄　向人終不道非非
此生已是知幾晚　何悔靑山不早歸

다시 새로운 초옥을 빌리고

문을 닫고 있으니 찾아오는 손님 없어
차를 달여 중과 마주 앉곤 하노라.
보습 메고 농사일도 배웠거니
내 고향에 돌아갈 날도 있으리라.
가난한 사람에겐 빨리 늙는 것이 좋아
한가한 날 해 더디 감이 싫구나.
나도 인제 점점 늙어 병들거니
일에 소홀하고 게으름 피우기가 일쑤더라.

                    *

애오동을 어루만져 즐기고
허심히 대나무와 마주 서 있곤 한다.
우거진 숲엔 까마귀가 새끼 치고
고요한 동산에 새들은 제 친구 부르누나.
바위 위에 올라 시 읊으며 날 저무는 줄 모르고
집에선 창문 열고 누워 떠 가는 구름만 쳐다본다.
소란스러운 거리가 지척에 있어도

문을 닫고 아예 듣지 않으련다.

*

섬돌엔 보랏빛 이끼가 오르고
길가의 풀도 파릇파릇 푸르러 오누나.
남은 인생은 덧없는 꿈만 같은데
무너져 가는 집은 정자인 양 허전하다.
주머니 비는 것도 아랑곳하지 않노니
하루라도 취하지 못할까 걱정일세.
시는 또 이루어졌는데 누가 사랑해 줄 건가.
나 홀로 베갯머리 병풍에 적어 둘 뿐.

*

마음은 불타 버린 곡식처럼 보잘것없으니
누가 다시 나를 해치려고 할 건가.
인제는 시를 읊으며 늙어 가거니
오직 평생 술도 입에 대지 않았으면.
세상 변하는 것을 웃으며 바라보고
그 좋은 것들을 노래로 불러 볼까.
사령운은 오래 전에 집을 잊었다 하나
나는 집에 앉아 부처 될 것 같구나.

농사짓는 늙은이를 본받을지언정
돈을 내고 벼슬 사는 무리는 쳐다보지도 않으리.
나는 농 속 원숭이에게 먹을 것을 주며
하늘 나는 새의 무리와 친해졌도다.
옥은 깊은 산속에 숨어 있길래 귀하고
난초도 캐가는 사람이 없길래 속 태우잖네.
홀로 즐기노라 새 새끼들
내 평상 위에 뛰노는 것을.

又次新債草屋詩韻 五首

杜門無客到　煮茗與僧期
荷未且學圃　歸田當有時
貧甘老去早　閑厭日斜遲
漸欲成衰病　疎慵不啻玆

寓興撫桐孫　虛心對竹君
林深鴉哺子　園靜鳥呼群
坐石吟移日　開窓臥送雲
塵喧卽咫尺　閉戶不曾聞

點點堦苔紫　茸茸徑草靑
殘生浮似夢　破屋豁於亭
不省空囊倒　猶嫌一日醒
詩成誰復愛　自寫枕頭屛

*

心已如焦穀　人誰射毒沙
老於詩世界　謀却酒生涯
默笑觀時變　閑吟感物華
在家堪作佛　靈運已忘家

*

寧爲學稼老　恥作出貲郎
賦食籠狙類　亡機入鳥行
深藏玉自貴　不採蘭何傷
獨喜童烏輩　蹁躚繞我床

안혼에 느끼는 바 있어

내 나이 이제 마흔넷인데
두 눈이 어느덧 침침하여
지척에 사람을 분별할 수 없어
짙은 봄 안개가 가로막는 것 같구나.

의원에게 물으니 이내 말하기를
간장이 충실하지 못한 탓이라고
그렇지 않으면 젊은 시절에
등잔 그늘 아래 글을 읽었음이라고.

내 듣고 손뼉 치며 웃었노라
그대는 의술을 공부함이 아니로다.

귀는 들으라고 있는 것이니
듣지 못하면 곧 귀머거리요
눈은 보라고 있는 것이니
보지 못하면 장님이라 이른다.

내 천자를 보고자 하나
궁궐의 아홉 문을 통할 길이 없고
내 고관들을 보고자 하나
베옷으로 몸을 가리지도 못한 주제라.
내 또한 좋은 모란꽃을 보고자 하나
그저 잡초만 수북하더라.

고대광실은 구경도 못 하였고
머리가 세도록 오막살이를 떠나지 못했노라.
호사스런 음식은 먹어 보지도 못하였고
찢어지는 가난에 굶기를 밥 먹듯 했노라.

내 이리하여 눈이 어두워져
마치 거친 베로 가린 듯하다.
이 또한 하늘이 한 바이거니
무엇 하러 굳이 치료하리.

어찌 알랴 이것이 복이 되어
귀먹고 눈먼 대로 생애를 무사히 마칠지.

眼昏有感　贈全履之

我方四十四　兩眼已瞀瞀

咫尺不辨人　如隔春霧濃
問醫醫迺云　由汝肝不充
不然少壯時　讀書燈影中
我聞拍手笑　爾是非醫工
耳有所欲聞　不聞卽爲聾
目有所欲見　不見謂之矇
我欲見天子　九閽無由通
我欲見金紫　布褐不掩躬
我欲見姚魏　凡草空茸茸
未見甲第居　白首栖蒿蓬
未見五鼎食　顏巷厭屢空
以此致目暗　如將疎布蒙
是亦天所使　何必藥石攻
焉知不爲福　聾瞽能完終

나를 꾸짖노라 *

세 번이나 간원에 들어가 한 마디도 못 하니
말하란 혀는 무엇 하는 건가
누가 자갈을 물렸는가.

열여섯 해 동안 초고만 쓰고 있으니[1]
생각은 잦아들고 마음은 말라
공연히 괴롭기만 하구나.

청산에 길이 터져 너를 막지 않으니
왜 빨리 돌아가 편히 쉬지 않는고.

사람들이 혹 망령되이 태보가 될 거라 하나
이런 헛된 말 귀담아들을 것이 아니로다.

---

* 분한 바가 있어 이 시를 썼다.
1) 초고草稿는 어떤 계획을 초잡아 쓰는 것인데, 이것을 16년 동안 쓰고 있다는 것은 국가의
  중대한 일을 16년 동안이나 실시하려고 힘써도 잘 안 된다는 것이다.

自責

三入諫垣無一語　得言舌在誰鉗錮
泚毫草制十六祀　思渦心枯空自苦
青山有路不汝遮　胡不歸休早爲所
人或妄以台輔期　此特誑言愼勿取

남쪽 집을 바라보며

남쪽 집은 넉넉하고 동편 집은 가난하여
남쪽 집엔 노래 춤이요 동편 집은 울음이라
저 집의 노래 춤이 어찌 그리 즐거운가
방 안 가득 손님인데 술은 넘쳐 만 섬이네.
이 집의 울음소리 어찌 이리 서러운가
부엌에선 이레 동안 불 한 번 못 지폈거니.
동편 집 주린 아이 남쪽 집을 바라보니
와짝대며 씹는 소리 대쪽을 쪼개는 듯.

그대 보지 못했는가
석숭[1]은 날마다
계집 끼고 술 취해 살았건만
수양산 주린 선비[2]
천고에 맑은 이름 남긴 것만 못한 것을.

---

1) 석숭石崇은 옛날 중국의 부호.
2) 백이伯夷와 숙제叔齊를 말한다. 수양산은 중국 산서 지방에 있는 산으로, 백이와 숙제가 주
   나라 무왕武王이 은나라 주왕紂王을 치려고 할 때 간하였으나 받아들이지 않고 주나라가
   천하를 통일하자 이 산에 들어가 고사리를 캐 먹으며 지내다가 굶어 죽었다 한다.

望南家吟

南家富東家貧　南家歌舞東家哭

歌舞何最樂　賓客盈堂酒萬斛

哭聲何最悲　寒廚七日無烟綠

東家之子望南家　大嚼一聲如裂竹

君不見　石將軍日擁紅粧醉金谷

不若首山餓夫淸名千古獨

추위 막는 목서화

《개원천보유사》에, "교지국交趾國에서 목서화 한 그루를 당나라 황제에게 선물했다. 사신의 말대로 금소반에 담아 궁전 안에 두니 따스한 기운이 방 안에 풍겼다. 황제가 그 까닭을 물으니 사신의 대답이, 추위를 막는 목서화이기 때문이라 하므로 황제가 매우 기뻐하면서 사신에게 상을 주었다." 하였다.

명주 비단 훈훈한 향기에
방은 따스하기 봄철 같은데
임금은 오히려 차다고
추위 막는 목서화를 사랑하노니.
하건만 동지섣달
눈은 쌓여 석 자나 깊었으매
가난한 오막살이에는
얼어 죽는 사람이 어찌 없으랴.

辟寒犀

遺事云 交趾國進犀一株 使者請以金盤置於殿中 溫溫有暖氣襲人 上問其故 曰此
辟寒犀也 上甚悅 厚賜之

羅綺香熏暖似春　君王猶愛辟寒珍
人間臘雪盈三尺　白屋那無凍死民

옛일에 부쳐

하늘에다 성인을 빌어 보라
비 내리듯 공자는 내리지 않으리.
땅을 파서 현인을 찾아보라
땅에서 안자는 솟아나지 않으리.
성현의 뼈는 이미 썩어서
힘이 세도 져 올 수 없으리라.
어찌하여 지금 사람은
눈을 괄시하고 귀만 귀히 여기는가.
책이 너덜너덜하도록 읽어
찌꺼기 핥기만 좋아하느니
왜 모르는가 지금 사람 중에도
성현의 그릇이 있다는 것을.
뒷세상에 이르러 지금을 보면
올려다보는 건 또 같으리라.

*

내 만물의 생김을 보건대

조화옹이 부질없이 부지런하여
한갓 띠풀을 성하게 하고
한갓 가시나무를 무성케 하누나.
망령된 자 골라낸다는 지녕초[1]는
오히려 가지를 마음대로 못 뻗느니
오랫동안 사람들로 하여금
시비를 가리지 못하게 하누나.

　　　　*

우왕은 홍수를 처리했으나
인심의 험함은 다스리지 못했는가.
부질없는 원혐이 광란을 일으켜
만 사람을 물속에 몰아넣누나.

寓古　三首

禱天求聖人　天不雨孔氏
鑿地索賢人　地不湧顏子
聖賢骨已朽　有力未負致

---

1) 지녕초指佞草는 갈호초를 말한다. 송나라의 《부서지符瑞志》에, "황제 헌원씨軒轅氏가 굴
　절초屈軼草라는 화초를 가지고 있었는데 아첨꾼이 조정에 들어가면 그 풀이 그 사람을 가
　리켰다 하여 지녕초라 불렀다." 하였다.

奈何今之人　賤目唯貴耳
徒生靑史毛　糟粕例自嗜
不識今世士　亦有聖賢器
後來復視今　攀企亦如此

*

吾觀萬物生　造化空自勤
徒生楚茨蔓　徒産荊棘繁
不使指佞草　延引榮其孫
遂令天下士　邪正久未分

*

大禹理洪水　未平人心險
睢盱生狂瀾　萬人平地墊

칼 두드리는 노래[1]

밥상에 생선이 없다고
칼 두드리는 노랫소리 서글퍼라.
푸성귀로 창자를 채우건만
뼈 많은 물고기조차 없구나.

어찌 깊은 강에 방어 잉어 없으랴
은장도 같은 고기 떼가 펄펄 뛰거늘.
그러나 맛좋은 회를 생각한들 무엇 하리
오직 육식 못함이 한이로다.

생선이 없다고 나무에서 구하랴.
슬프도다 낚자 해도 곧은 낚시[2]로구나.
칼 두드리는 노래 전할 만하다마는
세상에는 맹상이 없으니 뉘라서 알아주리.

---

1) 중국 풍환이 맹상군의 식객으로 있으면서 생선 없는 식사를 대접받고서 '탄협가彈鋏歌'를
불러 높은 대우를 받은 고사를 인용하여 지은 것이다.
2) 주나라 때 강태공이 곧은 낚싯바늘로 낚시질하였다고 하니, 어진 마음과 덕을 표시한 것
이다.

彈鋏歌

食無魚食無魚　彈鋏哀歌聲激激
秋菘秋藪粗充腸　多骨細鯈猶未得
深江豈無魴與鯉　玉尺銀刀亂跳擲
所嗟不必慕腥膾　但恨無堵參肉食
食無魚緣木求　嗟哉嗟哉釣又直
彈劍之歌且可停　世無孟嘗誰復識

늙은 무당

우리 집 동쪽에 늙은 무당이 살고 있는데 날마다 남녀를 모아 음란하고 괴상한 이야기로 떠들어 매우 불쾌했으나 몰아낼 수 없었다. 그런데 마침 나라에서 명령을 내려 모든 무당들에게 멀리 서울 밖으로 옮겨가도록 했다. 나는 동쪽 집에서 음란하고 요사스럽게 떠들던 것이 비로 쓴 듯이 고요해져 기쁠 뿐 아니라, 서울 안에 음란하고 간사한 것이 없어지고 백성들이 검소하고 순박하게 되어 평화스런 풍습을 회복하게 되리니, 이것을 축하하는 의미로 이 시를 쓴다.

또한 분명한 사실은 이 무당의 무리가 만일 검소하고 순박하였다면 어찌 서울서 쫓겨났겠는가. 그들은 음란한 무꾸리 짓을 하다가 마침내 배척당한 것이니 결국 자기네 잘못이어서 누구를 원망할 것이 없다.

신하 된 자도 또한 그러하니 충성으로 임금을 섬기면 일생에 허물이 없을 것이나 요망하고 사특한 짓으로 대중을 미혹시키면 얼마 못 가 실패할 것은 분명한 이치다.

(28자 번역 생략함)
영산에 산다는 일곱 무당도 ▪
아득히 길이 멀어 접촉하기 어렵고
원수와 상수 사이에도 신을 믿는 습관이 있어
음란하고 거짓됨이 가소로울 뿐이라.
이 땅에도 이 풍속이 꺼지지 않아

▪ 《산해경》에, "천문天門의 해와 달이 들어가는 곳에 영산靈山이 있는데, 무힐巫肹, 무팽巫彭, 무진巫眞, 무례巫禮, 무오巫抵, 무사巫謝, 무라巫羅의 일곱 무당이 있다." 하였다.

남자는 박수 여자는 무녀 되어
제 몸에 신명이 내렸다고 이르니
이 말 듣고 나는 못내 웃으며 탄식하노라.

구멍 속에 천년 묵은 쥐가 아니면
이야말로 꼬리 아홉 달린 여우니라.
많은 사람 속이는 동쪽 집 무당은
반백에 주름살 투성인 쉰 살내기라.

구름같이 모인 남녀 집 안에 가득 차
어깨를 비비며 드나들어라.
입속 말로 새처럼 조잘대며
알지 못할 소리로 두서없이 지껄인다.

천만 가지 말 중에 하나라도 맞으면
미련한 남녀들은 더욱 믿어 받들며
신 술 단 술 차려 놓고 배를 불리며
마룻대를 떠받도록 날뛰며 논다.

나뭇조각 대고 작은 감실을 만든 뒤
스스로 이름 지어 제석¹⁾이라 하느니
제석은 본디 하늘 위에 있거늘

---

1) 제석帝釋은 무당이 받드는 귀신의 하나.

어찌 그런 누추한 데 들어 있으랴.

벽에는 울긋불긋 신상을 그리고
일곱 갑자 아홉 별을 여기저기 표했으니
별이란 본래 하늘에 있는 것을
어찌 너를 좇아 네 방 안에 있으랴.

사생화복을 망령되게 판단하며
그릇된 헤아림을 함부로 지껄여
빈궁한 남녀의 밥을 모조리 빼앗고
많은 사람들의 옷을 취한다.

내 날카로운 큰 칼을 들고
몇 번이나 나가다가 돌아선 것은
다만 법을 범할 수 없기 때문이지
그따위 귀신이야 두려울 게 있으랴.

동편 집 무당은 이미 늙어
오래지 않아 죽을 것이나
내가 생각하는 것 어찌 이뿐이리오.
해로운 모든 것을 쫓아내고자 함이러라.

그대 보지 못했는가
업현 원님 서문표[2]는 큰 무당을 물에 던져

만백성의 질고 덜고
지금의 함 상서[3]는
무당을 쫓아내 못된 장난을 금했는데
이 사람이 죽은 뒤에
추한 귀신 늙은 삵이 다시 모여든 것을.

강직한 인사들이 조정에 있어
무당들 몰아낼 걸 의논했느니
서판에 서명하며 저저마다 하는 말이
이 어찌 나라 위해 이롭지 않으랴.

총명하신 임금이 이 말을 옳게 여겨
그날로 즉시 몰아내라 명하시니
너희들 말대로 너희 술법 신령하다면
변화는 황홀하여 응당 끝이 없으리라.

어찌해 네 소리를 안 들리게 못하는가.
어찌해 네 모습을 안 보이게 못하는가.
울긋불긋 그린 것을 귀신이라 하면서

---

2) 서문표西門豹는 전국시대 위나라 사람으로 업현鄴縣의 현령으로 있으면서 장수 물을 끌어 밭에 대주니 백성들이 그를 믿고 따랐다. 서문표는 무당이 수신水神 하백河伯을 장가보내야 한다고 하면서 마을 처녀를 강물에 던지려고 잡아가는 것을 보고 그 자리에서 무당을 잡아 강물에 던져 다시는 이런 나쁜 풍습이 없도록 고쳐 놓았다고 한다.
3) 미신을 없애기 위하여 무당을 서울에서 쫓아내게 한 함유일咸有一을 가리킨다.

몸 하나도 어찌해 숨기지 못하는가.

무당들이 이고 지고 멀리로 옮겨 가니
진정 나라 위해 나는 기뻐하노라.
어디나 서울은 맑고 깨끗하여
북 치며 떠드는 소리 들리지 않는다.

생각하면 신하 됨도 이 같을지니
정배하고 쫓아냄이 같은 이치라.
나 또한 망령되고 우둔한 몸으로
서울에 살아감이 다행한 일일러라.

모든 선비들은 이것을 기억하라.
부디 행실을 삼가
음란하고 괴상한 것 가까이 하지 말라.

老巫篇

予所居東隣有老巫 日會士女 以淫歌怪舌聞于耳 予甚不悅 歐之無因 會國家有勑
使諸巫遠徙 不接京師 予非特喜東家之淫妖寂然如掃 亦且賀京師之內無復淫詭 世
質民淳 將復太古之風 是用作詩以賀之 且明夫此輩若淳且質 則豈見黜于王京哉
乃反託淫巫 以見擯斥 是自招也 又誰咎哉 爲人臣者亦然 忠以事君 則終身無尤 妖
以惑衆 則不旋踵見敗 固其理也

(二十八字略)

盼彭眞禮互謝羅　靈山路夐又難追

沅湘之間亦信鬼　荒淫譎詭尤可嗤

海東此風未掃除　女則爲覡男爲巫

自言至神降我軀　而我聞此笑且吁

如非穴中千歲鼠　當是林下九尾狐

東家之巫衆所惑　面皺鬢斑年五十

士女如雲屨滿戶　磨肩出門騈頸入

喉中細語如鳥聲　問咿無緒緩復急

千言萬語幸一中　駭女癡男益敬奉

酸甘淡酒自飽腹　起躍騰身頭觸棟

緣木爲龕僅五尺　信口自導天帝釋

釋皇本在六天上　肯入汝屋處荒僻

丹青滿壁畫神像　七元九曜以標額

星官本在九霄中　安能從汝居汝壁

死生禍福妄自推　其能試吾橫氣機

聚窮四方男女食　奪盡天下夫婦衣

我有利劍凜如水　幾廻欲往還復止

只因三尺法在耳　豈爲其神能我祟

東家之巫年迫暮　朝夕且死那能久

我今所念豈此爾　意欲盡逐滌民宇

君不見　昔時鄴縣令　河沈大巫使絶河伯娶

又不見　今時咸尙書　坐掃巫鬼不使暫接虎

此翁逝後又寢興　醜鬼老貍爭復聚

敢賀朝廷有石畫　議逐群巫辭切直
署名抗牘各自言　此豈臣利誠國益
聰明天子可其奏　朝未及暮如掃迹
爾曹若謂吾術神　變化怳惚應無垠
有聲何不鑴人聽　有形何不織人眨
章丹陳朱猶謂幻　況復爾曹難隱身
携徒挈黨遠移徙　小臣爲國誠自喜
日游帝城便淸淨　瓦鼓喧聲無我耳
自念爲臣儻如此　誅流配貶固其理
我今幸是忘且晦　得接王京無我駭
凡百士子書諸紳　行身愼勿近淫怪

하늘이여
우리 백성 소중하거든

벼농사 어떠냐고
묻지도 말게
채마밭만 보아도
알 만한 일이지

하늘이여
우리 백성 소중하거든
이 밤으로 기름 같은
단비를 내리소서

농사꾼의 노래

비 맞으며 이랑에서 김맬 때엔
우리 모습 남루하여 사람 같지 않지만
잘사는 집 아드님들 업신여기지 말게
자네들이 부귀함도 우리의 덕이로세.

*

푸른 벼 포기가 이랑에 서 있는데
읍에서 나온 관리 벌써부터 세금 받네.
우리들이 농사지어 온 나라가 잘사는데
왜 이리도 뼈를 깎고 살을 저며 가느냐.

代農夫吟 二首

帶雨鋤禾伏畝中　形容醜黑豈人容
王孫公子休輕侮　富貴豪奢出自儂
　　　*

新穀靑靑猶在畝　縣胥官吏已徵租

力耕富國關吾輩　何苦相侵剝及膚

햇곡식의 노래

낟알 알알이 그 얼마나 소중한가
사람이 죽고 삶도 이 낟알에 달려 있네.
농부를 존경하기 부처님 모시듯 해야지
굶주린 사람 부처도 구원하기 어려우리.

기쁘구나 내 늙은 몸이
올해 또 햇곡식을 보았으니
이제 죽은들 무슨 한이랴
농사꾼 덕택이 이 몸에도 미쳤네.

新穀行

一粒一粒安可輕　係人生死與富貧
我敬農夫如敬佛　佛猶難活已飢人
可喜白首翁　又見今年稻穀新
雖死無所歎　東作餘膏及此身

동문 밖에서 모내기를 보면서

마른 흙덩이가 푸른 이랑으로 변하기까지
몇 마리 소를 부렸는가.
바늘 같은 모가 누른 이삭으로 되기까지
또한 많은 사람의 노력이 들리라.

다행히 큰물과 가물이나 없으면
노력한 만분의 일이나 수확할까.
이렇듯 농사일이 어려운 것을
어찌 한 알이라도 함부로 먹으랴.

밭갈이 대신 녹으로 사는 자여
너의 직책 더욱 힘써 지성을 다하라.

東門外觀稼

乾塊化碧畦　費盡幾牛力
針芒到黃穗　勞却萬人役

幸免水旱災　萬一儻收得
見玆稼穡艱　一粒何忍食
凡以祿代耕　要當勖乃職

올벼를 얻고서

그 이름 저버리지 않으려고
매미 소리 들리자 다 익었구나.
벌써 햇곡식을 먹게 됐으니
금년 일도 마감인가 하노라.

得蟬鳴稻

不欲負其名　趣得蟬鳴日
眼見新穀升　今年事亦畢

비 내리는데 밭갈이하는 것을 보고 서기에게 주노라

나라가 살찌고 파리함은
백성들 힘에 달렸고
만백성 생사는
벼이삭에 달려 있다.

오래지 않아 옥백미가
일천 곳간에 쌓이리니
잊지 말고 적어 다오
이 아침에 땀 흘린 저 공로를.

雨中觀耕者 贈書記

一國瘠肥民力內　萬人生死稻芽中
他時玉粒堆千廩　請記今朝汗滴功

단비가 내려

봄내 인색하게
비 한 방울 안 오더니
여름 들어 들마다
농사비가 내리네.
땅 깊이 못 스몄다
투덜대지 말게나.
보습 날만 젖어도
만백성이 살아나네.

*

움트던 남새 싹
재빨리도 자라네.
푸르른 나무들도
한결 우썩 짙어지고.
가물다 내린 비라
젖어도 흐뭇하다.
삿갓 쓰고 길 가는 자

밉살스럽구나.

喜雨 二首

經春久作屯膏吝　到夏方施霈澤新
入地未深君莫歎　一犁猶活萬千人
                    *
將抽荣甲抽何捷　已綠林梢綠更新
久渴膏恩甘受濕　深憎路上笠簑人

가문 논에 물 대는 것을 보고

자라지 못하고
반나마 마른 곡식
하늘을 쳐다보다 구름에 묻노니
비는 오지 않는가.

졸졸 졸졸
논에 물 대는 소리
참말 기가 막혀
천 이랑을 한 방울 물로
어이 적실 건가.

旱天見灌田

嘉生未秀半焦枯　但問來雲作雨無
決決灌田眞可笑　千畦一滴若爲濡

큰비가 내려

어제 새벽 한 보습 젖어들더니
오늘은 이랑마다 물이 가득 찼네.
온 누리에 웃음 노래 흥겨우리
물소리 속에 들리지는 않지만.

*

집이 새도 돌볼 겨를이 없구나
만물이 소생하는 기쁨에 벅차.
빗물이 스며 땅속 깊이 드니
이제는 벼 포기 마를 염려 없으리.

四月二十四日大雨 二首

昨晨猶喜一犁潤　今日決知千畝盈
滿國笑歌應已殷　浪浪聲裏但難聽

*

屋漏未遑視　先欣萬物蘇
膏流深入地　無復慮禾枯

밤비 소리를 들으며

단비 내리니 기쁨 한 있으랴
처마 끝에 벌써 뚜덕뚜덕 듣네.

옷 입고 일어나서 귀담아듣세
가물다 얼마 만에 듣는 소린가.

四月十九日聞夜雨

甘澍霈膏喜可量　已於簷末滴琤琤
披衣起坐須勤聽　旱久今方有此聲

비에 목말라

물에 목말라도 얻을 수 있고
술에 목말라도 구할 수 있으련만
비에 목마름은 그보다 급하구나
사람의 힘으로야 어찌할 수 없으니.

하늘 바라기 눈만 아프지
구름 걷고 푸르기만 하구나.
벼농사 어떠냐고 묻지도 말게
채마밭만 보아도 알 만한 일이지.

하늘이여 우리 백성 소중하거든
이 밤으로 기름 같은 단비를 내리소서.

渴雨

渴水猶或得　渴酒儻能覓
渴雨於斯劇　致之難以力

望天費目役　雲斷天更碧
何問大農殖　先觀畦茱色
天不棄我民　庶賜膏一滴

이튿날 큰비가 내려

어제 시를 쓰니
오늘 비가 와
처음에는 하늘이
내 마음 알아주나 했네.
또 한 번 생각하니
이 모두 나라의 덕이라
보잘것없는 내 노래야
무슨 힘이 있으랴.

*

고와라 아름답다 쏟아지는 빗줄기
방울마다 만백성의 피와 살이 되네.
백성들이 잘살아야 나라도 잘되리니
농사꾼의 하루 고생을 생각해 보게나.

明日大雨復作 二首

昨日題詩今日雨　初疑天自答予心
翻思此是吾君力　豈爲微臣冷淡吟
　　　*
美矣佳哉雨散毛　每霑隨作萬民膏
民膏又肉君臣體　願念農家一日勞

밤중에 큰눈이 내려

눈 때문에 창문이 환했건만
새벽인데 안 운다고 닭을 나무랐네.
닭이 내 말 들었더라면 어이없어 웃었으리
밤중과 새벽을 분간도 못 한다고.

　　　*

시월이라 겨울은 겨우 시작인데
하얀 눈 두 번째나 내려 쌓였네.
내년에 보리 풍년 어김이 없으련만
뽕밭에는 눈이 좋지 못할는지.

十月八日五更大雪 二首

不知雪色誤窓明 已責晨鷄號太晩
此鳥如聞應笑我 一牽虛見迷昏旦
　　　*

此時方始作初冬　再見雪華堆似玉

麥熟明年定不疑　但期不落桑田卜

벼논의 물고기

곡식 파종은 수확을 바람이라
고기가 살찔 것이야 생각조차 없었지.
수확하고 또 생선을 삶으니
사람 욕심이란 끝이 없구나.

稻畦魚

播穀望西成　魚肥本非意
旣種又烹鮮　人欲何窮已

추운 사월

봄 날씨도 이래선 안 되거든
지금이 어느 땐데 이리 추울까.
금년 농사는 또 그만이라
땅이 얼어 밭갈이가 얼마나 늦어질는지.

四月猶寒

三春猶未可　是豈大淒時
已矣農家事　地寒耕校遲

채마밭에서

오이

물 안 줘도 오이넝쿨 잘도 뻗어나네.
파란 잎 사이사이 노란 꽃이 피면서
발이라도 달린 듯 기어가는 넝쿨들에
큰 병 작은 병이 조롱조롱 달려 있네.

가지

울긋불긋 고운 꽃은 떨어지면 그만이라
꽃 보고 열매 먹는 가지가 제일일세.
이랑 가득 맺혀 있는 파랑 가지 노랑 가지
날것으로나 익혀서나 여러 모로 맛 좋으이.

무

절여 두면 여름에도 좋은 반찬이요
김장 담가 겨우내 먹을 수도 있구나.
땅 밑에 자리 잡은 큼직한 뿌리여
드는 칼로 쪼개 보니 연한 배 같구나.

파

가느다란 손이 오므록이 몰려선 듯
아이들 잎을 따서 피리처럼 불어 보네.
술자리에 안주로만 좋은 것이 아니라
고깃국 끓일 때는 더없이 맛나도다.

아욱

옛날 공의휴[1]는 뽑아 버렸고

---

1) 공의휴公儀休는 춘추시대 노나라 사람인데, 일찍이 아욱을 먹어 보고 맛이 좋자 사람들이
   너무 먹는 데만 사치해질까 두려워하여 밭에서 아욱을 모조리 뽑아 버렸다.

동중서[2]는 삼 년 동안 바라도 안 봤지만
나처럼 일없이 한가로운 사람이야
아욱을 무성하게 기른들 어떠하리.

박

한복판을 가르면 물 뜨는 바가지요
속만 파내면 술 담는 표주박
너무 크면 무거워 떨어질까 근심인데
애동이로 있을 때 쪄 먹어도 좋으리.

家圃六詠

苽

園苽不灌亦繁生　黃淡花間葉間青
最愛蔓莖無脛走　勿論高下掛瑤瓶

---

2) 동중서董仲舒는 한나라 사람으로 공부할 때 마음이 딴 데로 팔릴까 두려워하여 3년 동안
꽃밭을 바라보지 않았다고 한다.

茄

浪紫浮紅奈老何　看花食實莫如茄
滿畦靑卵兼頳卵　生喫烹嘗種種嘉

菁

得醬尤宜三夏食　漬鹽堪備九冬支
根蟠地底差肥大　最好霜刀截似梨

葱

纖手森攢戢戢多　兒童吹却當簫笳
不唯酒席堪爲佐　苾切腥羹味更嘉

葵

公儀拔去嫌爭利　董子體窺爲讀書
罷相閑居無事客　何妨養得葉舒舒

瓠

剖成瓢汲水漿冷　完作壺盛玉醋清
不用蓬心憂瓠落　先於差大亦宜烹

누에치는 것을 보고

누에는 아마 말의 정령인가
입 모양이 서로 비슷하여
뽕잎 먹는 것도 꿀을 먹는 듯
살이 쪄서 잠박 안에 그득 차 있네.

실컷 먹고 나서 잠만 자면
비단실이 풀려 나오누나.
수놓은 비단 임금님이 입는 옷
영초단 항라 갖가지 비단이
모조리 이 누에에서 나오나니
나라에 이익됨이 얼마나 많은가.

나같이 무능한 늙은이야
누에에 비기면 무슨 공이 있으랴.
벼슬할 땐 임금 옷이나 기웠던가
물러나선 자고 먹는 것이 일.

버러지만도 못한 몸이

뻔뻔스레 부끄럼도 없이 사니
그러므로 내 항상 말하기를
보람 없이 사는 늙은이 죽느니만 못하다고.

見人家養蠶有作

蠶是馬之精　其喙宛相類
喫桑如食草　肥大盈箔裏
旣食又能眠　絲絮出於是
錦繡及黼黻　綃縠與羅綺
莫不由玆生　其益何多矣
大勝此耄翁　略無毫髮利
進不補帝袞　退亦眠食耳
頑然無所愧　蠶蟲之不似
以是常自言　老賊不如死

운제현에 큰물이 났다는 소식을 듣고

운제현은 내가 전에 다스리던 완산에 속한 고을이다. 바위너설 골짜기 사이에 있어 산이 높고 험하기가 다른 고을에 비할 바 아니고 또 바다나 강에서도 떨어져 있다. 그런데 하루저녁 큰비에 산이 무너지고 물이 솟아나 한 고을이 떠내려갔는데, 빠져 죽은 자가 이루 셀 수 없으니 나무를 붙들고 살아난 자가 열에 두셋이다. 완산의 아전이 오늘 나를 찾아와서는 큰물 진 이야기를 하면서 전에는 이런 일이 없었는데 이번 일은 무슨 까닭인지 알 수 없다고 하였다. 나는 그들을 불쌍히 여겨 느낀 바를 시로 지었다.

한나라 일어난 지 서른 해 만에
황하가 산조 지방에서 터졌고
뒤에 원광[1] 연간에
또다시 호자 지방에서 터졌느니라.
홍수가 설상[2]을 갈아 마시고
동으로 내달아 회수와 사수를 뒤집었더니라.
장교와 석치[3]도
또한 백성을 괴롭혔느니
이것은 옛날의 걱정이었으나

---

1) 원광元光은 한 무제漢武帝 때의 연호로 기원전 134년에서 기원전 129년까지다.
2) 설상齧桑은 황하 연안에 있던 지명.
3) 장교는 큰물에 길길이 자란 갈대나 쑥대 등 잡초를 말하며, 석치는 큰물에 밀려온 돌무더기가 쌓인 밭을 말한다.

모두 물가에 있기 때문이었다.

내 보건대 운제현은
온 고을이 바위너설이라
산은 높아 백 길이매
진창물이 있을 수 없고
곁에는 한 줄기 시내도 없거니
큰물이 어데서 일어나리오.
설사 하늘을 삼킬 큰물이 나도
산을 의지해 피할 수 있다네.

하물며 금년 물은
평지에 겨우 한 자나 나서
강변 여덟아홉 고을에서도
한 집도 피해가 없었거늘
어찌 이 외딴 두메산골이
모두 물고기 밥이 되었나.

처음 듣고는 믿어지지 않아
헛소문이겠거니 생각했는데
오늘 아침 아전 이야기 듣고
사정을 자세히 알았노라.

물이 아니면 산을 허물 수 없건만

산은 한없이 물을 토하여
마치 기왓골에 물이 내닫듯
그 힘을 능히 당할 수 없었구나.
어찌 드높은 고갯마루에
새처럼 발붙일 곳 없으랴마는
물이 벌써 산에서 나거니
걷잡을 재간인들 어이 있으랴.

오직 늙은 나뭇가지만이
그 높이를 믿을 수 있어
빠른 사람은 먼저 올라가
원숭이처럼 매달렸지마는
굼뜬 자는 오르지 못해
헐떡이며 또한 놀랄 뿐이라
어찌하랴 파리하고 약한 무리는
물결에 휩쓸려 떠가는 것을.
돌에 부딪쳐 부스러지고
물결에 밀려 여기저기 흩어졌구나.
비 멎고 물결도 잦아진 뒤
어지러운 모양 어찌 차마 보랴.

그사이 교활한 아전들은
끝까지 억지로 까닭을 만들어
평소에 얼마나 재물을 낚으며

백성을 깎아 제 배를 채웠으랴.

백성이 본디 무슨 죄 있느뇨
하늘의 뜻 알 길 없구나.
우 임금[4] 다시 나타나지 않거니
눈에는 한갓 눈물만 흐른다.

七月三日聞雲梯縣爲大水所漂

雲梯迺予前所理完山之屬郡也 縣在巖谷間 山之高險 甲於他郡 又非濱河枕海而居
者 霖雨一夕 山裂水湧 盡漂一郡 吏民物故 不可勝數 攀樹而活者 纔十之二三也 完
山舊吏來謁予 具言本末 且曰 此郡舊未嘗有此害 今而有之 此何祥耶 予惻然感嘆
爲詩以哀之

漢興三十年　河決酸棗地
後至元光間　又決於瓠子
齧桑已漂浮　東注傾淮泗
長笁與石菑　只自煩民耳
此雖古所嗟　亦坐居河涘
我曾見雲梯　正在巖石裏
山有百仞高　泥潦所不至

---

5) 중국 고대에 9년 홍수를 다스렸다는 임금.

大水何從起
傍無一丈川
依山尙可避
設有滔天災
平地僅尺咫
況復今年雨
亦無一戶棄
瀕江八九郡
乃反化鱣鮪
云何此山郡
私心謂非是
初聞未之信
本末得細味
今朝逢舊吏
山吐不測水
非水能懷山
下注勢難止
譬如立屋瓴
可接飛鳥翅
豈無最高巔
攀緣路何自
水旣從山來
其高頗可恃
唯有古樹枝
杳似猿掛臂
捷者最先登
呀喘雜睚眦
惰者升未能
萍泛隨瀰瀰
何況羸與弱
隨槎或彼此
觸石或舂磨
如蔴那忍視
雨歇浪復乾
雖斃固其理
其間猾吏輩
瘠民以肥己
平生幾侵漁
未識皇天意
愚民本何辜
老眼空沄淚
大禹不復生

촌가

연기 낀 산기슭에 방아 소리 울리는데
담도 없는 농가에는 가시나무 겹싸였네.
산에야 마소 덮였으니 태평인가 하노라.

*

이른 새벽 서리 찬데 베 짜는 소리 드바쁘고
날 저물어 초동은 소리하며 돌아오네.
늙은이 국화 만나[1] 맑은 술에 띄우더라.

*

나뭇잎 붉어지고 벼 냄새도 향기롭다.
물 긷는 소리 나며 신발 소리 들리는데
사립문 열린 마을에 달빛조차 흐르더라.

---

1) 옛 풍습에 음력 9월 9일은 중구일 또는 중양이라 부르며, 이날 국화전을 부쳐 먹었다.

村家 三首

斷烟橫處響村舂　深巷無垣刺樹重
萬馬布山牛散野　望中渾是太平容

*

曉寒霜重織聲催　日暮烟昏樵唱廻
野老那知重九日　偶逢黃菊泛濃醅

*

山梨葉赤野桑黃　一路風廻間稻香
汲井聲中人響屐　柴門不鎖月鋪霜

송림현을 지나며

노적한 낟가리엔 새들이 날아들고
베다 흘린 이삭에 마소가 모여드네.
마을 노인 길에서 만나 좋은 말을 들었나니
금년에는 뉘 집에나 술 향기 풍긴다네.

過松林縣

露積崇困馴鳥雀　刈殘遺穗付牛羊
路逢村叟聞佳語　今歲誰家不酒香

꽃과 마주 앉아
술 한잔

술을 들면
봄이 더욱 즐거워
동풍에 춤을 추네
취해 손을 휘젓네

꽃과 버들 즐겨
노래 부를 제
시원찮은 이 인생
다 잊어버리는 게지

정월 초하룻날

내 평생에 맞고 보낸 수많은 해
그 나이가 모두 어데 쌓여 있나.

차곡차곡 주머니에 들어 있다면
하나하나 끄집어내어 하느님께 되바치리.

元日 戲作

身上平生閱過年　不知堆積在何邊
假如貯作囊中算　一一窮探反却天

이월 그믐껜데 여전히 추워

노래하려던 새도 입을 다물고
피려던 꽃도 머리를 움츠렸다.

금년엔 사월에 윤달이 있어
그래서 이월이 정월 맞잡인가.

二月向晚猶寒

鳥嗓方歌舌　花防欲笑顔
今年四月閏　堪作孟春看

봄날

복사꽃 피어남은 봄바람의 힘이요
언덕이 푸른 건 보슬비 덕이라
따뜻한 기운을 사람인들 아니 느끼랴
이 늙은 몸에도 봄 마음이 살아나네.

*

꽃은 나를 보고 붉은 마음 헤치는 듯
버들은 누구에게 푸른 눈썹 보이려나.
풍경이 이다지도 사람에게 다가서니
어쩌랴 한 잔 술도 없이 이 봄 헛되이 보낼거나.

*

만 사람의 근심을 봄빛은 풀어 주나
내게서는 이렇게도 시만 짜내는구나.
아름다운 온갖 꽃을 어이 다 노래하나
기쁜 일 하나 없이 메말라만 가게 하네.

春日雜言 三首

紅他桃杏三春力　綠盡郊原一雨功
和氣蕩人能不感　芳情猶到老衰翁
*
花專向我披心赤　柳欲迎誰擧眼青
景物惱情何大逼　可堪無酒也虛經
*
春光解展萬人眉　剝取於吾只此詩
不與一歡全與瘦　何須吟盡百花爲

봄날에

소나무 정자에 봄날이 길어
문득 낮잠에서 깨어나니
비가 오려고 주춧돌에 습기 돌고
바람이 건듯 불어 거문고 절로 우네.

*

나무 그늘은 늦게 창에 비꼈고
꽃 그늘은 깨끗하게 땅을 덮었네.
서투른 거문고를 타기조차 게으르니
비로소 깨달았노라 참으로 마음 편안함을.

*

따뜻한 봄철이라 새소리도 부드럽고
해가 기울어 사람 그림자 길어지네.
뒷동산 경치가 마음에 꼭 안겨
내 뜻 가는 대로 거닐고 거니노라.

絶句 三首

松亭春日永　午枕夢初驚
欲雨礎先潤　有風琴自鳴
*
樹影晚斜窓　花陰晴滿地
素琴猶懶彈　始覺眞無事
*
春暖鳥聲軟　日斜人影長
小園山意足　隨意自徜徉

흥겨운 봄날에

시인의 흥을 돋우는 이 좋은 봄날에
절로 나는 휘파람을 어찌 막으랴.
종일토록 흥에 겨워 지저귀는 저 새도
고운 꽃을 노래함이 아니런가 하노라.

春日寓興

春光蕩起詞人興　淸嘯聲高莫自禁
鳥亦喃喃終日哢　安知不爲賞花吟

봄날 감흥

화창한 봄빛에
인정도 무르녹는데
바람에 날리는 꽃잎
하늘하늘 가볍구나.
어느메런가
발 걷힌 다락 위에
푸른 적삼 입은 젊은이
누워서 저를 부누나.

*

성안에 찬 음악 소리
봄바람에 취했는데
이 늙은이를 찾아오는 이
종일토록 없구나.
오직 다락 앞에 드리운
버들 한 그루
푸른 눈 쳐들어

창문 향해 미소 짓네.

春感 二首

春光蕩蕩蕩人情　風送飛花片片輕
何處樓臺簾半卷　翠衫公子臥吹笙
　　　　　＊
滿城歌管醉春風　盡日無人訪老翁
唯有樓前一株柳　解擡靑眼媚窓櫳

한가로운 봄날

봄바람은 동산에 살랑거리고
아침 해는 지붕에 내리쪼일 때
아이들과 손잡고 거닐다가
벗도 없이 홀로 앉았노라.

숲 사이 꽃잎 빨간 입술 열고
뜰 앞 풀들은 푸른빛을 펴네.
세 이랑 남짓 가꾼 난초
두렁 가득 심은 약초
간밤 지나간 봄비에
풀과 나무들이 한결 꽃답구나.

남새가 더디 난다 나무라지 마라
우리 집 흙이 토박해서란다.
냉이가 차차 잎이 자라
국을 끓이면 얼마나 맛나랴.

머리털은 흩어진 그대로

남쪽 창 아래 베개 베고 누웠으니
풍악이 안 들려도 내 귀는 즐겁고
고운 빛 안 보여도 내 눈은 기뻐라.

아이야 시절이 하 좋으니
술잔 씻어 술이나 가져오렴.

次韻白樂天春日閑居

春風扇芳園　朝旭炤高屋
兒扶行不孤　客絶坐成獨
林花吐微紅　庭草布深綠
藝蘭三畝餘　種藥一畦足
樹木添華滋　昨夜新雨沐
莫怪榮甲遲　吾家土少肉
甘薺自生繁　宜羹中吾欲
攬枕偃南窓　頭髮散不束
無聲娛我耳　無色悅我目
聊復呼平頭　洗盞酌醽醁

봄을 보내며

봄이 가거니 그 아니 슬프랴
봄아 너는 나를 저버리지 않았건만
내 너를 저버렸도다.

내 병들어 있을 때
마침 네가 왔기에
꽃과 마주 앉아
술 한잔 나눌 겨를이 없었다.

금년 봄은 이렇게 가지만
내년에 다시 올 때는
부디 늙은 봄은 가져오지 말고
싱싱한 젊음을 가져오렴.

送春

春去去能不悲　非爾負吾吾負爾

適我病中遭汝來　未肯對花成一醉
好去明年更相見　莫把老來將少至

칠월 초사흗날 바람을 두고

어름어름 유월은 다 보내 버리고
칠월도 초사흘 어느덧 가을바람

이웃집 아이 녀석 부지런도 하지
둥둥 하늘 향해 연을 날려 보내네.

七月三日詠風

間闊難逢六月天　入秋三日斗凄然
隣家童子渾多事　喜向長空送紙鳶

추위

얼음 위에 찬바람 원수같이 모질구나.
눈 속에서 데운 술 천금보다 소중하네.

명년 여름 삼복더위 무쇠가 녹을 때
그때 오늘 추위 잊지 말고 생각하세.

苦寒

氷上寒風生一敵　雪中暖酒直千金
明年三伏流金暑　愼勿輕忘此日心

우물 안에 비친 달을 두고

바위 아래 맑게 고인 우물 하나
초승달이 곱게도 잠겨 있네.
물동이에 물과 함께 달을 긷는구나.
금 거울 절반마저 담아 가면 어쩌나.

*

중이 달빛을 하도 탐내어
동이물에 달마저 담아 가네.
절에 가서 물 쏟으면
길어 온 달 간 데 없으리.

山夕詠井中月 二首

漣漪碧井碧嵓隈　新月娟娟正印來
汲去瓶中猶半影　恐將金鏡半分廻
　　*

山僧貪月色　并汲一瓶中
到寺方應覺　瓶傾月亦空

칠월 칠석에 비가 내려

은하수는 아득히
구름 밖에 비꼈는데
하늘 위의 견우직녀
오늘 밤에 만난다네.

부지런히 베 짜던
북도 멈췄는데
오작교 가에선
말을 재촉하네.

만나자 고대
이별이 근심이라
내일 아침 떠날 일이
몹시도 괴롭구나.

샘같이 솟는 눈물
구슬처럼 떨어져
나부끼는 가을바람에

흩날려 비가 되네.

하늘의 선녀
옷자락이 싸늘하여
계수나무 곁에서
외로이 잠들다가

견우직녀 하룻밤
즐거움을 시새워
달빛마저 가려
비춰 주지 않누나.

나는 용도
함초롬히 젖었고
파랑새도
깃을 옴츠렸더니

동천이 밝아 오자
비가 멎누나.
견우의 옷자락
젖을세라 겁냄인지.

七月七日雨

銀河杳杳碧霞外　天上神仙今夕會
龍梭聲斷夜機空　烏鵲橋邊促仙馭
相逢才說別離苦　還道明朝又難駐
雙行玉淚洒如泉　一陣金風吹作雨
廣漢仙女練帨涼　獨宿婆娑桂影傍
妬他靈匹一宵歡　深閉蟾宮不放光
赤龍下濕滑難騎　青鳥低霑凝不飛
天方向曉汔可霽　恐染天孫雲錦衣

여름날

주렴 겹겹이 둘렀고
나무 그늘도 에둘러 싸여
전원에 사는 그윽한 사람
코 고는 소리 우레 같네.
해는 너웃 지려는데
찾아오는 사람 없어
들바람만 헛되이
대문짝을 여닫누나.

*

대자리 위에 잠뱅이 입고
들창 열고 누웠더니
꾀꼬리 소리 두어 마디에
잠이 자주 깨네.
봄은 갔어도 잎 사이에
꽃은 남아 있고
비는 뿌려도 구름 뚫고

햇빛은 내리비치누나.

夏日卽事 二首

簾幕深深樹影廻　幽人睡熟鼾成雷
日斜庭院無人到　唯有風扉自闔開
*
輕衫小簟臥風欞　夢斷啼鶯三兩聲
密葉翳花春後在　薄雲漏日雨中明

홍천사 강가에서

푸른 물은 하늘에 잇닿고
하늘은 물에 닿았네.
엷은 구름은 안개와 같고
안개는 구름과 같네.
마을 논에 벼가 익어
문 앞에서 거두고
들 마을 베틀 소리
길손 귀에 울리네.

                *

여울이 산기슭을 도는가 하면
물줄기 산기슭을 휘감아
산굽이 군데군데
여울이 길을 막네.
길을 따라 마을에 들어서자
해는 서산에 지고
새파란 하늘엔

활 같은 달이 솟았네.

興天寺江上偶吟 二首

碧水接天天接水　薄雲如霧霧如雲
村畦稻熟門前穫　野店機鳴路上聞
　　　＊
灘廻山下水環山　山曲時時路隔灘
路入孤村殘日落　碧天雲破月如彎

고통스러운 비

비는 지루하게 한 달이나 연이어
주룩주룩 강물을 쏟아 붓는 것만 같고
해와 달은 어디 갔는지
낮과 밤을 가릴 수 없이 캄캄만 하여라.

거리에선 용이 났다 떠들고
우리 집 뜰 안에선 조개 소라가 야단스럽다.
높은 담은 쓰러져 낙타가 넘어진 것 같고
작은 집들은 노새처럼 아주 주저앉았다.

창검을 휘두르듯이
번개는 치고
도간의 북이 날듯이[1]
우렛소리 요란하다.
평지에 물이 소용돌이쳐

---

1) 도간陶侃은 중국 진나라 사람인데 낚시질하다가 베 짜는 북을 얻어 벽에 걸어 놓았더니
우레 치며 비 오는 날에 그 북이 용이 되어 하늘로 날아갔다는 이야기가 있다.

집집마다 오리와 게사니를 놓아 버렸다.

장안 만호가 파도 속에 떴으니
큰 집은 장선과 같고 작은 집은 마상이와 같다.
온 나라가 바다 가운데 왜국처럼 되어
서로 배를 만들어 뱃사람처럼 인사를 나눈다.

강인지 호수인지 분간할 수 없이
비는 내리어 큰물이 져서
어디서나 배는 떠돌아도
갓 쓴 어부는 간 곳이 없다.

키를 넘는 쑥대와 풀은
때를 만난 듯 산야에 무성하고
곡식은 모조리 떠내려갔으니
이 나라 백성은 장차 어찌 살 건가.

항아리의 술은 향기를 잃었으니
누가 그 술을 마시며 취할 건가.
상자 속의 차도 향내를 잃었으니
누가 그것을 달여 마실 건가.

이불을 푹 뒤집어쓰고
잠을 청해도

창문을 때리는 낙수 소리 우렛소리
어찌 잠인들 잘 수 있으랴.

사람을 해치는 일이
하도 자주 거듭되더니
하늘도 상처 입어
그냥 비만 쏟아지는가.

비둘기는 둥지 밑에 웅크리고
벌은 통 속에 숨어 버렸다.
길에는 수레 말이 끊겼으니
방울 소리도 들을 수 없다.

이때에 다니는 사람은
물 건너는 꾀가 있어야 하거니
허리까지 빠져 들어갈 흙탕 속에
버선 신발로야 어찌 나서랴.

나는 마침 문을 닫고 병을 치료하거니
날이 늦어 일어나도 탓하는 사람 없구나.
허나 나는 참지 못해 문득 이 노래를 짓는다.

苦雨歌

愁霖一月如懸河　　晝夜昏黑藏羲娥
已聞街巷游蛟黿　　復患庭除生蚌螺
高墻忽倒臥橐駝　　短屋還頹仆馬騾
雷公揮劍刃似磨　　壁間躍出陶公梭
直教平地轉盤渦　　南宅東家放鴨鵝
城中萬屋浮濤波　　大者如舶小如艖
一國正作海中倭　　擬營舡舫相經過
江湖混混莫分沱　　空舟獨艤無漁蓑
蓬蒿蘺艾與綠莎　　時哉得意盈山阿
可惜南畝漂嘉禾　　其奈四海蒼生何
甕中美酒香已訛　　詎可酣飲令人酡
箱底芳茶貿味多　　不堪烹煮驅眠魔
掩被雖欲寐無吪　　打窓喧雷可從他
凡百防人多跌蹉　　久矣此雨傷天和
鳥藏巢底蜂藏窠　　路絶車馬無鳴珂
此時行者理則那　　泥沒腰脊況襪靴
我幸杜門聊養痾　　日晏而興誰復訶
率然忽作苦雨歌

밤에 비는 멎고

아아 아름다워라
달이 떴다
저 하늘에

우리 서로 만나기가
이 얼마 만인가.

그대 고운 얼굴 변치 않았으니
반갑구나 기쁘구나
내 마음 한없이 기쁘구나.

夜霽

娟娟天上月　相見間何闊
好在佳人面　令我心大豁

못가에서 달을 노래한다

신선들 모여 앉은 저 하늘에서
항아는 몸치장하려다 말고
거울에 어린 티끌을 고이 씻고자
푸른 물 위에 내려왔구나.

池上詠月

天上群仙會　姮娥欲點粧
却嫌塵掩鏡　下洗碧流長

비 멎은 후에

시름 많은 길손의 얼굴 같던 궂은비
건듯 개니 고운 님 얼굴처럼 환하구나.
아름다운 꽃들은 해를 보고 웃는 듯
휘늘어진 버들은 봄을 자랑하는 듯.

은방울 소리런가 꾀꼬리 노래하고
나비 쌍쌍 춤추며 날아예네.
풍경도 좋을시고 이 좋은 아침은
한잔 술 마실 만한 때로다.

新晴

久雨長愁客　新晴似媚人
妍妍花笑日　嫋嫋柳嬌春
圓滑鶯聲巧　輕翻蝶翅勻
十分風景麗　正好醉芳辰

겨울비

천지가 얼었으매
설마 비야 했더니
아마도 내리던 눈이
온기에 그만 물로 된 듯.

仲冬雨

天地大閉凝　想無雨霎霎
應是雪飛來　冬溫融作汁

가랑비

비껴 부는 바람결에
그칠 듯하더니
어지러이 내리는
가는 빗줄기 고치실인 듯.

비단을 채 못 짰는데
날이 문득 개니
가는 비단 짜려는가
안개가 날아 도네.

그물 기울 실 얻겠노라
늙은 어부는 기뻐하고
씨실 못 얻어 베틀 묵일까
가난한 아낙네는 놀라누나.

만일 실비를 얻어다가
길쌈할 수 있다면
이 세상 어느 누가

옷 없다고 한탄하랴.

偶讀山谷集 次韻雨絲

斜風掣斷乍如稀　亂下翻欺繭緒微
未補碧羅天忽遠　欲成纖縠霧交飛
漁翁誤喜縫疎網　貧婦虛驚緯廢機
收得一番歸紡績　四方何處嘆無衣

눈을 노래하노라

고금에 너를 형용한 말
이미 낡았으매
새로운 뜻으로
전 사람을 누르고자.
허나 너는
도리어 나를 괴롭히나니
시에는 들어오지 않고
귀밑머리만 더 희게 하는구나.

　　　*

귀밑머리 새 흔적은
모두 눈이라
같은 흰빛
분간하기 어려워.
다만 한 가지
서로 다른 것은
귀밑털은 녹지 않으나

너는 녹기 쉬운 것.

　　　*

녹으면 물이 되고
얼면 얼음이 되어
변화무궁하긴
너 혼자 능하구나.
눈이 되어서는
내 귀밑털 흰빛과 다투지만
얼음이 되면
내 마음의 맑음을 배우는도다.

詠雪　三首

今古形容語已陳　欲裁新意倒前人
豈知爾反令心苦　不入詩來入鬢新
　　　*
入鬢新痕都是雪　不勞譬況此相同
唯餘一段未同處　鬢上難融汝易融
　　　*
融成流水凍成氷　變化無窮獨爾能
作雪爭吾雙鬢白　爲氷學我一心澄

눈

땅과 하늘을 끝없이 덮어
높은 담 깊은 구렁이 함께 아득하구나.
펄펄 옷자락 붙었다간 그대로 녹으니
새겨진 여섯 모 잘 되지 못함인가.

*

물에서는 사라지고 땅에서는 더미 되며
처마 끝에 날다가도 바람 만나 회회 도네.
훨훨 춤출 때는 갈 데 없는 나비
명성을 얻으럼인가 꼭 그대로 매화일세.

*

은 고개 또 은 고개 창밖을 둘러 있고
구슬 바퀴 만들어 길가에 버려두었네.
흰 소금 밀가루 분명하다면
내 집 뜰에 것도 맘대로 쓰지 못하겠네.

詠雪 三首

匝地渾天同浩浩　埠高塡壍混茫茫
飄飄點袂迤巡滅　六出功夫未細詳

*

入水無蹤着地堆　過簾飛去遇風廻
却因喜舞全欺蝶　若更儲名莫辨梅

*

蔟成銀嶺擁窓前　推作瓊輪委路邊
若是白鹽兼粉麪　自家庭砌尙難專

길 가면서 눈을 두고

하얀 꽃송이처럼 나풀거리며
춤을 추듯 감돌아 떨어지누나.
내 수염은 이미 희었으니
여기 와 붙어서 더 희게는 하지 마라.

    *

옷깃에 사뿐사뿐 내려앉는 맛이 좋아
노로 맞으며 털지도 않았더니
차츰 쌓여 차갑고 무거워져
삿갓 쓰고 가는 사람 부럽구나.

路上詠雪 二首

學花工剪刻 解舞巧徘徊
我鬢曾渾白 何須更點來
    *

初愛輕飄袂　都忘備障身
漸堆寒弁重　翻羨笠簦人

밤하늘을 바라보며

이태백과 두자미의 노래가 끝난 뒤엔
하늘과 땅 사이가 적막해졌구나.

강과 산은 한가롭게 서 있고
조각달 하늘에 외로이 걸려 있네.

晩望

李杜嘲啾後　乾坤寂寞中
江山自閑暇　片月掛長空

꽃을 아끼노라

봄 여신이 곱게도
피운 꽃이건만
휘몰아 부는 광풍에
모조리 흩날리네.

바람도 봄바람이라
봄의 신은 내버려 두건만
그래도 비단결 꽃잎들
진흙 위에 마구 떨어져 아깝구나.

惜花

春君用意剪成花　其奈狂風擺落何
風是春風春不制　忍教紅錦委泥沙

꽃을 꺾으며

꽃 꺾어 산 놓으며
술을 마시니
꽃은 상기 남았는데
사람은 취하였네.

그대여 남겨 두게나
소담한 꽃들을.
벗이야 내일 다시
오지 않으랴.

꽃송이 가득 옷깃에 꽂고
한없이 즐겁게 노니세.
이렇게 봄을 보내야만
마음 흐뭇하리.

꽃한테도 물어 보세
기쁘지 않느냐고.
시절이 다 가기 전엔

아예 떨어지지 말라 하세.

그대는 못 보았나
잘사는 자들
그렇게도 아끼는 꽃동산이
사나운 비바람에 날려
속절없이 스러져 버리는 것을.

折花吟

折得花枝作酒籌　花枝未盡人先醉
請君留却最繁叢　客惡何妨明日至
必須滿挿窮歡遊　然後送春無歉意
爲問花心亦肯無　愼勿負期輕墮地
君不見　貴人園苑惜花深　雨惡風顚那忍視

밥알꽃

알알이 동그라나 누렇지 않아
기장밥과 꼭 같지는 못하구나.

굶주린 아이에게 이 꽃 이름 알리지 마라
밥을 찾아 숲속을 울며 헤맬라.

詠黍飯花

花却纖圓色未黃　較他黍粒莫相當
此名休爲饞兒說　貪向林中覓飯香

맨드라미가 정원 가득 피어

거친 땅에는 아까운 꽃이로다
화원이 환하도록 잘도 피었네.
모든 꽃은 봄여름에 피고 지는데
여름부터 늦가을까지 오래 가서 좋구나.

그 누가 이렇게 이름 붙였나
붉은 모양 흡사 닭 볏이구나.

옛날에 싸움 잘하는 닭이 있어
강한 적과 죽도록 싸우다가
붉은 벼슬 피투성이가 되어
땅에 가득 핏방울 뿌리며
그렇게 죽은 넋이 해마다 되살아
붉게 타는 꽃이 되었는가.

(원문 없음)

바람결에 머리 번쩍 쳐든 모습

상기도 한바탕 싸우고 싶은 듯

좋다 더 교만하지 말고
부지런히 사람 위해 피워 주렴.

鷄冠花滿苑盛開 自夏至秋季 愛而賦之 仍邀李百全學士同賦

花於曠地似或慳	開擅一園眞盛矣
百花開謝只春夏	憐渠涉夏入秋季
何人始作鷄冠呼	高髻鮮紅無奈似
我疑昔者有鬪鷄	忽逢强禦至必死
朱冠赤幘濺血落	錦繡離披紛滿地
物靈不共泥壤朽	直作芳華誇釀紫
鷄□□□□□	□□□態尙自爾
臨風掀擧好昂頭	又欲與敵相奮跂
宜哉去汝驕矜心	但可勤開邀賞耳

맨드라미

겨울바람 불어와도 피는 꽃이 있지만
그거야 왕공 귀족들의 화려한 온실이지.
값진 화분에 심어 추우면 온실에 넣어
귀한 딸처럼 소중히 기른다네.

이 꽃이야 돌보는 이 있으랴만
그래도 여름 지나 늦가을에 피었구나.
이른 봄에 잠깐 피었다 지는
연붉은 꽃이야 말해 무엇 하랴.
가을에 피는 아담한 연꽃도
찬 이슬에 벌써 시들고 만다네.

꽃잎이나 꽃받침이 딴 꽃들과 달라
조물주가 너만은 특별하게 만들었구나.
패랭이가 무성하게 솟아 나온 듯
버섯에 진한 붉은빛이 오른 듯.

한 떨기 한 송이는 어울리지 않으나

가지들 모아 보면 그럴듯하구나.
둥글고 뾰족하고 길고 짧은 것이
쌍 지워 합친 듯 가지 서로 맞붙은 듯

맨드라미 꺾어 나의 시와 맞대 보지 않으면
열한 가지 비유의 참맛 알기 어려우리.■

次韻李百全學士復和鷄冠花詩

奇花或有凌冬開　王侯第宅尤多矣
貯之玉盆藏土室　如護深閨處女季
此花不護亦不養　跨涉炎涼誰得似
浮薄春紅那更言　芙蓉秋發猶先死
曰葩曰萼異群花　造物生渠殊特地
氈冠偶自得深殷　木耳胡爲成爛紫
一叢一朶狀難周　看遍枝枝方得爾
圓尖脩短各未齊　合不爲駢枝不跂
君非折對吾詩看　一十一喩皆虛耳

■ 내가 다섯 편의 시에서 맨드라미를 노래하면서 그 꽃 모양을 열한 가지로 비유하였는데,
가지마다 꽃 모양이 모두 달라 꺾어서 자세히 살펴보아야 꽃 모양을 알 수 있기 때문에 이
렇게 말하였다.

구월 그믐께 핀 국화를 두고

국화라 비록 가을에 핀다지만
된서리 내린 이날까지 남아 있다니.

상기도 향기 맑고 꽃잎 아리따우니
차마 못 꺾을레라 술잔에 띄우고 싶어도.

雜菊皆盡 見名菊至九月向晦盛開 愛而賦之

黃花雖似與秋期　及此霜深豈發時
尙把淸香開艶艶　一枝何忍損浮巵

석류꽃

─ 기미년(1199년) 5월에 지주사 최공 댁에 석류꽃이 만발하였는데 세상에 드문 꽃이라, 내한 이인로와 김극기, 유원 이담지, 사직 함순과 나를 불러 시를 짓게 하였다.

석류꽃은 술 한 잔 마신 듯
붉은 햇무리가 돋은 듯
하늘의 조화가 어린 듯
아름다운 자태로 손님을 부르누나.

향내를 피워 낮엔 나비를 꼬이고
꽃잎 떨어질 젠 밤새들을 놀래키리.
고운 꽃을 아껴서 늦게 피우는
하늘의 그 뜻을 누가 알랴.▪

己未五月日 知奏事崔公宅千葉榴花盛開 世所罕見 特喚李內
翰仁老 金內翰克己 李留院湛之 咸司直淳及予 占韻命賦云

玉顔初被酒　紅暈十分侵
萉複鍾天巧　姿嬌挑客尋

▪ 나도 늦게는 현달할 것임을 비유한 것이다.

爇香晴引蝶　散火夜驚禽

惜艶敎開晩　誰知造物心

배꽃

— 옥야현 객사에 걸린 학사 채보문의 '배꽃' 시에 화답노라.

나뭇가지에 흰눈이 내렸는가 하였더니
맑은 향기 있어 꽃인 줄 알았노라.
배꽃과 매화꽃 그 어느 편이 더 맑은진 몰라도
사치스러운 살구꽃일랑 비웃어 주어라.

푸른 나뭇가지에 흰꽃은 보기 좋고
백사장에 흰 꽃잎은 떨어진 듯 만 듯
팔목이 하얀 여인이 소매를 걷어올리니
가벼운 웃음을 머금고 배꽃도 괴로워하더라.

沃野縣客舍 次韻板上蔡學士寶文梨花詩

初疑枝上雪黏華　爲有淸香認是花
鬪却寒梅瓊臉潔　笑他穠杏錦跱奢
飛來易見穿靑樹　落去難知混白沙
皓腕佳人披練袂　微微含笑惱情多

사계화

국화 매화 필 때에
봄꽃들은 어디 있는가.
사시사철 피는 사계화 보니
한때만 고운 것은 가엾구나.

*

여러 꽃들이 한때는
너와 고움을 다투어도
그 한때 지나 보내면
누가 너와 더불어 다투랴.
요염한 계집들의 아름다움은
해가 갈수록 흩어지거늘
오랜 세월 지난 뒤에도
정숙한 여인의 정을 알겠도다.

*

소나무와 대나무는 억세고 줄기차서
더움도 추움도 그냥 견뎌 내지만
너 봄날에 꽃 핀 사계화
여름철에 꽃 핀 그 모양 그대로
서릿발 눈발을 헤쳤거니
나 네 앞에서 더는 할 말이 없구나.

四季花 三首

臘梅秋菊巧侵寒　輕薄春紅已莫干
及見此花專四序　一時偏艷不堪看
　　　　*
好許千花伴爾榮　一春歸後可堪爭
吳姬楚艷紛紛散　歲久方知靜女情
　　　*
松眞竹悍小柔姿　跨涉炎寒也自宜
爾與春紅同一樣　如何猶到雪霜時

꽃을 가꾸며

심은 꽃이 아니 피면 어찌하랴
피어도 져 버리면 어찌하랴.

심은 꽃 피고 짐도 걱정이거든
꽃 심는 재미를 내 모르노라.

種花

種花愁未發　花發又愁落
開落摠愁人　未識種花樂

해당화

하 곤하여 머리 숙인 해당화
양귀비 술 취한 때 같구나.

꾀꼬리 소리에 고운 꿈 깨어
방긋이 웃는 모습 더욱 곱구나.

海棠

海棠眠重困欹垂　恰似楊妃被酒時
賴有黃鸎呼破夢　更含微笑帶嬌癡

홍작약

술기 어린 듯 붉은 너의 얼굴을
사람들은 지난날 서시 같다 하네.
웃음으로 온 나라를 멸망시킨 너[1]
또 뉘를 괴롭히려고 예 와 피었나.

紅芍藥

嚴粧兩臉醉潮勻　共道西施舊日身
笑破吳家猶不足　却來還欲惱何人

---

1) 오나라 임금 부차夫差가 월나라를 쳐서 승리하자 월왕 구천句踐은 미인 서시西施를 오왕
　부차에게 보내 그를 타락시킨 뒤 다시 오나라를 쳐서 이겼다.

금전화

동그랗게 금을 오려
송이송이 꽃을 피운 듯
조물주가 너 만들 제
무던히도 애를 썼네.

그러나 네 이름이
내 집에는 안 맞는다.
잘 먹고 잘 입는
부잣집으로 가려무나.

林秀才求金錢花移栽

金剪圓錢發此花　天工用意一何多
爾名未合生吾宅　好去人間富貴家

동백꽃

복숭아와 오얏 꽃은 고우나
허튼 꽃이므로 믿기 어렵고
솔과 잣나무는 아리땁지 못하나
귀할손 추위를 이겨 내도다.

동백나무는 고운 꽃이 피며
눈 속에서도 견뎌 내거니
어찌 잣나무 따위에 비길거나.
동백이란 그 이름 옳지 않도다.

冬柏花

桃李雖夭夭　浮花難可恃
松柏無嬌顔　所貴耐寒耳
此木有好花　亦能開雪裏
細思勝於柏　冬柏名非是

국화

봄이 꽃을 맡아 온갖 꽃 아로새기건만
어쩌타 가을 또한 꽃을 맡았노.
날마다 가을바람이 소슬하게 부는데
땅속의 온기로 고운 꽃을 피웠네.

*

가을빛 담뿍 받고 피어난 꽃
싸늘한 네 향기 찬 서리를 이기누나.
술 하는 사람이면 누가 너를 저버리랴.
도령만이 네 향기를 사랑했음 아니로다.[1]

---

1) 도령陶令은 도연명陶淵明을 말한다. 그는 팽택현령으로 있다가 녹으로 받는 쌀 5말 때문
에 상부 감독자들에게 절하기 싫다고 도장을 던지고 집으로 돌아와 시를 썼는데, 특히 국
화를 사랑하였다.

詠菊 二首

靑帝司花剪刻多　如何白帝又司花
金風日日吹蕭瑟　借底陽和放艶葩
　　　　*
不憑春力伐秋光　故作寒芳勿怕霜
有酒何人辜負汝　莫言陶令獨憐香

취중에 꽃구경

― 진화의 집에서 술 마시고 꽃구경하면서 쓰노라.

시를 지어도 이름난 꽃처럼은 못 되리라
붓끝에 고운 말이 없으매.

예쁜 선녀 만나서
비단 마음 한번 풀고지고.

오늘 이 고운 꽃을 보니
느낌도 하도 할사 도리어 멍해지네.

온종일 글귀를 찾았으나
쓰르라미처럼 괴로이 읊을 뿐

필경 좋은 말을 못 찾으니
무슨 얼굴로 꽃을 대하랴.

꽃 또한 나를 보고 웃으면서
고개를 들먹들먹 비웃는 듯.

다정한 사나이
한 미인을 그리다가

길가에서 홀연 만나니
공연히 서로 머뭇거릴 뿐

멀거니 바라보며 말 한마디 없으니
좋은 기약인들 어떻게 하랴.

청컨대 주인은 나를 취케 하여
다시 고운 꽃을 보여 달라.

거나하게 취해서 지은 시라야
꽃의 고운 자태 따라잡으리.

陳澕家置酒賞花 醉後走筆

作詩非名花　筆下無姸詞
絶欲遇仙紅　膓錦時一披
及看此花艶　意極反如癡
終朝索一句　吟苦寒螿悲
畢竟寡好語　對花顔何施
花亦向我笑　低昂似相欺

有如多情子　浪憶一妖姬
道傍忽邂逅　相對空逶遲
脉脉竟無言　況奈論佳期
請君勸我醉　更賞天天枝
詩從醉裏出　儻可敵嬌姿

중양절에 국화를 바라보며

서른아홉 번째 중양에
국화 빛은 한 모양 누르건만
어찌타 나의 귀밑털은
검은빛이 절반이나 희어졌는고.

重九日詠菊

三十九重陽　寒花一樣黃
奈何雙鬢髮　換綠半染霜

국화를 두고

삼월 봄바람에 온갖 꽃이 다 붉으나
어찌 따를쏘냐
가을 하늘 아래 국화 한 떨기를.
사랑스러워라
추위를 견디어 아름다운 꽃이여
그 향기 그윽히 내 술잔에 드누나.

                    *

추위를 무릅쓰고 피었거니
봄철 꽃에 비기랴.
늦가을 다 지나도
상기 떨기에 남아 있네.
꽃 중에도 홀로
절개 굳은 꽃이라
벗님네들 부디
이 꽃 함부로 꺾어 오지 마소.

詠菊　二首

春風三月百花紅　不及秋天菊一叢
芳艷耐寒猶可愛　殷勤更入酒盃中
　　　*
耐霜猶足勝春紅　閱過三秋不去叢
獨爾花中剛把節　未宜輕折向筵中

매미

깊고 맑은 그늘 속에 앉아
조그만 놈 노래는 우렁차구나.

외로운 손 하나
근심스레 듣고 있음도 알지 못하고
숲마다 옮겨 다니며
해가 저물도록 울어 주누나.

蟬

喜擇深深美蔭淸　質何微小韻何宏
不知孤客偏愁聽　移遍千林盡日鳴

번데기가 나비 되는 것을 보고

저녁까지 아직 파란 벌레더니
밤사이 나래가 나 팔팔 나는구나.

조금 전엔 나뭇잎 갉아먹던 입이
이제는 고운 꽃과 입을 맞추네.

觀菁蟲上壁化蝶

暮見靑身么　朝看粉翅新
俄將食葉觜　換作唼花唇

고양이를 꾸짖노라

감추어 둔 고기를 도적질해 먹고는
이불 속에 들어와서 소리 없이 자누나.

쥐새끼가 설침은 누구 책임이냐
밤낮없이 고놈들 마음 놓고 다니거니.

責猫

盜吾藏肉飽於腸　好入人衾自塞聲
鼠輩猖狂誰任責　勿論晝夜漸公行

옛 제비가 왔구나

펄펄 나는 한 쌍 제비
살던 곳 다시 찾아왔구나.
어김없이 내 집을 다시 찾은 너희들
내 그리운 벗으로 대하리.
그렇게 윤택한 꼬리와
조잘대는 노래도 예대로구나.
궁중의 미인이 춤을 추는 듯
날씬하고 가벼워 더욱 귀엽다.
내 벌써 이렇게 늙었으니
몇 번이나 너를 다시 보게 될는지.

　　　　*

턱은 반 장군[1] 같고
허리는 조 황후[2] 같구나.

---

1) 한나라의 유명한 장군 반초班超의 턱이 제비턱처럼 생겼다고 한다.
2) 한나라의 유명한 미인인 조비연趙飛燕을 가리킨다.

너 비록 새일망정

오래오래 옛정을 잊지 않누나.

舊鶯來 二首

翩翩一雙鶯　知有舊巢在

勤尋我宅來　當以故人待

涎涎尾猶存　喃喃舌不改

舞轉楚宮腰　便嬛眞可愛

能復幾年看　吾老恐不再

*

頷似班將軍　腰如趙皇后

多渠尙微禽　眷眷不忘舊

기 상서 댁의 화난 원숭이

원숭이 너는 무엇 때문에 화가 났노
사람마냥 바로 서서 나만 보고 야단이니.

너는 네 고향 파촉[1]의 달빛 그리운데
붉은 문[2] 안에 얽매여 있어 안타까우냐.

나도 푸른 산만 바라며 살고 싶으나
부질없이 이 거리에 묻힌 게 괴롭단다.

나도 너처럼 불행한 처지거늘
어찌하여 나에게 화풀이를 하려는가.

---

1) 파촉巴蜀은 지금 호북성에 있는 지방으로 원숭이가 많다.
2) 옛날 높은 벼슬아치들의 집을 말한다.

奇尙書宅賦怒猿

猿公有何嗔　人立向我嘷
爾思巴峽月　厭絆朱門高
我戀碧山隱　浪受紅塵勞
我與爾同病　胡爲厲聲咆

앵무새

연두빛 저고리에 새빨간 주둥이
너는 말하는 재간 있어 갇혔어라.
귀여운 어린애처럼 혀를 굴리는
너의 모습 아름다운 처녀에 비기겠구나.

우리 말을 익히 들어 그리도 잘 옮기더니
새로이 배운 궁사는 더듬는구나.
허나 굳게 잠긴 옥조롱을 나올 재간 없으니
고향에 돌아가고픈 네 꿈도 점점 멀어지누나.

鸚鵡

衿披藍綠觜丹砂　都爲能言見罥羅
嬌姹小兒圓舌澁　玲瓏處女惠容多
慣聞人語傳聲巧　新學宮詞道字訛
牢鏁玉籠無計出　隴山歸夢漸蹉跎

닭을 노래하노라

해는 바다 속에 머물러
땅이 아직 밝지 않아서
만 사람 그냥 단잠이 들었는데
한 소리 높이 울려 천지를 깨우누나.

모이 구해 암탉 불러 같이 먹고
기운 자랑하며 원수와 맞서 싸우더라.
다섯 가지 덕[1]을 지닌 네가 기특하니
곡식과 함께 솥에 삶을 수가 없구나.

詠鷄

出海日猶遠　乾坤尙未明

---

1) 《한시외전韓詩外傳》에 "머리의 벼슬은 문文이고, 날카로운 발톱은 무武이고, 적과 용감
하게 싸우는 것은 용勇이고, 먹이를 서로 나눠 먹는 것은 인仁이고, 어김없이 새벽을 알리
는 것은 신信이다." 하였다.

沈酣萬眼睡　驚破一聲鳴
索食呼雌共　誇雄遇敵爭
吾憐五德備　莫與黍同烹

까마귀 울음을 미워하여

온 세상에서 너 같은 자를
어여삐 여기는 이 없거늘
왜 그리도 시끄럽게
온갖 소리로 지저귀느냐.

농우땅에도
읊기를 즐기는 이[1] 있다마는
아침저녁으로 까욱까욱
지저귀지는 말라.

憎烏啼

擧世無人憐爾者　如何多作百般聲
有如隴右喜吟客　朝暮啾啾莫善鳴

---

1) 농우 지방에 노래를 숭상한 이가 많다는 데서 나온 말인데, 여기서는 시 읊기를 좋아하는
이규보 자신을 농우 사람으로 자처한 것이다.

거미 그물

거미는 가을철을 만나
낙수 고랑에 그물을 치네.
게걸음으로 줄을 치면서
북같이 빠르게 오락가락.

아이들이 간짓대로 붙들려면
바람을 타고 올라가
어느덧 또다시 그물 치니
섬세해라 그 솜씨여.

나는 매미 그물에 걸려들어
공연히 고치 켜는 소리로 울부짖네.
이번에는 나비가 걸려들어
팔딱팔딱 하염없이 기를 쓰누나.

내 본디 그물 치는 벌레가 미워
종을 불러 떼 놓아 주노라.
무릇 핏기 있는 자

누가 먹지 않고 살랴.

큰 것으로 범과 곰이
짐승을 가려 잡아먹고
작은 것으론 닭과 따오기가
똥 흙에서 벌레를 쪼아 먹는다.

이런 무리 한둘이 아니니
홀로 너만 미워할 것이랴.
허나 네 기교를 내 싫어하노니
네 재주는 따를 자 없으리라.

뱃속의 솜을 아끼지 않고
누에보다 가는 실을 뱉어
어리석은 벌레를 꾀니
어찌 그들이 속지 않으랴.

蛛網

蜘蛛乘秋候　緣雷工織網
蟹足行掛絲　疾若梭來往
兒童黏以竿　遺片隨風颺
須臾復結成　纖細不堪望

飛蟬誤見絓　空作繰車響
胡蝶亦來縈　翻翻徒自强
我本疾網蟲　呼奴釋且放
凡有血氣者　口腹誰不養
大則虎與熊　擇獸行舐掌
小則鷄與鳶　啄蟲於糞壤
若此非一類　胡獨憎爾狀
機巧吾所忌　汝巧誰與伉
吐絲細於蠶　不惜腹中纊
以此引癡蟲　焉得不見誆

꾀꼬리 소리를 듣고

해마다 어김없이 늦은 봄에 찾아와
온갖 꽃이 절반 져도 나무람 아니하네.
멋들어진 가락에 맑은 소리 우아하고
황금을 입힌 듯 날개가 새롭구나.

경박한 소년들은 먼저 들었다 자랑하고
노래 배우는 여인들 자주 운다 시기하네.
머리 들어 고운 날개 보려고 하나
깊은 숲으로 날아가니 친하기 어렵도다.

聞鸎

已分年年殿暮春　千紅半謝不須嗔
解調淸管聲音雅　偸鍍黃金羽翼新
薄行少年誇聽早　學歌嬌女妬啼頻
擡頭欲賞毛衣好　飛轉喬林未易親

노는 물고기

잠겼다 떴다
조그만 물고기들
마음대로 잘도 논다
사람들은 말한다만
조마조마한 마음에
한가로움 전혀 없네.
낚시꾼이 돌아가자
해오라비가 엿보나니.

游魚

圍圍紅鱗沒復浮　人言得意好優游
細思片隙無閑暇　漁父方歸鷺更謀

매미 소리

행여 가지 위의 매미 놀랄라
버드나무 가까이는 가지 말라.
다른 나무에 옮기지 말고
한 곡조 끝까지 다 부르게 하자.

　　　*

허물 벗어 풀 위에 던지고
가지에서 맑게도 노래 부르네.
소리는 들리나 보이지 않으니
푸른 잎이 깊이깊이 감추어 줌이라.

園中聞蟬　二首

不敢傍高柳　恐驚枝上蟬
莫教移別樹　好聽一聲全
　　　*

輕蛻草間遺　淸吟枝上喷

聆音不見形　綠葉深深翳

까치집

내가 타고난 운명이 기이하여
높은 벼슬은 차례 오지 않을 텐데
까치 너는 무슨 소식을 전하겠다고
이 대낮에 날아와 보금자리를 치느냐.

펄펄 하늘 날아 나뭇가지 물어 오고
까마귀 털에 해오라비 날개까지 가져오누나.

내 들으니 군자는
자기 운명을 하늘에 맡긴다 하거늘
황새가 모인들 좋은 일 없고
올빼미 날아온들 두려울 것 없도다.

그러나 내 늙으면서 의심하는 일 많아지고
괴이한 일 좋아하기 무당과도 같아지니
오랫동안 가난에 시달린 지금에 와선
내가 점치는 일이 혹시나 맞기를 바란다네.

까치집 바라보며
내 얼굴엔 기쁨이 어리누나.
보금자리 어서어서 짓기를 기다리며
고개 들어 높은 나뭇가지 우러러보네.

鵲巢

我本賦命奇　名宦歎遲暮
汝將報何喜　栖樹正當午
翩翩含枝來　鵶毚挾鷺羽
吾聞君子人　禍福任天賦
鵲集不足賀　鵬止不爲懼
而我老多惑　好怪類巫瞽
況復懲久窮　占瑞儻有遇
見此靈鳥栖　喜色見眉宇
汲汲望巢成　攬眼仰高樹

검정 고양이를 얻었네

가느다란 털엔 푸른빛 어리고
둥그런 눈알이 새파랗게 빛나는
그 모양 범의 새끼와 비슷한데
소리 질러 쥐를 겁주네.

붉은 노끈으로 매어 놓고
참새를 잡아 먹이며 길렀더니
발톱을 세워 기어오르길 잘하고
꼬리를 흔들며 우리 집에 길들었네.

우리 집은 가난한 까닭으로
고양이를 기르지 않았더니
뭇 쥐가 마음대로 드나들며
뾰족한 이빨로 집을 헐듯 덤벼들었네.

상자 속 옷을 마구 쏠아서
입을 옷조차 없게 하고
대낮에도 책상 위에서 싸움질하며

내 벼루를 엎어 버리곤 했네.

나는 미칠 듯이 그 쥐를 미워하여
혹독한 지옥에 보내고자
따라다니며 잡으려고 하였으나
벽만 끼고 돌다가 넘어졌네.

고양이야 네가 우리 집에 온 다음부터는
쥐는 이미 자취를 감추기 시작했으니
어찌 집만 온전해질 것이냐
양식거리도 더는 도둑맞지 않게 되었다.

고양이야 너에게 부탁하노니
우리 양식을 먹지만 말고
온 힘을 다하여 쥐를 잡아
한 놈도 남겨 놓지 말아라.

得黑猫兒

細細毛淺靑　團團眼深綠
形堪比虎兒　聲已懾家鹿
承以紅絲纓　餌之黃雀肉
奮爪初騰踈　搖尾漸馴服

我昔恃家貧　中年不汝畜
衆鼠恣橫行　利吻工穴屋
鹼鹺箱中衣　離離作短幅
白日闢几案　使我硯池覆
我甚疾其狂　欲具張湯獄
捷走不可捉　遶壁空追逐
自汝在吾家　鼠輩已收縮
豈唯垣墉完　亦保升斗蓄
勸爾勿素餐　努力殲此族

개를 타이르노라

우리 집이 비록 가난은 하나
오래도록 나라의 녹을 받으므로
네가 더러운 걸 먹을세라
끼니마다 밥을 먹이지 않느냐.
그런데 왜 욕심 사납게도
감추어 둔 고기를 훔쳐 먹었느냐.

주인을 따르는 건 좋은 일이나
도둑질하는 건 정말로 나쁘다.
내 큼직한 작대를 들고
너를 때려 길을 들이겠지만
밤마다 집 지키는 네 책임이 무거워
차마 아프게도 못하겠구나.

諭犬

我家雖素貧　食祿許多斛

恐爾舐穢物　亦許日湌穀
胡奈不知足　盜我所藏肉
戀主雖可尊　巧偸良不淑
我有手中杖　鞭之足令服
守門任莫重　未忍加慘酷

찐 게를 먹으며

그대는 모르는가
옛날 필탁[1]이란 사람 몹시도 술을 즐겨
술안주로 게를 뜯으며
한평생 살고 싶다던 것을.
또 모르는가
전곤[2]은 힘들여 벼슬하였다가도
전에 먹던 게 생각에
벼슬 버리고 달아난 것을.

성성이 입술이나 곰의 발바닥은
천하의 일미로 이름이 있지만
우리들의 술안주에 걸맞기야
어디 게만 한 것이 있으랴.

강가 아이들 살진 게를 잡아 오니

---

1) 필탁畢卓은 진晉나라 사람으로 술과 게를 매우 즐겼다.
2) 전곤錢昆은 송나라 사람으로 게를 좋아하고 풍류가 있던 사람이다.

배꼽이 둥그런 암놈들이 가득일세.
까라기 바칠 때도 하마 지났는지▪
뒷다리에 윤기 나게 살이 붙었구나.

평생에 글 읽으며 게에 대한 관심 많아
어느 것을 삶아야 맛 좋은지 다 아노라.
새빨갛게 익은 껍질 벗겨 버리니
누런 살 푸른 장이 먹음직하이.

풀 속 진흙 밭을 기어다니다
잡혀 온 분노는 눈에 어렸으나
이와 같이 나의 왼손에 들려
술안주 되는 것도 다행으로 알려마.

싸늘한 시인의 집 고기가 없더니
바가지에 가득한 찐 게 좋을시고.
어느덧 한 바가지 다 먹고 나니
선반 위엔 또다시 푸성귀만 쌓였구나.
상한 생선 썩은 고기도 마다 않거늘
하물며 달고 맛있는 게 반찬이랴
재빨리 아이 불러 새 술 거르니
맑은 술 향기 온 집안에 풍기누나.

▪ 게가 8월에 벼까라기를 가져다 동해의 신에게 바친 다음 살이 찐다는 말이 있다.

찐 게살은 금빛으로 빛나고
술은 진정코 선약이라네.
우리들의 즐거움 이만하면 족하리라.
무슨 약을 구하며 신선 되길 원하랴.

食蒸蟹

君不見　畢郎嗜飮無餘營　但願持螯了一生
又不見　錢卿乞郡非他求　唯思有蟹無監州
猩脣熊掌易爽口　只應此味尤宜酒
江童餉我螃蜞肥　嫪大臍團多是雌
東海輸芒今已了　後脚差闊眞撥棹
平生讀書辨螃蟹　定非司徒舊所烹
烹來剖破硬紅甲　半殼黃膏雜青汁
草泥跳躑雖爾宜　猶被王倫餘怒移
不如入我左手把　日飮無何聊得佐
詩人冷淡食無魚　爛蒸瓠壺客盧胡
瓠壺食盡又何續　更見青盤堆苜蓿
硬鱗腐肉猶長饞　況此海産如糖甜
急呼赤脚撥新甕　玉蛆星沸香浮動
蟹卽金液糟蓬萊　何必服藥求仙哉

밤

밤은 사람에게 아주 유익한 과실이다. 아가위나 유자와 같은 것은 한때 위안 거리가 될 뿐이나 밤은 그에 비할 것이 아니다. 그럼에도 옛사람들 시집 가운 데는 밤을 노래한 것이 적기 때문에 내 밤을 두고 노래를 짓는다.

잎새는 여름철에 피어나고
열매는 가을에 익어
송이가 터지면 알밤이 나오나니
비늘 속엔 옥 같은 살이 들어 있다.

제사상에는 대추와 함께 오르고
신부의 폐백에는 개암과 함께 따르네.
손님을 공궤하는 데도 좋거니와
아기 울음도 곧잘 그치게 하누나.

이익은 제후의 재산에 버금가니
족히 만인의 주림도 건질 수 있구나.

무거운 놈 골라잡으니 입맛이 도는구나.
가시는 세도 껍질은 잘도 벗겨진다.
화롯불에 넣어 구워도 좋고
삶아 놓으면 끼니를 에우네.

밤을 줍는 데는 원숭이가 앞서고
감춰 놓으면 생쥐가 엿보는구나.
가시투성이라고 탓하지 말라.
달고도 고소한 맛을 어찌 잊으랴.

품위는 《삼진록》에 들어 있고
이름은 오원五苑에서 드날렸네.

곡식 낟알이라 하여도 좋거든
어찌 아가위 배 따위에 비기랴.

버린 밤송이 껍질을 모으면
땔나무로 써도 좋으리라.

栗詩

栗實利人多矣 非若楂梨橘柚之特一時解煩而已 然古人詩集中 賦者蓋寡 予爲賦之

葉生朱夏候　實熟素秋時
罅發呀鈴口　苞重祕玉肌
饋籩兼棗設　女贄與榛隨
不但供來客　偏工止哭兒
堪將千戶等　足濟萬人飢

握重緣貪味　牙銛易攦皮
煨憑爐底火　烹代竈中炊
始拾遭猿奪　收藏杜鼠窺
莫嫌攢刺棘　聊愛蘊甘飴
品入三秦錄　名標五苑奇
尙宜方穀粒　詎可譬楂梨
遺殼蜎毛積　薪樵尙可期

양 교감이 앵두를 보내서

봄에는 곱게도 앵두꽃이 피었더니
여름 들어 동글동글 열매가 열렸구나.
하늘에 반짝이는 뭇별인 듯
어둠 속에 헤쳐 놓은 밝은 불인 듯.

이슬에 젖은 가지마다
파랑 잎 섞인 채로 쟁반에 담도다.
눈이 부시도록 붉은 주사 알 같고
동글고 귀여운 구슬 같구나.

옷에 떨어질까 조심은 되도
손바닥에 놓고 보면 볼수록 귀여워
부지런히 먹다나니 씨가 한 움큼
단맛이 배 안에 스며들어라.

고운 빛깔에 눈은 황홀하고
아름다운 맛에 혀는 홀린 듯
그대 진실로 친구 생각 두터워

병든 나의 입맛을 돋우어 주누나.

신선의 과실인들 이에 더하랴
술자리의 기쁨을 더하여 주나니
노란 오얏과도 비길 수 없고
복숭아도 이에 따르지 못하리.

아이들도 함부로 집어 가지 말라
손님과 함께 맛을 보아야지.
사당에는 먼저 천신을 하였는지
내가 먼저 먹는다면 죄송한 일일세.

謝梁校勘國峻送櫻桃

絳葩春艶艶　朱實夏團團
始訝繁星麗　還疑碎火攅
摘林濃帶露　和葉爛盈盤
粲似丹砂粒　圓於赤玉丸
跳嫌衣上落　弄愛掌中看
留核欣盈匊　含津覺潤肝
眼迷光熠煒　舌識味甘酸
感子親情密　知予病肺乾
爲分仙菓美　聊佐酒筵歡

縹李攀援絶　緗桃比況難

不敎兒擅取　思與客同飡

原廟魯羞否　先嘗意未安

아이들이 가지고 노는 탱자를 보고

유자와 같은 종류련마는
회수를 건너 탱자가 되었다네.[1]
모습은 서로 비슷도 하나
그 향기 유자만 어림없구나.

마치도 사람의 착한 성질이
환경 따라 변하고 만 듯
껍질 속에는 흰 살이 있으나
너무 시어서 깨물지도 못하겠네.

유자의 종이란 별명이 있으나
그 이름도 너무 과만하다.
환경 따라 마음 바꾸는
이러한 소인을 애당초 싫어하노라.

---

1) 중국에서 유자를 가져다가 회수 동쪽에 심으면 탱자가 된다는 옛말이 있다. 이규보는 환
　경에 따라 마음을 바꾸는 소인을 탱자에 비겨 어린아이들이 가지고 노는 것도 못마땅하게
　여겼다.

저 순진한 어린것들이
온종일 공기처럼
가지고 놀 뿐 아니라
이로 깨물면서 버리지 않누나.

見兒童弄枳有作

與橘同一宗　渡淮所化遷
其形雖具體　香臭迺不然
譬如人性善　地習移其全
中雖有素膚　酸甚啖未便
於橘堪爲奴　奴橘名尤愆
革性者小人　我不願見焉
奈何兒童輩　終日弄團圓
不唯弄之耳　齒嚼未遽捐

능금을 먹으며

서리도 맞기 전에 따 와
능금 살이 부드럽지 못하나
내 신 과일을 좋아하여
쉬지 않고 부지런히 먹노라.

뱉을래야 뱉지도 못하고
마치 목구멍에 걸린 듯하지만
늘그막엔 입맛이 아이들을 닮는지
내 오히려 놓지 못하노라.

이것도 옛 서울[1]의 것이라
몇 사람이나 가서 뒤지며 따 왔으랴.
성급한 사람들 기다리지 못하누나
찬 서리 맞아 능금 익는 날까지.

---

1) 1232년 고려가 원나라의 침공을 피하여 강화도로 서울을 옮겼으므로 개성을 옛 서울이라
하였다.

七月三日食林檎

摘來不待霜　肌硬肉未柔
由予嗜酸果　勉食不能休
欲吐不得吐　如梗掛其喉
云何老人舌　反落兒所求
此亦舊京物　幾人爭先搜
孰忍計其熟　坐候霜深秋

붉은 오얏을 먹으며

유월 열이튿날
처음으로 오얏을 먹네.
새 도읍에야 이런 것이 있으랴
옛 서울에서 실어 온 것이라네.

모든 것 없으면 옛 서울만 바라보니
옛 서울 좀처럼 버리기 어려우리.
밤을 지새며 예까지 오느라고
맛과 빛이 절반 나마 변했구나.

이것인들 어데서 공으로 얻었으랴
오얏값이 날개가 돋쳤구나.
두어 개 맛만 보면 되는 것
다시 먹어 볼 가망이야 없으리.
씨는 두었다가 땅에 심어야지
비록 내 삶이 얼마 남진 않았어도.

初食朱李

月六日十二　我始食朱李
新邑無此物　知自舊京至
凡物仰舊京　舊京難遽棄
經宿遽至玆　半已訛色味
此亦空能得　所以價翔耳
數箇足自飻　再喫安可冀
留核種亦宜　吾生能有幾

다시 오얏을 먹으며[■]

늙은 이빨로 신 것을 잘 먹으니
이 또한 무슨 병이로다.
지난번 처음 오얏 맛보고
다시 먹으리라 생각지 못했더니
더러 버려도 아깝지 않을 만큼
이제 흐뭇이 맛을 보네.
그 누가 가져다 주었으랴
돈을 주고 장에서 사 왔다네.
저자에 있는 장사치들은
목숨 걸고 잇속을 차리니
하늘의 별도 따 올 수 있으리.
하물며 사람 손이 닿는 것이랴.

옛 서울은 바다로 막혔으나
모조리 이렇게 가져오는구나.
예로부터 백 가지 과일 중

[■] 6월 12일 오얏을 먹고 27일에 다시 오얏을 먹으며 노래한 것이다.

복숭아와 오얏이 이름을 날렸도다.
한나라 동방삭[1]은 복숭아를 먹었으나
겨우 훔쳐 온 세 개뿐이었지.
수많은 오얏을 한꺼번에 먹노니
정녕코 동방삭도 나보단 못하지.
내 마음에 맞으면 그게 제일이라
신선의 음식인들 무엇이 더 좋으랴.

屢食朱李

老齒反嗜酸　是亦病所自
前者始食李　再食本非意
今已慣嘗之　棄擲未甚貴
誰肯餉閑門　以祿換諸市
乃知市中事　邀利忘生死
天上星猶摘　矧玆人力致
舊京雖隔江　盡致而後已
自古百果中　齊名者桃李
方朔之於桃　偸來只三耳
我今食李多　曼倩定難似
適意卽仙物　仙凡何必議

---

1) 하늘의 복숭아를 훔쳐다 먹고 오래 살았다고 한다.

초당에서

고운 딸년 나비 잡아 나풀나풀
어린 아들 매미 잡아 매암매암

나는 절반 졸면서 책을 읽어
글소리 희미하게 잠꼬대가 되누나.

草堂卽事

嬌娘撲蝶翩翩落　稚子黏蟬軋軋鳴
一卷殘書和睡讀　依俙漸作寢中聲

달밤에 떠가는 배를 보고

그 누가 한가롭게 저를 불어 보내나.
돛단배 바람 받아 나는 듯 달리네.

하늘의 달빛은 온 세상이 다 보건만
저 배는 저 혼자만 달빛 실은 듯.

江上月夜望客舟

官人閑捻笛橫吹　蒲蓆凌風走似飛
天上月輪天下共　自疑私載一船歸

경복사 가는 길에서

한 줄기 길을 따라 산을 돌아 오를 제
소나무 대질러 모자는 가지 끝에 걸리누나.
목은 말라도 우물이 깊어 마실 수 없어
길가의 꽃을 꺾어 향기를 맡아 본다.

*

잠자리는 맑은 개울 위를 점 치며 지나가고
도마뱀은 푸른 숲 사이로 도망쳐 버리누나.
산길인들 어찌 중이 인도하길 기다리랴
경쇠 소리 나는 곳이 절간인 줄 알리라.

景福寺路上作 二首

一路脩脩繞碧山　觸松紗帽絓梢端
渴窺深井難抔飮　行遇幽花試折看
　　　　*

蜻蜓點過淸溝上　蜥蜴逃藏碧草中

山路何須僧導去　磬聲敲處認鴦宮

남원으로 가다가 오수역 다락 위에서

오원을 낮에 떠나
오수역에 잠깐 머무노니
한가로이 사슴은 풀 속에 잠들었고
그윽히 새들은 시냇물에서 미역 감누나.
산은 활짝 화폭을 펼쳐 놓았고
바람은 옷깃을 스치며 가을을 알리누나.
나는 다시 대방국으로 가거니▪
그 풍치에 또 마음껏 취하리.

將向南原獒樹驛樓上 次壁上詩韻

烏園侵午出　獒樹片時留
閑鹿眠深草　幽禽浴淺溝
山供滿目畵　風送一襟秋
再入帶方國　天敎飽勝遊

▪ 남원을 옛날에 대방국이라 했다.

인월역에서

— 남원에서 원수사에 가 하룻밤을 머물고 다시 남원으로 돌아오다가 인월역에 들렀다.

장마 비 걷히니 풀잎 색깔 새롭고
높고 낮은 벌과 진펄엔 용 비늘이 번쩍인다.
하룻길을 걱정해서 무엇하랴
나는 본래 떠도는 사람이거늘.

수양버들 사람을 맞이하고 또 보냄을 사양치 않고
강산은 내 자주 오고 감을 괴이쩍게 여기누나.
오늘 눈앞의 풍경을 부지런히 적어 두라
먼 훗날에 돌이켜보면 언뜻 고적이 되리니.

自南原到源水寺一宿 還指南原 入印月驛 次壁上詩韻

宿雨初晴草色新　高低原隰錯龍鱗
豈愁一萬五千步　早是東西南北人
楊柳不辭迎送慣　江山應怪往來頻
眼前風景勤須記　他日廻頭跡旋陳

적성강을 건너며

쪽배에 몸을 실으니
그림 병풍 같은 강산에
노을이 곱게 물드누나.

화산이 좋다고 항상 들어 왔는데
푸른 하늘에 우뚝 솟은 모양
노을에 싸인 채 끝없이 바라보네.▪

渡赤城江

一葉輕舟載醉翁　夕陽行色畫屛中
平生聞說花山好　空望烟鬟點碧空

▪ 나는 이 좋은 화산에 너무 늦게 왔다.

바닷가 작은 마을

물소리 속에 해 지고 또 해 떠도
바닷가 촌락은 고달파라.
호수는 맑아 도장을 찍은 듯 달이 떠 있고
포구는 넓어 호탕하게도 밀물을 들이마신다.

거친 돌도 물결에 쓸려 숫돌처럼 되었고
낡은 배는 뭍에 올라 나무다리로 변하였네.
이 경개를 시로만 읊기는 어려우니
고운 단청 풀어 그림 그려야 하리라.

題浦口小村

流水聲中暮復朝　海村籬落苦蕭條
湖淸巧印當心月　浦闊貪呑入口潮
古石浪舂平作礪　壞舡苔沒臥成橋
江山萬景吟難狀　須倩丹靑畵筆描

해 저무는 강가에서

행길은 강물 따라 저 멀리 사라지고
광야엔 검은 구름 낮게낮게 드리웠네.
기러기 울음소리 하늘가에 처량한데
백사장을 덮는 밀물 갈매기 떼 잠 깨우네.

저기 도깨비불은 숲속에 푸르르고
고기잡이배 등불은 빗속에 어렴풋하다.
왜 저리 더딘가 배 아직 아니 닿고
먼 데서 노 젓는 소리만 삐걱대누나.

江頭暮行

路抱長川遠　雲低曠野平
天寒征鴈苦　沙漲宿鷗驚
鬼火林間碧　漁燈雨外明
歸舟晚未泊　鴉軋櫓猶鳴

장마 비가 걷혀 손님과 정원을 거닐면서

열흘도 넘는 지루한 장마 비
반갑잖은 손님이 묵은 것 같더니
오늘은 날씨가 쾌청하여
정다운 친구라도 만난 것 같구나.

정원을 두루 돌며 혼자 읊노니
맑은 그늘에 걸음걸이도 그윽하다.

짙은 초록 잎 사이로
방울방울 이슬이 떨어지는데
고인 물 거울 같아 얼굴 비치고
담장은 푸른 옷을 입었고야.

살구는 싯누렇게 익고 익어
입에 넣으니 달기가 젖맛 같고야.
오얏은 붉은 열매 주렁주렁
내 성 가진 나무라 더욱 귀여워.

능금은 구슬을 엮은 듯 매달려
생각만 하여도 입맛이 시구나.
오이덩굴은 뻗어 울바자에 오르고
난초 꽃은 그윽한 정원을 빛내누나.

그윽할사 자연을 보는 것도
참된 취미를 기를 만하구나.

六月二十日久雨忽晴 與客行園中記所見

經旬鍊暗雨　似厭惡客寓

今日朗新晴　如與故人遇

遠園行獨吟　清陰引幽步

深深綠葉間　滴滴啼餘露

池鏡耿可鑒　墻衣綠漸布

杏子爛黃金　入口甘於乳

朱李倒紅腮　最憐同姓樹

林檎綴珠琲　頗覺味醲苦

爪蔓走長籬　蘭華被幽圃

悠哉觀物化　亦足養眞趣

석천

매양 동녘 시냇물 빠름을 보고
한번 가면 못 오는 것을 슬퍼하였더니
맑은 샘도 내 마음을 알아
돌을 부여안고 일부러 돌아가누나.

題石泉

每見東流疾　潛懷逝者悲
淸泉知我意　礙石故逶迤

조수

— 다락 위에서 조수를 보며 동료 김군에게 주노라.

조수의 기세 어찌 그리 사나운지
천군을 조련하여 앞다투며 나아가는 듯
길 가는 사람들 걸음마다 티끌 일던 곳
어느덧 너르고 큰 소를 이루는구나.

문득 다시 물 나가고 평지가 되니
푸른 바다가 그만 밭으로 변했는가.
포구가 아득함을 자랑하였더니
뻘고 나니 군데군데 웅덩이가 드러나네.

홀로 물의 변태만 이럴 것이냐
해와 달도 이지러지고 둥글어진다.
만물이 찼다 줄었다 함은 떳떳하거니
그 이치 어찌 물에만 있으랴.
밀물 썰물 따라
오는 배 가는 배 꼬리를 물었구나.

아침에 이 다락 밑 떠나면

낮이 못 되어 남만땅에 닿으리.
사람들은 배를 물 위의 역이라 이르거니
바람 따른다는 천리마도 배보다는 더디리라.

만일 배가 바람 타고 달리게 되면
어언간에 봉래 신선에게 이르리니
이 조그만 세상에서 서로 구구히 대지르는 것보다
나무배 타고 어디론지 마음대로 가고지고.

又樓上觀潮 贈同寮金君

海潮勢壯何狂顚　組練千軍倍道爭相前
行人步步生塵處　須臾漫汗成河淵
忽復卷去作平地　却疑蒼海一旦變桑田
浦口我誇呑浩浩　吐了更作坑難塡
不獨水中變態如此耳　天上日月猶虧全
物之盈縮固常理　此是天數非玆偏
潮來復潮去　來船去舶首尾銜相連
朝發此樓底　未午棹入南蠻天
人言舟是水上驛　我道追風駿足較此猶遷延
若使孤帆一似風中去　倏忽想到蓬萊仙
何況區區蠻觸界　假此木道何處不洄沿

취하여 부른 노래[▪]

나더러 술 못 먹게 하려면
꽃과 버들을 내지 마소서.
꽃과 버들이 고운 때 어찌 안 마실쏜가.
봄은 나를 저버려도 나는 저버릴 수 없거니.

술을 들면 봄이 더욱 즐거워
동풍에 춤을 추네, 취해 손을 휘젓네.
꽃은 방실방실 웃음짓고
버들 또한 흐늘거려 웃는도다.

꽃과 버들 즐겨 노래 부를 제
시원찮은 이 인생 다 잊어버리는 게지.
그대는 알리라
천금을 모아 어데 쓸 거냐.
어리석은 사람만이 남을 위해
천금을 지켜 줄 뿐이더라.

▪ 붓을 달려 썼다.

醉歌行

天若使我不飮酒　不如不放花與柳
花柳芳時能不飮　春寧負我我不負
把酒賞春春更好　起舞東風醉揮手
花亦爲之媚笑顔　柳亦爲之展眉皺
看花翫柳且高歌　百歲浮生非我有
君不見　千金不散將何用　癡人只爲他人守

북산에서 노닐며

첩첩한 산봉우리
하늘에 닿은 듯
오솔길 한 갈래
꼬불꼬불 통해 있네.

걷노라니 산비 내려
갓이 젖어 들고
시 읊느라 숲 바람에
갓 기운 줄 몰랐어라.

산에 핀 꽃들
연지인 듯 아름답고
들에선 무슨 불이
깃발처럼 밝게 타네.

나무하는 아이 하나
갈대 피리 흥겹게 부니
태평세월이

이 속에 있구나.

遊北山

重峰複嶺翠磨空　路入招提一線通
信步從教巾墊雨　閑吟不覺笠欹風
山花染出燕脂爛　野燒橫來漢幟紅
三尺樵童吹葦笛　太平都在此聲中

봉두사에서

절은 낡았으나 산은 푸른데
높은 중이 살아 땅도 맑은 듯
들 구름은 비 내릴 마음이요
솔바람 가을 맛일세.

까마귀 날개 너머 지는 해 붉고
따욱새 등 위에 노을은 밝아라.
시인의 감흥 참지 못하여
나뭇잎 따서 이 정경 적노라.

題鳳頭寺

寺古山猶碧　僧高地更淸
野雲含雨意　松嶺僭秋聲
落日鴉邊耿　殘霞鷺外明
詩人餘習氣　摘葉寫幽情

기 상서의 퇴식재에서

건듯 부는 바람에 가랑비 뿌려
봄의 손길 일찍 맺은 꽃송이를 재촉하네.

집 가엔 버들 심어 도연명을 배웠으니
부귀한 집과는 모습이 다르네.

奇尙書退食齋用東坡韻賦一絶

獵獵風輕細雨斜　春工催却一番花
宅邊唯種陶潛柳　不似人間富貴家

눈을 읊노라

물을 새겨 꽃송이처럼 만드나
어느덧 다시 물이 되나니
이는 꼭 요술 같은 일
허나 하늘이야 그렇지 않으리
아마도 공중에서 내리던 비가
모진 추위에 구슬 꽃이 되었으리라.

이처럼 비가 꽃이 된 것이라면
새긴 이는 그 누구일까.
교묘한 육모를 자세히 보니
정녕 하늘의 재주로구나.
그러면 하늘이 요술쟁인가.
마침내 그 뜻을 모르겠구나.

해를 보면 녹아 물이 되어
도로 비와 비슷하게 되나니
비록 다시 꽃 되려 하여도
한번 땅에 졌음을 어찌하랴.

하늘의 비밀이란 알기 힘든 일
에라 한잔 술에 취해 볼거나.

雪詠

剪水作浮花　須臾復爲水
此甚似幻戱　想天必不爾
常疑雨墮空　苦逼寒威被
半路凍凝華　偶肯瓊葩耳
若是雨所化　剪刻者誰是
詳看六出巧　定自天工費
天果幻戱耶　終未測其意
見日融成汁　還與雨潦似
雖欲復爲花　其奈已淪地
天機祕難詰　置酒但一醉

여윈 말을 두고

흰 모래 언덕길로 몇 해를 달렸느냐
허물어진 마구에서 추위에 우는구나.
너와 함께 주인도 이다지 늙었으니
여윈 몸 서로 보며 마음 아파하노라.

傷瘦馬

白沙堤上幾年行 破廐天寒叫數聲
汝與主人俱老矣 相看瘦骨忽傷情

봄을 보내는 노래

저물어 가는 봄 이제 전송하노니
유유히 저 봄은 어데로 가려는가.
붉은 꽃을 데리고 갈 뿐 아니라
어여쁜 얼굴색마저 가져가는 너는.

명년 봄이 돌아와 꽃은 다시 붉으련만
아름답던 얼굴은 누굴 빌려 주었나.
분주히 가는 봄을 보내며
시든 꽃 부여잡고 부질없이 우노라.

물어도 봄은 대답이 없는데
봄 대신 꾀꼬리가 말을 전해 주누나.
새소리는 들어도 보이지는 않는걸
아예 잊어버리고 술잔이나 들거나.
잘도 가는 봄바람아 돌아보지도 말아라.
세상에 박정한 게 너밖에 또 있으랴.

送春吟

春向晚送將歸　杳杳悠悠適何處
不唯收拾花紅歸　兼取人顏渥丹去
明年春廻花復紅　丹面一緇誰借與
送春去春去忙　空對殘花頻洒涕
問春何去春不言　黃鸎似代春傳語
鸎聲可聞不可會　不若忘情倒芳醅
好去春風莫廻首　與人薄情誰似汝

삼월인데도 여전히 추위

이월 추위도 달갑지 않거늘
더구나 봄도 마지막 달임에랴.
꽃피기를 애타게 기다림이 아니라
금년 시절 잘못될까 두렵구나.

문밖에 버들가지 누런빛도 더디고
시냇가 얼음은 상기 번쩍이는데
노래할 새도 입을 다물고
벌레들 기어 나왔다가 도로 집을 생각하네.

아이야 화로에 부지런히 숯을 놓아라
술도 데워 먹어야 하겠구나.

三月猶寒

二月猶嫌寒　矧玆季春半
非關待花忙　所恐時候反

門柳搖金遲　溪氷破鏡晚

鳥喑無好音　蟲出思舊窽

兒童且添炭　瓶醞聊可暖

버들

이슬에 젖은 가지 연기조차 잠겨서
서러운 생각은 그지없는데
버들꽃은 춘정을 견딜 수 없어
취한 듯 어지러이 나부끼누나.
남으로 북으로 또는 동서로
길은 사방으로 갈렸구나.
예로부터 오고 가는 많은 길손
네 가지를 부여잡고 얼마나 울었으랴.

*

소랑[1]의 집 앞에 드리운 버들은
언제 보아도 정답기만 하나
수 양제 언덕[2]에 늘어선 버들은
보기도 차마 거북하구나.

---

1) 남제南齊 시대 전당호錢塘湖 가에 살던 기생 소소소蘇小小를 가리킨다.
2) 수 양제가 호사하기 위하여 댐을 쌓고 버들을 많이 심었던 곳.

사람의 정을 따라 이것저것이
스스로 곱게 밉게 갈라지건만
봄빛은 이곳저곳 구별 없이
어데나 한결같이 푸르렀어라.

*

샛바람은 해마다
봄을 싣고 돌아와
부질없이 버들 숲에
푸른 새잎을 가지마다 다누나.
어귀에 늘어진 수양버들은
보기만 해도 애가 끊는데
정든 사람 한 가지 휘어 꺾어
내게다 봄을 줌에랴.

柳怨 長句 三首

露罤烟低無恨思　絮狂絲亂不勝春
其如南北東西路　惱殺古今來往人
　　＊
蘇娘宅畔宜相見　煬帝堤邊不忍看
自緣人意有分別　彼此春光摠一般

好事春風歲歲廻　無端吹綠柳條新
都門一見腸猶斷　何況情人折贈春

한식날에 비가 오지 않아

해마다 한식날[1]이면 큰비 내리고
세찬 바람 불었어라.
하늘도 어진 개자추가
불에 타 죽은 게 억울하여
바람으로 시원히 식혀 주고
비로 맑게 씻어 주는 것이리라.

어찌하여 금년 한식엔
바람도 가늘고 비도 안 올까.
개자추 간 다음 세월이 오래 흘러
하늘도 마음이 게을러졌는지
명년 봄 이날을 기다려
하늘 뜻 알아보리라.

---

1) 춘추시대에 진晉 나라 문공文公이 망명 생활을 할 때 개자추介子推라는 사람이 함께 고생
했는데, 문공이 왕이 되어 그를 잊어버리자 벼슬을 단념하고 어머니와 함께 면산緜山에
들어가 숨어 살았다. 뒤에 문공이 개자추를 찾았으나 만나지 못하자 산에서 나오게 하려
고 산에 불을 놓으니 개자추는 마침내 나무를 안고 타 죽었다. 후에 사람들이 이를 슬퍼하
여 이날에는 불을 쓰지 않고 찬밥을 먹었다고 한다.

寒食日有風無雨

甚雨與疾風　寒節必所値
天爲介子推　似慰炎焚死
風以扇凄涼　雨以流清泚
胡奈於今年　風微雨不至
天豈以日遠　未必一終始
更遲明年春　了知天之意

옛 제비가 다시 오다

단청 눈부신 대청 위에 가지 않고
해마다 초라한 나의 침실 찾아오네.
서로 아침저녁 허물없이 친했기에
떠나갈 때 슬퍼하고 다시 오니 반기노라.

舊鷰來

不入賓廳畵棟邊　年年棲在寢房偏
爲緣朝暮尋常見　去足悽悲到足憐

장미

깊은 잎 사이에 타는 듯 붉은 꽃송이
곱게 곱게 단장하고 갸웃이 웃어 주네.
탓하지 말게 가지 위에 가시 있음을
고운 꽃 함부로 꺾는 미운 손 물리침일세.

薔薇

穠艶煌煌綠暗間　巧粧金粉媚嬌顔
莫因帶刺爲花累　意欲防人取次攀

옥매화

그 누가 이 꽃을 옥매화라 했는가
아무런 기색 없이 섣달을 지내고 마네.
눈 속에서 냉담하게 피기가 싫어선가
봄이 다가오자 유난히도 곱게 피네.

玉梅

何人呼作玉梅傳　脈脈無心趨臘天
應忌雪中開冷淡　入春方作別般姸

오동나무

무성한 그늘을 이루고
나부끼는 잎은 구슬을 헤치는 듯
봉황을 기다려 뜰 앞에 심었더니
한갓 뭇 새들의 깃이 되었네.

詠桐

漠漠陰成幄　飄飄葉散圭
本因高鳳植　空有衆禽栖

길가에서

정자나무

뙤약볕 쪼일 때는 그 밑에서 땀 들이고
소낙비 퍼부을 땐 비도 피해 가네.
일산 하나만큼 퍼져 있는 그늘도
사람에게 주는 덕이 이리도 크구나.

찬 우물

오고 가는 사람 더위를 못 이길 제
찬 우물 고맙게도 길가에 고여 있네.
만백성 목을 이렇게 축여 주었으면
사람들 찬 우물에 절하고 마시련만.

路傍二詠

大樹

好是炎天憩　宜於急雨遮
淸陰一傘許　爲睨亦云多

寒泉

南北行人喝　寒漿當路傍
勺泉能潤國　再拜酒堪嘗

송화

소나무도 봄빛은 저버리지 못해
억지로 노란 꽃을 피웠네.
굳은 그 마음도 흔들릴 때가 있는가
누굴 위해 금가루로 단장했나.

松花

松公猶不負春芳　强自敷花色淡黃
堪笑貞心時或撓　却將金粉爲人粧

최 상국의 운을 따서

— 황 낭중이 박 내원의 집 화분을 두고 지은 시에 최 상국이 화답했는데, 그 운을 따서 지었다.

사계화

고운 꽃과 벗이 되어 봄바람을 희롱하다
가을 향기 짝하려니 꿈이 다시 서글프다.
이 꽃 저 꽃 사귀어도 짝 될 이는 바이 없어
씩씩하게 혼자 걸어 눈 속에도 붉어 있다.

국화

가을철 접어들어 여기저기 꽃이 피니
들에서도 뫼에서도 싫도록 보았건만
돌 화분이 딱딱해서 편안치도 못한 곳에
너 한 떨기 맑은 향기 자랑스럽도다.

석류화

꽃이란 꽃은 흙에서 돋아나 가지를 뻗느니
싫도록 보았노라 갖가지 꽃의 곱다는 맵시를.
꽃 중에 홀로 돌을 꺼리지 않는 석류화
네 굳은 의지는 이내 눈썹을 펴 주누나.

대

네 바탕을 드러냄이 어찌 한 가지뿐이리오
거센 뿌리 차가운 돌 화분에 내려 뻗었구나.
너는 오히려 소상강을 그리는 회포 있거니
하늘을 찌를 듯한 날 선 창끝을 네게서 보노라.

次韻和崔相國詵和黃郞中題朴內園家盆中四詠

四季花

伴開春艶旋隨風 欲配秋香夢又空
閱遍群芳無可偶 依依獨到雪中紅

菊花

霜卉秋來遍放花　飽看野岸與山家
石盆硬滑應難穩　一朵寒香尙足誇

石榴花

例憑土肉得繁枝　厭見群紅婀娜姿
賴爾花中獨安石　鐵腸如我尙開眉

竹

欲試君賢豈一端　悍根又奈石盆寒
箇中尙有湘江意　直作攙天玉槊看

달밤에 두견새 우는 소리를 듣고서

적막한 새벽녘 달빛은 물같이 흐르는데
빈산의 두견새 울음 어이 그리 곡진한가.
십 년을 궁한 길에 통곡하는 내 눈물이
네가 뱉는 피에 대면 어느 것이 더 많으랴.

月夜聞子規

寂寞殘宵月似波　空山啼遍奈明何
十年痛哭窮途淚　與爾朱脣血孰多

술 깨는 풀

《개원천보유사》에 이르기를, "홍경지興慶池라는 못 남쪽 언덕에 풀 몇 포기가 있는데 잎이 붉고 향기로웠다. 한 사람이 취하여 풀 옆을 지나다가 자기도 모르는 사이에 술이 깼다. 뒤에 술 취한 사람이 그 풀을 따서 냄새를 맡으면 즉시 깼으므로 이 풀을 '술 깨는 풀'이라 했다." 하였다.

홍경지 남쪽 언덕에
잎이 붉고 싱싱한 풀은
난초와 창포처럼
맑은 향기 코를 찔렀다.

그러나 자랑 마라
이 꽃이 취한 술을 깨운다 하나
가엾은 당 명황의
미색에 취한 꿈은 깨워 주지 못했거니.

醒醉草

遺事曰 興慶池南岸有草數叢 葉紫而芯 因有一人醉過於草傍 不覺失醉態 後有醉
者摘草嗅之 立然醒悟 故目爲醒醉草

興慶池南紫草繁　淸香撲鼻似蘭蓀
莫言此草能醒酒　未解君王色醉香

꽃의 요괴

《개원천보유사》에 이르기를, "처음에 목작약이 있었는데, 하루는 문득 한 가지에 두 송이 꽃이 피었다. 아침에는 새빨갛고 저녁에는 새파라며 저물녘에는 노랗고 밤에는 희며, 밤낮으로 향기도 달랐다. 황제가 '이것은 꽃의 요괴니 의아해할 것이 없다.' 하였다." 하였다.

함박꽃은 빨개졌다 노래졌다
아침저녁 변하고
양귀비의 요염한 자태는
하루에도 온갖 아양 부린다.

가엾다 당 명황은
꽃의 요괴는 제대로 알았으나
제 사랑하는 여인이
사람의 요괴임을 오히려 몰랐거니.

花妖

遺事曰 初有木芍藥 一日忽開一枝兩頭 朝深紅午深碧 暮黃夜白 晝夜香艷各異 帝曰 此花木之妖 不足訝也

芍藥紅黃朝暮態　楊妃媚嫵百千姿
明皇獨識花妖在　愛却人妖自不知

구월의 지루한 비

지루한 장마 비가 강같이 쏟아져
사람들이 하마터면 물고기로 될 듯
네거리엔 돛배도 띄울 수 있으니
배라도 몇 척 갖출 만하다.

문밖엔 큰 물결이 넘실거려
이웃이 바로 천리 밖이요
남쪽 담은 벌써 허물어지고
서쪽 담도 거의 무너져 간다.
집이 새는 걸 막을 길 없어
우산을 들고 앉아 밤을 새노라.

가족들은 아무것도 알지 못하고
원망하는 소리 그치지 않는다.
그러나 자연이 내리는 것을
너희들이 불평한들 무엇하리오.

구월도 이제 상강절인데

어인 비가 이다지도 내리쏟는가.
하늘의 뜻을 정말 알 길 없어
어서 날이 개기를 빌 뿐이로다.

九月苦雨

淫雨注如河　人將化魚鮪
九街堪掛帆　舟楫宜可備
門外浩漫漫　比隣卽千里
南墻已曾倒　西北亦幾圯
漏屋百難防　持傘夜不寐
妻兒苦無知　怨咨聲不已
予曰天之爲　爾輩乃敢爾
但恐霜降節　胡爲雨如此
天意固難知　拜乞小晴耳

초당에서 비를 노래하노라

처음엔 하늘에 나부끼는 실 같더니
차츰 굵어져 낙숫물이 놋날같이 드리운다.
어느덧 뜰에 물결이 넘실거려
아이들은 잎을 모아 배 띄우기를 익힌다.

            *

바람결이 사나워서 문창이 모두 젖고
땅이 물러 토담이 무너지도다.
연적은 어찌 말라 버렸나
처마 끝에 팔 내밀어 낙숫물 받네.

草堂詠雨 二首

洒空初似飄絲細　綠霤還如掛索脩
頃刻庭前波瀲灩　兒童聚葉學浮舟
            *

風狂紙障濕　地潤土墻崩

硯滴何須涸　簷端送臂承

풀이 우거져

봄풀은 누구도 씨 뿌리지 않았건만
어이 이리 온 땅에 가득 났는가.
아이야 잡초라 베어 버리지 말아라
내 문 앞엔 그것이 걸맞구나.

草沒

春草無人種　何由滿地繁
僮奴愼勿剪　偏稱退翁門

잔솔

풀이라면 지초 난초 되길 바라고
새라면 난새 봉황을 사모하노라.
작고 초라한 너를 어여삐 여기노니
네 뜻이야 크고 장할 것 같다.

기와 사이에 났더라도
오히려 소나무의 창창함을 배우거든
다시금 네 성품 알아보려면
모름지기 엄동설한 기다릴 것이라.

矮松

爲草希芝蘭　爲鳥慕鸞凰
憐汝矮且小　意若大而長
雖生瓦縫間　尙學松蒼蒼
若更觀爾性　當須待嚴霜

기러기를 노래하노라

천리 밖 멀고 먼 길
님 소식이 묘연하여
서리 찬 가을 하늘에
기러기 오기만 기다렸더니
기러기도 때를 따라
박정한 새 되는지
먼 길에 짐이 될까
글월 한 장 안 가져왔구나.

詠鴈

故人千里訊音疎　只待霜天鴈到初
鳥亦隨時情意薄　唯嫌翅重不將書

매미를 놓아주고

저 간사한 벌레는 거미라
그 종류가 몹시 많고 번성하누나.
누가 너에게 짜는 재주를 주어
그물을 벌려 놓고 둥근 배를 불리게 했는가.
거미줄에 걸린 매미의 슬픈 소리를
내 차마 듣지 못해 뜯어내어 날려 보냈노라.

곁에 있던 어떤 사람이
나를 힐난해 이르는 말이
이 둘은 다 같이 미미한 벌레인데
거미는 그대에게 무슨 손해를 주었으며
매미는 그대에게 어떤 이익을 주었던가.
매미를 살림은 곧 거미를 주리게 함이라
매미는 그대에게 감사할 것이나
거미는 반드시 원망할 것이니
누가 그대를 지혜롭다 하겠는가.
매미를 놓아 준 까닭은 무엇인가?

내 처음에는 이마를 찡그리고 대답하지 않았으나
이윽고 한마디 말로 그의 의심을 풀어 주었다.

거미의 성품은 탐욕스럽고
매미의 바탕은 맑으니
부른 배를 두들겨 가며 삶을 꾀하는
욕심은 채우기 어렵거니와
이슬을 마시는 창자야 무엇을 요구하겠는가.
욕심꾸러기가 맑은 자를 핍박함은
내 뜻에 참을 수 없는 바라.

거미가 토하는 줄은 지극히 가늘어
비록 눈 밝은 이루[1]라도
잘 볼 수 없을 정도니
거미는 미련한 벌레라도
생명을 노리는 능력은
어찌 그리 정교한지
날아가던 벌레 줄에 걸리면 달려들어
나래를 푸드덕거릴수록
더욱 *끈끈히 얽어맨다.*

저 앵앵거리는 파리는

---

1) 중국에서 눈 밝기로 유명한 사람이다.

냄새를 따르고 비린 것을 사모하다가
또는 향기를 탐하는 경망한 나비는
바람 쫓아 쉼 없이 오르내리니
거미줄에 걸린들 누구를 원망하리오.
본래 그들은
무엇인가를 항상 탐하기 때문이다.

홀로 저 매미는
남과 더불어 다툼이 없거늘
어찌 이러한 구속을 당할 것이랴.
네 얽매인 것을 풀어 주고
내 친절히 부탁하노니
저기 수풀을 찾아 편히 날아가
아름다운 그늘 그윽한 곳을 택하여 살지니
자주 옮겨 다니지 마라.
거미 같은 벌레들 곳곳에 그물 치고
너를 엿보느니라.
그렇다고 또 한곳에만
너무 오래 머물러 있지도 마라.
사마귀가 네 뒤에 있느니라.
거취를 삼가 조심한 뒤에야
걱정이 없어지리라.

放蟬賦

彼點者蛛　厥類繁滋

孰賦爾以機巧　養丸腹於網絲

有蟬見絓　其聲最悲

我不忍聞　放之使飛

傍有人兮誰氏子　仍詰予以致辭

惟茲二物　等蟲之徵

蛛於子何損　蟬於子何裨

惟蟬之活　乃蛛之飢

此雖德君　彼必冤之

孰謂子智　胡放此爲

予初矉額而不答　俄吐一言以釋疑

蛛之性貪　蟬之質清

規飽之意難盈　吸露之腸何營

以貪汚而逼清　所不忍於吾情

何吐緒之至纖　雖離婁猶不容睛

矧茲蟲之不慧　豈睍視之能精

將飛過而忽罥　翅拍拍以愈嬰

彼營營之青蠅　紛逐臭而慕腥

蝶貪芳以輕狂　隨風上下而不停

雖見罹而何尤　原厥咎本乎有求

汝獨與物而無競　胡爲遭此拘囚

解爾之纏縛　囑汝以綢繆

遡喬林而好去　擇美蔭之淸幽

移不可屢兮　有此網蟲之窺窬

居不可久兮　蟷蜋在後

以爾謀愼爾去就　然後無尤

봄을 바라 부른 노래

봄빛이 바야흐로 짙어 감을 반겨
높은 데 올라 바라보나니
사월의 비가 갓 개었어라.
나뭇잎은 새로 목욕한 듯 산뜻도 하다.
멀리 강물은 굽이쳐 흐르고
버들가지엔 새싹이 움트는데
비둘기 울며 나래 치고
꾀꼬리는 진귀한 나무에 모여든다.

온갖 꽃 고루 피어 비단 장막 펼쳤는데
수풀은 푸르러 절로 수묵화를 이루었고
풀은 우거져 짓푸른데
소들은 들판 여기저기 흩어져 풀 뜯고 있네.

광주리 끼고 여인네들 뽕을 따는데
어린 가지 휘어잡는 손길 옥같이 희고
주고받으며 화답하는 노래는
무슨 곡조 무슨 가락인고.

앉은 이 서 있는 이 가는 이 오는 이
여기저기 다니는 사람마다
따스하게 빛나는 봄볕을 느껴
부드러운 기상에 잠겼도다.

답답한 이내 회포 억눌러 두자
무엇을 구구히 걱정하리오.

궁전에선 하루해가 지루해지고
정무는 간소해져서
화창한 봄빛이 흥겨워지면
높이 올라 즐비한 누대를 바라보나니
갈고[1] 소리 높이 울려 퍼지고
살구꽃이 일제히 피어올라서
이 땅의 빛난 경치 바라다보며
기쁨에 넘쳐 옥잔을 기울이노니
이는 부귀한 자의 봄놀이어라.

저 왕손 공자들은
호탕한 벗들과 꽃놀이를 벌이며
뒤따르는 수레에는 미인들 가득하여
녹의홍상 함께 어울려 노니는구나.

---

1) 허리에 차는 소고의 한 가지로 허리가 잘록하게 생긴 북이다.

좋은 경치 찾아서 주연을 베푼 후
젓대 생황 닐리리 닐리리
울긋불긋 아름다운 풍경을 바라보며
취한 눈이 몽롱해 이리저리 거니노니
이것은 꽃놀이의 호화로운 판이어라.

아름다운 여인이 빈방을 지키며
방탕한 낭군을 천리 밖에 이별하고
멀리 떨어진 낭군 소식 그리워서
달리 정 붙일 곳을 모르누나.
쌍쌍이 나는 제비 바라보며
난간에 기대 눈물을 흘리노니
이것은 봄을 바라보는 슬픔과 원망이어라.

먼 길 떠날 정든 님을 보내려는데
가랑비 부슬거려 버들은 푸르렀다.
양관 삼첩2) 이별곡이 끝나자
말은 떠나며 한 목청 빼누나.
언덕에 올라서 가는 행색 바라보니
흔들리는 마음 걷잡을 수 없도다.
이것은 봄을 바라보며 이별을 한함이어라.

---

2) 양관 삼첩陽關三疊이란 당나라 시인 왕유王維가 지은 송별시가 악부樂府에 이용되어 이
별할 때 부르는 노래로 썼는데 그 끝절을 세 번 반복하여 부르는 것을 말한다.

수자리꾼은 아득히 관산 밖에 있으면서
변방 풀이 다시 돋아남을 보거니
나그네 길을 따라 상수[3]로 떠돌다
푸른 단풍나무를 아득히 바라보며
머리 들고 머뭇거리며 한탄하노니
이는 봄을 맞는 길손의 심정이어라.

내 여름날 놀음을 아노니
찌는 듯한 더위를 어이 견디리.
가을은 오직 소슬하고
겨울은 옹송그려 얼어붙고 움츠리나니
이 세 절기는 치우친 것이어서
마치 변통할 줄 모르고 한곳에 막힌 것 같네.

오직 봄을 바라보며 즐김은
사물과 형세를 따라
바라보면서 즐거워하기도 하며
바라보면서 눈물 흘리기도 하며
바라보며 노래하기도 하며
바라보며 느꺼워 울기도 하도다.
계절에 따라 사람마다 느낌이여
어지럽기 만 갈래요 천 오리러라.

---

3) 호남성에 있는 동정호로 흘러들어 가는 강.

그러면 농서자[4]는 그 어떠한고.
취하여 바라본즉 즐겁더니
깨어서 바라보니 구슬프도다.
궁하여 바라본즉 구름이 막혔더니
출세하여 바라보니 하늘이 트였네.
가히 기쁜 것은 기쁘고
가히 슬픈 것은 슬프다 하리라.
경우와 기틀에 따라 사물과 함께 옮겨지나니
한 가지 법도로 헤아릴 수는 없다 하노라.

春望賦

欣麗日之方酣　聊登高以游目
穀雨始晴兮　濯濯樹容之新沐
遠水蕩漾　麴塵浮綠
鳩鳴拂羽　鸎集珍木
衆花敷兮錦幛張　雜以靑林兮一何斑駮
草芊蒻兮碧滋　牛布野兮散牧
女執筐兮採稚桑　援柔枝兮手如玉
俚歌相和　何譜何曲
行者坐者去者復者感陽熙熙　其氣可掬

鬱予望之止玆　何區區而齪齪

有若丹禁日長　萬機多簡

感韶光之駘蕩　時登覽乎飛觀

羯鼓聲高　紅杏齊綻

望神州之麗景　宸歡洽兮玉觴滿　此則春望之富貴也

彼王孫與公子　結豪友以尋芳

後乘載妓　茜袂紅裳

隨所駐兮鋪筵　吹瑤管兮吸玉簧

望紅綠之如織　擡醉眼以倘佯　此則春望之奢華也

有美婦人兮守空閨　別宕子兮千里

恨音塵之迢遞　情搖搖其若水

望漆鸞之雙飛　倚雕櫳而流淚　此則春望之哀怨也

故人遠遊兮送將行　雨浥輕塵兮柳色青

三疊歌闋　別馬嘶鳴

登崇丘兮望行色　煙花掩苒兮蕩情　此則春望之別恨也

至若征夫邈寄乎關山　見邊草之再榮

逐客南遷乎湘水　望靑楓之冥冥

莫不翹首延佇　抱恨怦怦　此則春望之羈離也

吾知夫夏之望兮　拘於蒸暑

秋專蕭瑟　冬苦凝閉

玆三者之偏兮　若昧變而一泥

唯此春望　隨物因勢

或望而和懌　或望而悲悢

或望而歌　或望而涕

各觸類以感人兮　紛萬端與千緖

若隴西子者何爲哉　醉而望也樂　醒而望也哀

窮而望則雲霧塞　達而望則天日開

可以喜則喜　可以悲則悲

誠能遇境沿機　與物推移　而不可以一揆測知者乎

향기로운 술
그대 먼저 가져오니

향기로운 술
그대 먼저 가져오니
어려운 세상 시름을
잊어 보겠네
피리 젓대 북소리는
없으나
낭랑히 읊는 소리
드높이 울려라

참다운 벗

— 원홍창 통판 김군이 양식과 술을 가지고 방문함을 사례하노라.

모든 일이 순조로울 때
헤아리기 어려워라 사람 마음
곤란에 부닥쳤을 때라야
그 마음 깊이 알겠나니.

지난날 사귈 때엔
붉은 한마음 털어놓더니
허나 이제는 그렇지 않네
얼굴을 대해도 모르는 척.

하물며 서로 모르는 사이야
그 누가 애처롭게 여겨 주랴.
사군은 참다운 사람
그 마음 한결같이 곱기도 하이.

내가 벼슬에서 떨어짐을 듣자
그대 얼굴엔 슬픔이 사무쳤지.
엎어지는 나를 구원코자 애썼으니

어찌 본디 모르는 사람이라 할까.
이미 가져온 아름다운 술
이제 또 옥 같은 양식을 싣고 오다니.

갈증과 주림 모두가 풀렸구나.
고마운 그 뜻 천금이 당할쏜가
그대 은혜 어떻게 갚아야 할까
태산도 오히려 가벼울 것을.

謝元興倉通判金君携粮酒見訪

平日無事時　人情固難測

及玆艱難際　始乃知厚薄

疇昔深論交　披露一心赤

今也反其目　對面胡越隔

何況素未知　爭肯一悽惻

使君信眞人　心地無戟級

聞我墮顚危　愀然動形色

蒲北欲救之　寧謂舊莫識

旣携麴生醇　復載雲子白

慰渴與慰飢　此意千金直

報之宜何如　太山鴻毛擲

양평주를 전별하며

스승이요 벗인 양 선생은
도량이 넓어 하지장[1] 같은 분.
준마처럼 늙을수록 더 잘 달리고
학같이 여위어도 의기는 장하도다.

일찍 천 권 나마 책을 읽었건만
가난하여 주머니엔 돈 한 푼 없고
마음은 바다같이 넓고 커
너그러운 도량 한량 없어라.

걸음 커서 따를 이 없고
말솜씨도 능란하여 탄복케 하는 분.
술잔 들어 즐겨 마실 때는
강물이라도 기울이는 듯.

몸은 비록 오막살이에 사나

---

1) 하지장賀知章은 당나라의 시인으로 활달하고 풍류스러운 생활을 하였다.

뜻은 붕새처럼 하늘을 나네.
옛날에 성 서쪽에서 만났을 때
어느덧 귀밑머리 세었지.

사람들과 섭슬리면 구슬처럼 빛나고
한자리에 앉으면 난초같이 향기로워
맑은 바람은 창문을 스치는데
베개 같이 베고 걱정 없이 누웠어라.

내 집 술이 향기로우면
그대 불러 함께 취했고
그대 집에 달이 밝으면
나를 불러 한자리에서 잤지.

옛 절에도 함께 가 보았고
술집에도 함께 다녔도다.
단풍잎에 가을바람 싸늘할 때나
푸른 버들에 봄날이 길 때나
서로 손잡고 거닐며 다닌
그 즐거움을 잊지 못하리라.

아득히 먼 곳으로 고을살이 떠나니
산과 물이 겹겹이 가리는데
봄은 저물고 갈 길 바빠

내일 떠날 길채비가 되었구나.

박군은 항상 인정이 많아
호협한 기운 따를 이 없어라.
문에 들어 낭랑히 말하며
그대를 보내는 잔치를 차렸구나.

다행히 봄빛은 한없이 맑고
거친 동산도 깨끗이 쓸어 놓아
서로 손잡고 초당에 찾아드니
꾀꼬리도 즐거이 노래하네.

오색 꽃은 비단을 펼친 듯
높은 나무는 깃발을 날리는 듯
놀이는 즐거우나 어느덧 쓸쓸해져
작별의 눈물 옷깃을 적시네.

보내는 말 길지 못하니
부드러운 가운데 굳세옵소서.
이 말 한마디 잊지 않으면
한 고을 다스리기 걱정 없으리.

冠成 置酒朴生園 餞梁平州公老 得黃字

師友梁先生　曠達四明狂
驥老盆奮驤　鶴瘦猶軒昂
讀書千卷强　苦欠一錢囊
心若萬頃汪　挹游良莫量
遠步凌大章　英辭倒長楊
枵然飮酒腸　江海注杯觴
身雖蝸屋藏　意可鵬天翔
憶昔城西傍　相見鬢已蒼
投人驚夜光　入室聞蘭芳
淸風北窓涼　同枕臥羲皇
我家酒初香　邀君醉幾場
君家月似霜　呼我宿一床
同遊白蓮莊　共問紅樓倡
紅葉秋風冷　綠楊春日長
携手聊徜徉　此樂亮難忘
得州天一方　山水杳蒼茫
春晚歸意忙　明發欲騰裝
朴生好事郞　氣俠誰敢當
入門語琅琅　告去將餞梁
幸此春日晴　已掃園林荒
相將往茅堂　黃鳥哢如簧
雜花紅錦張　高樹靑旗揚

樂極反悽傷　臨別淚霑裳
贈行言未詳　但願柔濟剛
此語苟深嘗　何憂不襲黃

김 선달을 찾아가서

부러워라 그대는 아직 소년다워서
봄바람 맞는 나무와도 같은데
아아 나는 가을을 맞은 듯
드문드문 센 머리카락조차 셀 수 있도다.

서로 만나 이 세상 잠깐인 것을 웃노니
세월은 번개처럼 흘러갔도다.
옛날에 같이 놀던 그 많은 벗들은
구름같이 흩어져 제각기 어디로 갔나.

오직 그대와 나는 남아 있으나
얼굴빛은 어느덧 늙었구나.
우리 함께 서울서 노니는 동안
옷소매마저 풍진에 찌들었도다.

한 달 내내 장마는 하늘 가리고
검푸른 안개 나무숲 휩싸는데
바로 이때 내 그대를 찾아왔거니

어찌 이내 작별할 수 있으랴.

그대와 함께 술에 취하여
선비 된 잘못을 우리 잊었거니
부디 세상 걱정 이야기 말자
우리 앞에 큰길 열리기 틀렸으니.

六月十七日訪金先達轍 用白公詩韻賦之

羨君猶少年　蕭洒臨風樹
嗟我漸素秋　衰髮稀可數
相逢笑彈指　二紀眞電露
昔年交遊輩　雲散各何處
唯殘二人在　顔色坐成故
共遊京洛中　風塵化衣素
三旬密雨天　萬木蒼烟暮
此時訪君來　何忍辭君去
借君醉鄕留　忘我儒冠誤
愼莫談世緣　俱是孟門路

이별

— 내가 전주로 갈 때 이중민이 시를 지어 주기에 왕 선사의 방장에서
화답하노라.

그대와 이별할 날 얼마 안 남았으니
이후에 나는 누구와 시를 읊으리오.
귀밑머리가 희어진다 한들
달 보며 나를 기억해 주시길.

안개 어린 시냇물은 푸른 구슬을 녹인 듯
이슬방울은 국화꽃 위에서 황금빛으로 일렁인다.
우리 서로 그리워하며 또 마음 달릴 곳이 어디겠느냐
만산은 깊고 또 깊어만 가느니.

將赴全州幕府 李中敏見贈 次韻答之 在王禪師方丈作

別離無幾日　誰與放狂吟
莫被霜欺鬢　唯將月照心
煙江鎔碧玉　露菊沸黃金
相憶是何處　萬山深復深

노 동년[1]이 술을 가지고 와서

나는 무엇에 얽매인 듯 날지 못하고
장형[2]처럼 뭇 생각에 잠겨 쓸쓸하였더라네.
저녁 노을도 한숨 쉬며 바라보고
아름다운 꽃들 앞에서도 슬퍼만 하였더라네.

처마 밑의 제비와 속삭이고 있는데
나뭇가지에서 울던 꾀꼬리 누구를 불러왔는가.
그대 옥천 천일주[3]를 가지고 찾아왔으니
구슬 같은 시를 엮느라고 서로 겨루는구나.

---

1) 동년은 같은 해 과거에 급제한 사람을 가리키는 말이다.
2) 동한 때 사람으로 문장에 능하였다.
3) 천일주는 한 번 마시면 천일 동안 취한다는 술로 좋은 술을 말한다. 한나라 유현석劉玄石
이 중산현中山縣 옥천玉川에서 천일주를 마시고 취해 돌아와 잠이 들었는데 집안 사람들
은 죽은 줄로 알고 장사 지냈다. 그뒤 3년이 지난 어느 날 술을 판 사람이 찾아와 유현석이
천일주를 마셨다고 말하였다. 집안 사람들이 황급히 유현석의 무덤을 파니 그제서야 술이
깨 기지개를 켜더라는 이야기가 있다.

次韻盧同年携酒見訪有詩

此身如繫不能飛　寂寞張衡詠四思
無賴夕陽還送恨　多情芳草可勝悲
簷間語鷰還留客　枝上啼鸎又喚誰
賴有玉川千日酒　賭他賓客綴珠詩

작별

— 동년 유충기와 작별하며 다시 화답하노라.

그대의 말이 금옥보다 귀중하여
갈 길은 바빠도 읊고 다시 읊는다. [*]
큰 산이 무너진들
장사의 뜻이야 변하랴.
술이 바다같이 많고
계집 웃음소리 드높아도
내 뜻은 짐작할 것이니
그대여 그리 걱정 말게.

劉同年沖祺見和 次韻答之

子語重金玉　臨行吟復吟
大山寧倒地　壯士不移心
綠蟻浮連海　靑蛾笑直金
此時斟我意　訓誡不須深

---

[*] 유충기의 시에 술과 여자를 조심하라고 했다.

송순[1]을 보내면서

국경이 바야흐로 편치 못하니
임금 정신이 늘 거기에 쏠렸도다.

오랑캐를 큰 산의 무게로 진압하려면
지금 자네 아니고 누가 있으랴.
그러기에 용호부[2]를 주고
임금이 친히 그대의 수레를 밀었어라.

그대의 위풍 나는 새처럼 빨라
오랑캐 진영에 미쳤으리니
원수들 어찌 놀라지 않으랴.
간담이 서늘하고 손발이 얼었으리라.

내일이면 북쪽 들에서

---

1) 송순宋恂은 조정에서 둘째가는 좌승 자리에 있던 사람인데, 당시 함경도에 외적이 자주
   침범하자 절제사가 되어 떠났다.
2) 용호부龍虎符는 절제사의 인장.

큰 깃발이 바람을 휘몰고 나아가리니
공경들은 거기서 잔치를 차려
홀 가진 자 무리를 이루리라.

늙고 쇠한 이 몸
멀리 전송은 못하겠네.
이 술 한 병은 부족하고
또한 맛도 없으나
귀한 것은 정성이라
한 잔 기울이세나.

술자리에 많은 말이 소용 있으랴.
다만 한마디로 보내노니
천금 같은 몸 좋이 보중하여
오랑캐를 모조리 소탕하라.
죽지 않고 다시 만나서
가지가지 심곡을 말해 보세.

送宋左丞恂節制塞北

國尾方未寧　上心偏所屬
鎭之若太山　當代捨予孰
授以龍虎符　玉色親推轂

威聲已先及　去若飛鳥速

胡羯聞之驚　膽落手復束

明日北郊亭　長風引旌纛

公卿多出祖　圭組森成簇

顧我衰且老　殆未趨行躅

矧此一壺酒　源淺味亦薄

所貴在於誠　此盃爲我覆

飲席何多言　贈行一言足

善保千金軀　一掃羌虜復

不死更相逢　一一話心曲

문 선로가 쌀과 풀솜을 준 게 고마워

우리 집도 한창때에는
큰 시루로 밥을 지었으나
배불러 먹지 않았으니
조밥 같은 건 입에도 대지 않았네.

흰눈 같은 풀솜도
열 근이 한 주먹밖에 안 되는 것을
마음대로 이불에 두었거니
버들개지 같은 건 돌아보지도 않았지.

그렇게 낭비하더니 이렇게 가난해
집에는 양식거리 떨어져
허기증에 걸려 침을 흘리며
주르륵거리는 배만 어루만졌다.

가을 하늘 드높다가
하루저녁에 나뭇잎 다 떨어지니
홑이불은 얼어들어

목은 자라처럼 줄어들었다.

문득 한 장 편지를 받으니
내 바라던 것을 주었네.
비었던 솥에 밥을 지으니
이제 우리 집에도 푸른 연기 오르고
풀솜을 펴서 옷에 두니
겨울날도 따스한 것만 같다.

어진 친구의 정을 고맙게 여겨
뺨을 적시는 눈물을 씻고 또 씻으이.

謝文禪老惠米與綿

我家全盛時　壓甑炊香玉

壓飫不下匙　況肯喰脫粟

雪色蜀蠶綿　十斤方一掬

費之不甚珍　柳絮空飄撲

坐此今困窮　家無擔石蓄

饞口長流涎　浪撫雷鳴腹

九月霜天高　一夜風落木

單衾劇鐵寒　身若凍鼈縮

忽得一緘信　贈我心所欲

晚炊寒竈中　青烟今生屋
披向薄衣中　如負冬日燠
爲感仁者心　蛟眼淚相續

통판 정군에게

강남도 벽지에 죄수처럼 사나니
조롱 속의 새 신세 자유 없구나.
바닷바람에 얼굴조차 검어졌으니
이제 옛 친구 보면 부끄러우리라.

*

사람들 어질고 할 일 적어 기쁘다만
메마른 땅에 주린 백성 차마 볼 수 없구나.
관가에서 돌아오니 할 일 없건만
일 없어 오히려 마음 편치 않노라.

示通判鄭君　二首

江南地僻作孤囚　猶似籠禽不自由
嵐瘴熏人顔漸黑　相逢應愧舊交遊

*

人淳事簡雖堪喜　地瘠民殘不忍看
公退坐衙無一事　官人無事益難安

문 장로에게

그대는 바쁜 것 싫어
멀리 떠날 뜻 품었다더니
잠시 지나는 거리 가운데서
삼천리 밖 푸른 산을 생각하는가.

산마루에 피는 구름을 보고
한가하다 말하지 마시게.
인제 단비가 되어
인간에게 은혜를 베풀겠거늘.

贈文長老

暫趁十二街中路　長憶三千里外山
莫學閑雲空返岫　好將膏雨澤人間

길에서 친구를 만나

서울 길에서 친구를 만나니
나도 모르게 눈물 흐르네.

귀밑머리는 언제부터 희어졌는가
눈빛은 예전처럼 반겨주네.

路上逢故人口號

握手長安路　潸然涕自零
鬢從何日白　眼是舊年靑

병석에서

— 병중에 학사 김인경의 방문을 사례하노라.

손끝에도 입술에도 병이 들어
날마다 엎드려 끙끙 앓는데
문득 구종 소리 소란하기에
아이를 일으켜 옷깃을 고쳤노라.

손가락은 가시가 찌르는 듯
신발을 신을 수 없고
입은 자갈을 머금은 듯
속마음을 말할 수 없어.

오직 내 두 눈에
눈물이 흐르니
높은 그대의 방문에
느꺼워 우노라.

病中謝金學士仁鏡見訪

手末脣頭被病侵　終朝伏枕苦呻吟
忽聞騶哄喧街巷　起倩兒童整紐襟
指似芒攢難奉履　口如鉗固莫論心
唯餘兩眼知垂涕　泣感高軒肯見臨

오군에게

못 기슭 거닐며 시를 읊는
파리한 이 몸
용 여울 상어 집
이것이 내 이웃이로다.

이렇듯 외로울 때
오직 그대만이
동방¹⁾의 옛 친구로
나를 돌보아 주누나.

吳君見和復次韻

憔悴行吟澤畔身　龍灘鮫室是吾隣
此時唯有吳夫子　眷眷當年同牓人

---

1) 과거에 같이 급제한 사람을 동방同牓 또는 동방인同牓人이라고 한다.

숯을 보낸 문 선로에게 사례하노라

추위에 참숯을 천금과 바꿀 건가.
불 잦아진 화로도 하루저녁 따뜻하오.
남은 온기로는 손 쪼이기 족하오니
은혜를 갚는 날엔 숯이라도 삼키리까.[1]

走筆謝文禪老惠炭

禦寒珍炭千金直　渴火寒爐一夕溫
感借餘炎容炙手　報恩他日直須呑

---

[1] 전국시대 진晉나라 예양豫讓이 주인의 원수를 갚기 위해 숯을 삼켜 벙어리가 되었다.

장미꽃 아래서 전이지에게

지난해 이 꽃 심을 때
그대가 마침 와
흙 묻은 손 씻고
함께 앉아 술을 마셨지.

금년에 이 꽃 곱게 피었는데
그대 또 어데서 왔나.
무슨 오랜 인연이나 있는 듯
꽃이 그대에게 마음을 베푸네.

심던 날에도 술을 마셨거니
꽃이 피었는데 어이 안 마시랴.
그대 이 술 사양하지 말게
꽃과의 인연을 저버리지 못하리.

飮家園薔薇下 贈全履之

去年方種花　得得君適至
兩手揮汚泥　對酌徑霑醉
今年花盛開　君又從何來
花於子獨厚　豈有前債哉
種日猶攜酒　況復繁開後
此酒君莫辭　此花不可負

급제하여 고향으로 가는 김 선배에게

책문으로 급제하여
행장도 찬란히 고향 가누나.
꾀꼬리와 함께 봄에 나와
기러기와 같이 가을에 가는가.

저문 해는 행색을 근심하는데
외로운 연기 보내는 정 서럽게 하누나.
이제 헤어지나 내년에는 만나리니
잘 가게나 이별 서러워 말고.

秋送金先輩上第還鄉

射策登高第　騰裝返故鄉
春同鸎出谷　秋趁鴈隨陽
落日愁行色　孤烟慘別腸
明年會相見　好去莫霑裳

벗을 남전[1]에 보내면서

뜬구름 부귀가 꿈처럼 멀어져
그대 강남 깊숙한 고장으로 떠나누나.

백옥 황금이야 있다가도 없어지는 것
청산녹수에 마음 놓고 쉬려무나.

해 바퀴는 굴러굴러 우리는 늙는데
끝없는 하늘 아래 취하여 놀려무나.

나도 자녀 혼사 끝나면
초가로 이웃하여 소나무를 심으리라.

送友人之南田居

浮雲富貴夢悠悠　却向江南卜宅幽

---

1) 남전南田은 농촌, 전원, 자연을 의미한다.

白玉黃金隨手盡　靑山綠水放身休

日輪跳送人間老　天幕寬成醉裏遊

待我他年婚嫁畢　結茅隣舍種松楸

동년 한 추밀의 죽음을 듣고 ▪

과거에 함께 오른 서른 명에서
오직 한 추밀과 나만 남았는데
한 추밀이 오늘 또 길이 가고 마니
외로운 이 심사를 어이 다 말하랴.

                *

마흔여덟 해 세월이 흐르는 동안
오직 나 하나 남았구나.
한공이 죽으매 내 서러워한다만
내가 죽으면 그 누가 서러워하랴.

聞同年韓樞密薨 二首

仙掛同攀三十人 唯餘韓老與予存

▪ 정유년(1237)에 지었다.

韓公今日還爲鬼　孤立傷懷忍可言

＊

四十八年間　唯留一箇老
韓亡吾得悲　我去誰當悼

조상

— 고 승선 최종번을 뒤늦게 애도하노라.

경인년(1230) 11월 21일에 내가 남쪽으로 귀양 가는데 이날 내 친구 승선 최종번이 죽었다. 숙소에서 부음을 들었으나 시를 지어 조문할 겨를이 없었다. 다음 해 서울로 돌아와 문서 속에 우연히 그가 서명해 놓은 이름을 보고 매우 상심하여 시를 지어 뒤늦게나마 애도하노라.

서로 사귐이 일찍부터 두터웠는데
다행히도 함께 벼슬길에 나섰더니
나는 바다로 귀양 가고
그대는 선계로 떠났구나.

귀양땅 외로운 숙소에서
멀리 그대의 부음을 들었지.
승상으로 등용되지 못한 채
그대 옥 같은 재목이 먼저 꺾였구나.

지난날에 깊이 계를 맺었더니▪
재앙도 동시에 입었단 말인가.
죽고 삶은 다를망정

▪ 내가 공과 사인교계四人交契를 맺었다.

재앙으로는 거의 같은 것
그대는 하늘로 떠났고
나는 귀양길을 떠났을 뿐.

귀양 가는 몸 걷잡을 새 없어
그때는 조상도 못했다만
그대의 필적을 이제 보니
슬픈 마음 창자가 끊어질 듯
눈물은 싸락눈처럼 쏟아지고
목 놓아 우는 소리 우레 같구나.

함께 회포를 말할 이 다시는 없으매
술잔을 그 누구와 들거나.
참된 벗은 이미 없어졌나니
헛되이 우뚝 솟은 무덤을 한탄할 뿐.

追哭故承宣崔宗蕃

庚寅十一月二十一日 予南流 是日交友崔承宣卒 至宿亭聞訃 未暇爲詩哭之 明年
還京輦 於文字間 偶見所署姓字 惻然傷心 以詩追哭

交分嘗投密　芳塵幸獲陪
予曾流瘴海　君亦向仙臺

行到孤亭宿　方聞遠訃來
未成金鼎用　先折玉林材
伊昔深論契　同時又被災
死生雖異矣　患故殆幾哉
奄忽天局逝　倉皇驛道催
我躬猶不恤　當日未遑哀
舊蹟今還覩　悲腸不奈摧
涕溢飄似霰　聲放殷於雷
無復開懷抱　將誰擧酒盃
知音今已喪　空恨鼻墁堆

배 두들기며 부르는 노래

― 혼자 술 마시는 친구를 비웃노라.

그대는 보지 못하였는가
명문거족의 자제들
호화로운 집에 앉아
풍악을 잡혀 놓고 노는 것을.

허나 서문 밖의 선생은 그렇지 못하여
혼자 취하여 노래하며 큰 배만 두들기더라네.
그 배는 수백 명 양식을 먹을 수 있고
술도 삼천 말이나 들이부을 수 있다네.

기름진 밭에서 가꾼 쌀로 술을 빚어
며칠 안 가서 향기도 그윽하거니
술주자를 들이대고 짜낼 것 없이
머릿수건을 벗어 들고 거르더라네.

문득 큰 잔을 들어 단숨에 들이켜고
비린 고기를 마늘장아찌에 찍어 삼키더라네.
이윽고 배는 북이 되고 손은 북채가 되었으니

둥둥 배 북 소리 진종일 울리더라네.

산 너머 가난한 나는 술 한 잔 얻기 어려워
오막살이에서 고개를 숙인 채 학처럼 먹네.
야자 열매만도 못한 배를 채우지 못하여
푸른 소반에 벌레 먹은 채소만 바라본다네.

국물로만 채웠던 배는 금방 다시 비어
김빠진 공처럼 쭈그러드는 것만 같네.
우렛소리처럼 꾸륵거리는 이 주린 배로
어찌 선생이 배 두들기며 부르는 태평곡에 화답하리오.

腹鼓歌 戲友人獨飮

君不見　豪家子弟宴華屋　撾鍾擊鼓間絲竹
城西先生獨不然　醉後高歌鼓大腹
是中可容數百人　亦能貯酒三千斛
膏田得米釀醇醁　數日微聞香馥馥
何必壓槽絞淸汁　頭上取巾親自漉
一飮輒傾如許觥　佐以辛蒜或腥肉
腹爲皮鼓手爲搥　登登終日聲相續
隴西窮叟得酒少　矮屋低頭鶴俛啄
腹如椰子猶未充　只見靑盤堆苜蓿

暫盛水漿俄復空　有如蹴鞠氣出還自縮
那將雷吼飢腸聲　往和先生鼓腹太平曲

말바위에서 취해 돌아와

고국을 떠나선 하 그리도 그립더니
고향에 돌아온 지 어느덧 반년일세.

하늘에 닿은 듯 아득한 물결
성을 감돌아 얽혀 있는 한길들
고을 지형은 산을 따라 펼쳐졌고
백성들 풍속은 곳에 따라 다르네.

바람 쐬기 좋은 곳으로 여겼더니
뜻밖에도 경치가 갈수록 좋아라.

고기잡인 물고기로 세납을 바치고
사냥꾼도 사슴 잡아 구실을 치르네.

물속 연꽃들은 서로 기대 서 있고
소나무엔 담쟁이가 마구 엉켰는데
배 띄워 순채 나물 농어회를 맛보니
그림 속 신선인 듯 한가로우이.

먼 마을에는 개 짖는 소리
묵은 벽에는 박쥐들 매달렸는데
서로 자랑스레 시를 읊으며
술에 취하여 정신을 못 차리네.

마을의 구수한 토란국에
산나물도 그득히 상에 올랐고
아이들이 좋아하는 사랑스런 대추며
물에서 따 온 고미 열매도 있네.

눈송이는 펄펄 춤추듯 내리는데
구슬을 굴리듯 맑은 노랫소리.
배가 아프도록 마음껏 마시고
소리 높여 외치니 속이 흐뭇해라.

풍속이 순박하여 허물없으니
여윈 선비들 기를 펴고 사노라.

馬巖會賓友 大醉夜歸 記所見 贈鄕校諸君

去國魂頻斷　還鄕歲半徂
拍天波蒼茫　遠郭路縈紆
縣脈依山盡　民風逐地殊

初疑遊鄠杜　漸訝入湘吳

沙戶魚爲稅　畋師鹿作租

水荷敧競倚　松蔓倒相扶

野艇尃鱸興　仙裝竹鶴圖

遠村聞吠犬　古壁吊飢鼯

兀兀詩成癖　昏昏酒泥愚

村羹烹土卵　客俎厭山膚

細愛子腰棗　香貪兒臂菰

雪回看楚舞　珠碎聽巴歈

劇飲腸應腐　狂呼膽盆麤

俗淳無毀譽　正合着癯儒

동문생[1]들에게 사례하여

— 12월에 보안현 진사 이한재의 집으로 이사하였더니 향교 제생들이
술을 가지고 와 위로하여 주기에 그 자리에서 시를 짓노라.

외로운 이 몸은 한 칸 곁방살이
한 치 마음속엔 만 가지 근심이라
아무도 이 몸 돌보아 주는 이 없고
동산의 사슴이 유일한 벗이라네.

뜻밖에 젊은 학도들이
백발 죄수를 불쌍히 여겨
한 병씩 술을 들고 왔구나.
어쩌면 이리도 술이 입에 감치는가.
이 늙은 선비 주량이 옅으나
자네들을 위하여 양껏 마시런다.

비로소 알겠구나 동문생이란
은혜와 의리로 꼭 맺어 있음을.

느낌이야 어찌 다 말하리

---

1) 이규보나 향교 제생이나 모두 다 동문생, 즉 공자의 제자란 뜻이다.

오직 눈물이 흐를 뿐이로다.
백세가 지나도록 제자를 사랑하는
멀리 우리 옛 스승을 생각노라.

十二月移寓保安縣李進士翰材家 謝鄉校諸生携酒來慰 坐上作

孤身一間屋　方寸萬端愁
無人肯相顧　園鹿以爲儔
不意靑衿生　憐我白首囚
各挈一壺酒　其酒旨且柔
老儒飮量淺　爲子覆瓊舟
始知同門生　恩義亮綢繆
感之不可道　唯有涕如流
百世庇弟子　遙感吾師丘

잊지 못할 은혜

― 술자리에서 붓을 달려 이 첨사 등 여러 공이 크게 잔치를 베풀어 위로함을 사례하노라.

내 본디 은대의 신선[1]으로
하늘가로 귀양길 떠나왔다.
보이는 것 마침내 무엇이냐
아득히 푸른 물결뿐.

가의[2]는 장사에 귀양 갔고
굴원[3]은 소상강 죄수가 되었지.
옛날 어진이들도 다 이러했나니
이는 운수랄지 사람 탓 아니로다.

하물며 나같이 못난 자야
쫓겨남도 마땅하리라.

---

1) 은대銀臺는 나라의 문서 출납을 맡은 높은 부서인데, 선仙 자를 붙여 이곳에 벼슬하는 것이 호강이라는 뜻을 표시하였다.
2) 가의賈誼는 한나라의 곧은 벼슬아치로 바른말을 하다가 장사長沙로 귀양 가서 불행하게 살았다.
3) 굴원屈原은 굴평屈平이라고도 하는데, 초나라 문인으로 바른 행동을 하다가 소상강瀟湘江 등지로 귀양 가서 멱라수汨羅水에 빠져 죽었다.

다만 병들어 파리한 이 몸
장기독을 어찌 견딜거나.
미리 깔따구를 걱정했더니
과연 쉴새없이 물어뜯누나.

잠깐 바닷가 고을에 머무르면서
순풍 불 때를 기다리나니
울적도 하여라 쓸쓸한 집에서
날마다 미간을 찌푸리고 있을 뿐.

밥도 넉넉히 못 먹는데
술이야 어찌 바라랴.
이 고을에 수재 많아
난초 봉새처럼 깨끗하구나.
그들이 한번 뜻을 허락하여
좋고 나쁜 일 함께 즐기고 슬퍼하리.

죄 없이 귀양 사는
이 늙은 벼슬아치 위하여
분수에 넘치는 성대한 잔치
풍류 격식이 서울과 맞먹는구나.
잔에는 아름다운 술
자리에는 붉은 옷 입은 미인들.

나의 주량 고래가 물켜듯 하거니
남실남실 부어 준 술잔을 어이 사양하랴.
가슴에 서린 하고 많은 불평
씻은 듯이 다 잊혀지는군.

이 호의를 무엇으로 갚을까
이내 살이라도 베어 드릴까.
내 한평생 갚지 못하면
마땅히 후손에게 맡기리니
자자손손
천지와 더불어 기약하노라.

坐上走筆 謝李詹事等諸公 大設筵見慰

我是銀臺仙　流落天之涯
所指竟何處　蒼濤何渺瀰
賈誼謫長沙　屈平作湘纍
古賢皆尙爾　天也非人爲
矧予妄庸者　見逐固其宜
但此羸病質　瘴毒安可支
預愁豹脚蚊　咬唼無休時
暫留瀕海縣　方待順風吹
鬱鬱坐空舍　靡日不攢眉

旅食尙未給　況堪索酒巵
此邑富才彦　英英鸞鳳姿
與人許意氣　緩急同欣悲
及聞老從臣　非罪見流離
華堂開綺宴　風調侈京師
杯斝碧玉醑　坐列紅裙兒
我飮鯨吸川　滿酊何曾辭
匈中百不平　一旦坦而夷
此恩何以報　鑱割膚與肌
予生不能報　當以後嗣貽
子子至孫孫　天地以爲期

박 학사에게 가야금을 돌려보내며

가야금은 쟁과 비슷한 악기
빌려 주신 그대 정 갸륵하네.
옛 곡조 다 잊어 음률은 안 맞으나
백번 남짓 타 보니 두세 곡은 생각나네.

*

긴긴날 심심하여 가야금을 빌렸더니
안타까운 마음으로 이제 돌려보내네.
줄마다 혀가 있어 자네에게 말할 걸세
내 솜씨 얼마나 서투르던가를.

寄朴學士還加耶琴 二首

加耶琴類古秦箏　多感君侯借與情
舊譜忘來難協律　百彈方記兩三聲

*

長日難消借得箏　及期還寄未忘情
絃絃舌在歸應道　手拙吾何作巧聲

진생이 화원 가꾸는 것을 보고 *

봄바람 불어 가랑비 날리니
아지랑이 나직이 풀 언덕에 끼네.
이 몸이 하 늙고 미련하여
부리는 아이들도 속이려 드네.

귀밑머리 어지러이 허부룩한데
남창 밑에서 늦은 잠을 자노라.
이즈음은 옛 친구도 오지 않아
동네 늙은이들과 상종할 뿐이라.

장미는 몇 번이나 피었다 졌는가
꾀꼬리 울고 제비도 춤을 춘다.
장구 치며 노래할 뿐
어찌 헛수고하며 애를 태우랴.

내 천지간의 한낱 나그네거니

---

* 진생晉生은 처형인데, 이때 내 집에서 살았다.

이 집의 주인인들 그 뉘라 하랴.
화원의 성한 풀 손질도 안 해
풀잎 속 꽃떨기가 시들 뿐이다.

그대 혼자만 화원을 보살펴
꽃 심느라 자주 흙을 안고 다니더니
오이 농사 소 동릉[1]을 앞서고
농사일 즐겨 농사꾼을 따르네.

손수 심은 복숭아 오얏 그늘 지어
지붕을 덮고 담장을 돌았다.
하마 술 마심은 한량패에 맡기고
사랑을 속삭임도 딴 세상 일이어라.

이른 아침 잔디밭 거닐던 길에
내 창문 굽어보고 미소짓길래
그대와 더불어 서너 잔을 기울이니
진정 손수 만든 소찬이 향기롭구나.

술 취하자 떠들며 큰소리로 들레니

---

1) 소 동릉召東陵은 진秦나라 때의 소평召平으로 동릉후東陵侯에 봉해졌는데 나라가 망하자
생활이 몹시 가난해졌다. 장안성 동쪽에서 참외 농사를 하였는데 그 맛이 좋아 사람들이
그 참외를 '동릉참외'라 불렀다.

가지의 새들도 놀라 기웃거리누나.
내 불행한 처지를 아는 이 없어
소쩍새처럼 제 이름을 부르노라.

전원에서 비로소 취미를 얻고
취하여 노래하며 부른 배를 두드린다.
그대 따라 이생을 즐거워하노니
어찌 외로이 처사를 따르리오.

위랑으로 하여 장로를 생각하고
부질없이 천단의 길²⁾을 찾게 하지 말게나.[■]
그대는 화원 가꿔 생업을 이으라.
관직을 얻음이 어찌 내 마음대로랴.

觀晉生公度理園 取東坡詩韻贈之

東風吹散一雲雨　濕烟低惹尋春塢
隴西狂客老更癡　傭奴販婦猶欺侮

南窓尸寢朝侵午
獨許里翁相爾汝
黃栗留鳴漆驚舞
榾榾何須抱甕苦
況此屋廬誰是主
翳葉春紅難媚嫵
護竹養花頻擁土
學稼肯爲樊老圃
覆屋低墻迷處所
投梭任却隣家女
笑我詩窓鶴頸俯
手摘香蔬親自煮
枝上閑禽驚醉語
口自呼名如杜宇
飽食醉歌捫腹鼓
何必孤高學巢許
空訪天壇路脩阻
得印寧非天所予

醉鬘髯髻慵不梳
邇來謝絶舊交遊
薔薇幾度自開落
嗚嗚只樂鼓缶歌
自言天地一逆旅
東園草沒不曾開
羨君獨慕古園公
種瓜豈必邵東陵
手栽桃李摠成陰
盜酒從教比舍郎
清明散步綠莎中
呼來共酌數四杯
酒酣呼叫聲喧喧
紛吾落魄無人知
退藏始得幽居味
從君俯仰差可樂
免使韋郎憶張老
願君理園繼庾翼

민광효에게 준 즉흥시

백운거사 이제 늙고 쇠약했으나
서울 경박자들과 사귐을 부끄러워하노니
부질없이 양웅의 문장을 본받으나
술병 차고 즐겨 찾는 사람도 없었더니라.

이번에 우연히 선생의 집을 찾아
오건[1]을 비껴 쓰고 문을 두드렸노라.
주인의 미소에는 온정이 생동하매
추운 시월에도 꽃이 핀 듯 화창하다.

향기로운 맑은 술이 물같이 고였는데
넘실거리는 잔 속에는 밥알이 둥둥 뜬다.
노을에 햇빛이 붉게 물들고
비 몇으니 산빛은 유난히 푸르다.

손잡고 진심을 토로하자니 눈물이 옷에 떨어지누나.

---

1) 오건烏巾은 검은 망건을 말한다.

인생 한세상 어이 이리 고달픈가.

시 지으며 나를 아는 이 없음을 원망하고

벼슬에 있으나 그대는 낮은 자리를 한하거니

같은 세상의 불행한 길손이

한자리에 만났으매 어찌 큰 잔을 기울이지 않을쏘냐.

술 취해 돌아보니 마음이 들떠

천지 육합이 오히려 비좁아라.

문득 아이를 불러 채전²⁾을 펴고

나더러 쾌히 시를 쓰라 청하거니

가슴에 쌓인 울분 마음껏 토해 놓고

멋대로 부른 노래 주인께 주노라.

留醉閔判官光孝家 主人乞詩 走筆贈之

白雲居士今已衰　羞逐長安輕薄兒

浪效楊雄草太玄　無人載酒肯相隨

竭來偶訪先生家　剝剝扣戶烏巾斜

主人一笑生春溫　頑冬十月堪開花

十分美醞傾如泗　蘸甲杯心撥浮蟻

霞明日色正鎔紅　雨霽山光如滴翠

---

2) 채전彩箋은 채전지라고 하는데, 시를 쓰는 무늬 있는 색종이다.

握手論心淚洒袍　人生一世何大勞
作賦我嫌無狗監　得官君恨猶馬曹
同是人間薄遊客　相逢曷不浮大白
酒酣四顧心飛揚　天地六合爲之窄
忽呼侍婢鋪蠻牋　請我快放詩中顚
塡胸壯憤吐乃已　因之留贈狂歌篇

김군에게

인끈 풀어 버리고 헛된 영화 다 버리고
마음대로 거닐며 뜻대로 사노라.
시 짓는 자리에 함께 마실 사람 없어
그대 위해 내 술을 사려 했는데
향기로운 술 그대 먼저 가져오니
어려운 세상 시름을 잊어 보겠네.▪
피리 젓대 북소리는 없으나
낭랑히 읊는 소리 드높이 울려라.

復次韻金君見和

已抛腰綬謝浮榮　偃仰逍遙自適情
詩榻但無同我飮　酒錢猶欲爲君傾
反將名醞來相勸　遮箇艱時卽太平
不必吹笙還鼓瑟　唱渠詩句是金聲

▪ 당시에 몽고가 침입하여 세상이 몹시 소란하였다.

정군에게 책력과 밀감을 보내고서

책력

해와 달 돌고 돌아 한때인들 멈추랴
꽃다운 새봄 계절 또다시 돌아오네.
거울 속 내 얼굴은 여위어만 가니
책력에 쓰인 절후 보기 안타까워라.
새해는 닥쳐와도 백발은 그대론데
지난해 묵은 뿌리 새싹이 움트누나.
세월은 아름다우나 사람은 늙어 가니
그대에게 책력 보내며 시름겨워 했노라.

밀감

금인 양 노란 밀감 손에 쥐고 만지기도 좋고
입맛을 돋우며 목마를 때 더욱 좋다네.
천리 먼 곳에서 실어 온 과일이라

두어 개 그대에게 보내 주었더니
손님들과 마주 앉아 맛도 보고
앓는 부인께도 드렸다니 기쁘네.
보잘것없는 이것 어이 따를쏜가
향기로운 술잔 나누는 그 맛을.

次韻丁祕監復和謝曆柑二詩

曆

跳輪日月不停行　又到靑春氣候生
尙忌鏡中顔瘦損　忍看紙上甲分明
新年華髮人依舊　去歲陳荄物復萌
時節漸嘉吾老矣　爲君封曆一傷情

柑

金丸正好掌中將　釋餲兼能替飮漿
愛却來從千里邈　偶然封寄數枚香
任聞外客饞唇嚼　喜聽中閨爽口嘗
此物區區何足餉　與斟芳醞是良方

장원 김신정[1]의 '남새를 가꾸며' 시에 화답하여

내 한평생
부민후[2]가 되지 못하고
이제 물러나 제 집 살림도
뜻대로 꾸리지 못하누나.
밭이랑 매고 가꿈에
흙 손발 되자 하나
수염과 눈썹에 물방울이 튈까
물도 퍼올리기 꺼리노라.
잡초를 자주 김매 주지 않고
자라도록 내버려 두니
어리석도다 앉아서
채소 잘되기만 기다리는 것이.
차라리 이렇게 살기보다는

---

1) 김신정金莘鼎은 시와 글에 뛰어난 재주가 있었으나 높은 벼슬에 오르지 못하고 시골에서
   부지런히 남새를 가꾸며 조촐하게 살았다.
2) 한나라 무제 때에 백성들을 잘살게 하는 재상이 되라는 의미에서 재상을 '백성을 부자가
   되게 하는 재상[富民侯]'이라고 하였다. 여기서는 이규보 자신이 백성들을 잘살게 하는 벼
   슬살이를 하지 못했다는 뜻을 나타내기 위하여 쓴 것이다.

글이나 지어
주린 배나 축이는 게
나으리라.

*

벼슬 그만두고
시골의 뜻 높은 그대를 찾아
늙어 가며 서로 마음 맞아
함께 술잔 나누노라.
속된 무리야
어찌 풍류스러운 그대 눈에 들랴.
봄바람은 부질없이
내 머리칼만 희게 하누나.
그대는 일찍부터
부지런히 배웠지만
내사 한평생
어리석게만 살아왔네.
하물며 주옥 같은 글귀
내게 보내 주니
마르던 풀잎이
단비 만난 듯 기쁘구나.

次韻金壯元莘鼎見和菜種詩來訪贈之 二首

平生未作富民侯　退欲營私又莫符
理圃初期親手足　灌泉猶畏濺眉鬚
慵誅旅草從教長　坐望繁蔬是亦愚
不若大抛遮計活　枯腹端借筆耕濡
　　　　＊
解官尋拜醉鄕侯　將老糟丘望已符
俗客難靑阮籍眼　春風謾白樂天鬚
知君早富三多學　記我猶爲一得愚
滿把珠璣聊見贶　足敎枯草得滋濡

동으로 간 오덕전에게

산을 넘어 동쪽 길은 아득히 먼데
하늘 끝에 노닌 그대 돌아오길 잊었는가.
벼 여물어 닭 오리는 좋아하건만
벽오동 늦가을에 봉황이 시름겨워.

좋은 시절 다 가도록 소식조차 아득하니
눈 속에 배 띄워 그대를 찾으리라.
아마도 한세상 활개칠 때 있으리니
낚시질로 늙을 것은 생각지도 말아라.

吳德全東遊不來 以詩寄之

海山東去路悠悠　一落天涯久倦遊
黃稻日肥鷄鶩喜　碧梧秋老鳳凰愁
烟波不返遊吳棹　雪月期浮訪剡舟
聖代未應終見棄　莫思垂白釣清流

김신정 군이 술을 가지고 와서

한가로운 내 집을 찾아옴도 고마운데
향기로운 술마저 그윽한 정 위로하네.
천금보다 소중한 그대 마음이라
늙었다 사양하랴 술잔 기울임을.

술을 즐기는 것이 술맛 때문이랴
세상 불평을 잊어 보자 함이라.
내 이리 술 마시는 마음을 아는가
웃음 섞인 노랫소리 흥겹지 않은가.

金內翰莘鼎携酒來訪 卽席走筆謝之

見訪閑門尙足榮　更携芳醞慰幽情
此心已直千金重　雖老何辭數爵傾
愛酒非關唯味味　陶懷欲遣不平平
我今樂飮君知不　請見歌聲雜笑聲

조 유원에게 화답하노라

예로부터 사람들은
즐기는 바 서로 다르도다.
어떤 사람 그림 좋아하여
욕심껏 감상도 하고
어떤 사람 돌을 좋아해
미친 듯 아끼는데
어떤 사람 말을 좋아하여
붉은 말 흰 말 따지며 고르고
어떤 사람 닭싸움 좋아하여
억센 장닭을 찾아다니도다.
이렇게 나도 가야금을 좋아하여
구해도 얻을 길 없더니
그대의 고마운 마음씨로 하여
내 소원을 풀게 되었구나.
이 아름다운 정은
천금으로도 바꾸지 못하리.
연거푸 줄을 손에 익힌 다음
귀 기울여 음률을 제대로 맞추어

그 다음 한 곡조 울리니
퉁소나 피리에도 서로 어울리리.
자네의 시도 읊으며 타 보세
노래와 음률이 서로 맞으리.
두 번 세 번 거듭 울려 보는 맛
고량진미인들 이 맛에 더할까.
가야금 소리에 깊은 뜻을 붙이노니
울리는 줄마다 생각하여 듣게.

次韻趙留院和前詩來呈

嘗聞古之人　所嗜各有適
嗜畵或貪翫　嗜石或偏惜
或嗜於賞馬　喜品騂驪色
或嗜鬪鷄戲　看碎錦繡臆
予嗜在此琴　求之靡由覓
感子謹愿心　雪予殷勤索
安得千金貲　纏頭不論直
連呼柔指彈　商角聽相激
然後倣其聲　粗能協竹石
子詩亦堪歌　詞韻信雙得
咀嚼至再三　何啻八珍食
寓意亦云深　當付絃絃釋

가야금을 가져다 준 문생에게

벼슬을 내놓고 한가한 몸이 되니
날마다 무엇 할까 생각해 보나
거문고와 책이 내 마음에 맞을 뿐
이밖엔 즐거운 일 별로 없어라.

더구나 늦게 가야금을 좋아하여
내 마음 여기에 붙였도다.
곡조는 서투르나
마음속 느끼는 것 여기에 담노라.

내 집에 본디 거문고 없어
언제나 남에게 빌려 왔는데
친절하게도 착한 그대
아쉬운 내 마음 알아주었네.

가야금 하나 들고 왔으니
값으로 치면 천금도 더하리.
가장 훌륭한 오동으로 만들어

그 소리 한없이 맑아라.
시험 삼아 한번 울려 보니
샘물이 돌에 떨어지는 듯.

그댄들 이런 것이 어이 있으랴
그대의 장인에게 빌려 온 게지.
장인에게 깊이 사례 드리게
내가 침식도 잊고 좋아한다고.
몇 해를 두고 쌓인 수심이
하루아침에 얼음 녹듯 사라지누나.

謝門生趙廉右留院持加耶琴來貺

自我退閑居　日用謀所適
適意只琴書　這外少翫惜
晚嗜古秦箏　好之如好色
曲度雖未諧　聊以寫吾臆
於家素不蓄　未免從人覓
殷勤門下賢　知我心所索
手把一張來　價與千金直
的是嶧陽材　其聲最淸激
下手試一彈　淙若泉落石
汝亦豈本有　必扣岳公得

爲我謝岳公　得琴忘寢食
消遣積年愁　一旦如永釋

숯을 보내 준 벗에게

엄동이라 숯값이 다락같이 올랐는데
천리 먼 곳에서 정성껏 보냈구나.
불을 지피니 손발도 부드러워지고
술도 따끈따끈 데워서 마시노라.

*

내 만일 얼음 지옥에 빠져 버렸던들
와들와들 떨면서 어이 견뎠으랴.
그대의 따뜻한 은혜로
온 집안에 훈훈한 봄날이 왔네.

*

새까맣고 좋은 숯 해마다 보내 주어
추워 떨던 처자들의 기쁨도 한이 없네.
생각하면 그 은혜 산보다 더 높도다.
그대 몸 건강하여 오래오래 살게나.

走筆謝大王寺文師送炭 三首

臘天銖炭價超翔　千里殷勤寄草堂
不獨炙炎柔手足　感他熏酒暖於湯
　　　　　*
邇來方墮寒氷獄　吒吒波波忍可堪
忽荷德人恩煦物　滿家和暖似春酣
　　　　　*
年年睨炭色如醫　喜及寒兒與凍妻
算得重恩如嶽峻　賽期遐壽與天齊

전군과 박군에게

무쇠나 강철이 녹기로서니
우리들 사귄 정 변함이 없으리.
우리 세 사람은 머리와 배와 발
사생고락을 한 몸처럼 하리라.

是日次韻全君有作 兼贈朴君

堅金硬鐵有時融　君我交情萬古同
三友已成頭腹尾　死生憂樂一身中

강남에서 옛 친구를 만나

어데서나 새 사람은 만나기 쉽지만
타향에서 옛 친구란 보기 드문 일
그동안 우리가 얼마나 늙었나
서로서로 흰머리 눈여겨 바라보네.

江南逢故人

到處得逢新進易　異鄕相見故人難
別來多少添華皓　各將霜鬢仔細看

눈 속에 벗을 찾아가 만나지 못하고

눈빛이 종이보다 하얗길래
채찍 들어 내 이름 썼나니
바람은 눈을 쓸어 지우지 말고
주인이 오기까지 기다려 주소.

雪中訪友人不遇

雪色白於紙　擧鞭書姓字
莫敎風掃地　好待主人至

이 시랑,[1] 김 장원과 함께 우물가에서

아무리 우물물 얼음같이 차다 하나
돌이라도 녹일 듯 찌는 더위 어이하리.
갑자기 이 마음 시원해지는 것은
물 때문이 아니라네 벗님들 오셔서라네.

又和六月三日李侍郞需金壯元莘鼎來訪和家泉詩飮席次韻

縱有淸流氷雪冷　尙懲炎日石金焦
一看瓊樹方知爽　不是泉防暑氣歊

---

1) 이 시랑李侍郞의 이름은 수需다. 당시 명망 높은 선비로 이규보와 특히 가깝게 지냈다 한다.

이대성에게 준 즉흥시

지난날은 서울의 봄을 마음껏 즐기며
백옥 잔을 들어 후련히 취했더니
지금은 강촌에 유랑하는 몸이
청산 만리에 떠돌아다니노라.

구름 사이 지는 볕이 가련하게 뵈더니
가랑비 비낀 바람이 처량도 하다.
그대 나를 맞아 나그네 신세 위로하여
옥잔에 좋은 술이 물결치누나.

많은 기녀들은 어여삐 단장하고
슬픈 노래로 목청을 돋우는데
그대 춤에 맞추려 거문고 안으니
눈물이 흘러 수건을 적신다.

자리의 손들이 저마다 돌아보며
무슨 일로 그리 걱정하냐고 하네.
이즈음 서울이 소란해서

거리에 참혹한 일 한낮에도 벌어지니
나도 큰 재앙을 간신히 면했으나
간고한 재액을 다 말하기 어려워라.
놀란 심장 가는 곳마다 흐느끼나니
하물며 먼 곳에서 생각함에랴.
한껏 취하면 수심도 잊으리니
그대여 잔을 들어 서너 순 더 돌리소.

李進士大成邀飮 席上走筆贈之

憶昔放意京華春　白玉樽前爛醉身
如今浪跡江城裏　碧山萬里薄遊人
斷雲落日不忍見　細雨斜風空慘神
多君邀我慰羈旅　玉杯瀲灩生金鱗
紅裙數隊時世粧　哀歌一曲動梁塵
主人起舞屬我彈　把琴欲弄先霑巾
四筵賓客各相顧　問我何事多酸辛
答云近者王城亂　白日九街殷血新
我亦僅免崑岡焚　離流艱厄難勝陳
危腸觸地卽鳴咽　況此嶺外烟霞晨
痛飮粗堪寬我恨　請君更酌三四巡

박군과 최군에게 답하노라

가을 뫼같이 벗어진 머리는 보기도 싫은데
병들어 남은 생을 꿈결같이 보내노라.
한 해를 셋으로 나눠 두 몫은 누웠으니
가련하다 이로부터 젊던 얼굴은 길이 바뀌리라.

朴崔二君見和 復次韻答之

羞看禿髮似秋山　病後餘生夢寐間
一歲三分二分臥　可憐從此換朱顔

박환고가 남쪽을 유람하고 지은 시에 차운하노라

경주에 사는 박환고朴還古는 일을 좋아하는 기특한 사람이다. 무오년(1198) 2월에 그가 한강과 양주 등지를 여행하게 되어 곡성 전이지와 더불어 동쪽 솔뫼에서 전송하였다. 술이 얼큰하여 시 한 편을 휘갈겨 그에게 주었는데, 전이지도 이에 화답하였다. 박군은 날이 저물어서 시를 화답하지 못하고 천수사天壽寺에 이르러서야 전편에 시 세 수를 화답하였고, 사평현沙平縣에서 도중에 읊은 시 십여 수를 합하여 우리에게 보냈다. 나는 전이지와 함께 그 시를 읽었으나 또한 화답하지 못했는데 박환고가 돌아왔다. 이즈음 마침 집에 한가히 있는 틈을 타서 화답하는 시 몇 수를 보냈다.

이월이라 서울에서
내 지기를 이별하노니
세 번 곱쳐 이별곡을 부르며
한 잔 술을 다시금 권하노라.

사나이 마음이라
뜨거운 담이 말[斗]보다 크더니
이제 그대와 손길을 나누자니
소녀처럼 눈물이 앞을 가린다.

봄바람도 정이 있는 듯
버들가지 휘어잡고 춤을 추는데

이때 우리 전이지도
허리를 바싹 펴고 바른쪽에 앉아
떠나는 이 옷깃을 잡아당기니
마치 신선의 소매를 잡는 듯.

보라 저기 떠다니는 구름도
유연히 옛 골짝을 그리워하여
바람을 따라 문득 돌아오나니
그대는 다시 나를 좇으려는가.
꽃 시절에 다시 만나길 약속하노라
복숭아꽃 여전히 피어서 웃을 걸세.

次韻朴還古南遊詩十一首

鷄林朴還古 好事奇人也 戊午二月 將遊漢水楊州之間 予與鵠城全履之 出餞於東
郊之松巓 僕酒酣 走筆一篇以贐其行 全履之亦和之 朴君以日暮未和 行至天壽寺
追和前篇三首 又於路上 多著錄日 雜詩古律十餘首 抵沙平關 編爲一通以寄之 予
與履之賞昧不已 然亦因循未和 而朴已還矣 近因泥濘 杜門閑居 始得和成若干首
書以贈之云

二月東都門　別我同心友
爲唱三疊詞　勸進一杯酒
平生男子心　烈膽大於斗
臨行效兒女　流淚惜分手

春風如有情　吹舞纖腰柳
是時全履之　傲兀居坐右
相將挽歸衫　似挹浮丘袖
何意飄飄雲　悠然戀舊岫
隨風忽歸來　肯復從吾不
約束更尋芳　桃花笑依舊

맏아들 함을 홍주목으로 보내면서

해는 이미 저물었는데
내 울며 아이를 보내노라.
너 가는 곳 어디냐
저 남쪽 하늘 밑이구나.

한 고을 다스릴 너는 영광이지만
이번 작별 나는 견딜 수 없어라.
내 이렇게 늙고 병들었으니
어이 삼 년 동안 너를 기다리나.
아마 이것이 영결이 되리니
내 아픔 어이 말로 다할쏘냐.

부디 잘 갔다 잘 돌아와
외직에서나 조정에서나
언제나 너그럽게 몸을 가지며
집안 이름 더럽히지 말고
뉘 집 아들이란 일컬음 받으시게.

내 비록 눈으로 못 보더라도
지하에선들 어찌 모르랴.
청백하게 사는 것이 제일이요
그 다음은 삼가고 겸손할지어다.

辛丑三月三日送長子涵以洪州守之任有作

桑楡景云迫	泣別阿兒涵
問汝向何處	杳杳天之南
專城雖汝榮	此別吾何堪
安有大耄翁	留待期年三
懸知是永訣	痛絶那容談
好去好還朝	公府坐潭潭
毋或墮家聲	人許某家男
眼前雖未見	地下豈不諳
淸白是第一	其次愼而謙

아이들에게

가난해 아무것도 나눠 줄 것 없구나
낡은 쪽박과 이지러진 항아리밖에.
금과 옥이 가득한들 흩어지지 않으리
청백한 지조를 물려줌만 못하리.

嘱諸子

家貧無物得支分　唯是簞瓢老瓦盆
金玉滿嬴隨手散　不如淸白付兒孫

절을 배우는 외손자

세 살잡이 어린놈이
나를 보고 두 번 절하니
늙었다고 인정이야 변할쏜가.
마음속 귀여움 솟구치네.

外孫孩兒學拜

小兒方三歲　向我能再拜
老夫亦人情　未免心中愛

집안 아이들에게

가련타 이 한 몸이
백골이 되고 보면
해마다 자손들이 무덤 앞에 절하나
이미 죽은 몸이 아랑곳 있을쏘냐.

더구나 백년 후엔 무덤마저 멀리 있어
어느 자손이 와 보기나 하겠느냐.
앞에는 곰의 울음
뒤에는 모진 짐승
옛 무덤 새 무덤이 총총히 널려 있어
이 사이에 영혼이 있을는지 없을는지.

혼자 앉아서 곰곰이 생각하니
죽은 뒤에 아무리 귀신을 잘 섬겨도
살아생전에 술 한 잔만 못 하도다.

집안 아이들에게 말하여 두노니
내 이리 늙었으니 오래야 괴롭히랴.

고기 반찬도 마련하지 말고
술이나 자주 가져오렴.

천금을 들여 제사를 지낸들
받는지 마는지 어떻게 알겠느냐.
조상 장사도 잘 지내면 무엇하나
무덤 파는 도적놈 좋은 일이나 되지.

示子姪 長短句

可憐此一身 死作白骨朽
子孫歲時雖拜塚 其於死者亦何有
何況百歲之後家廟遠 寧有雲仍來省一廻首
前有黃熊啼 後有蒼兕吼
古今墳壙空纍纍 魂在魂亡誰得究
靜坐自思量 不若生前一杯濡我口
爲向子姪道 吾老何嘗溷汝久
不必擊鮮爲 但可勤置酒
紙錢千貫奠觴三 死後寧知受不受
厚葬吾不要 徒作摸金人所取

조강에서 처자를 작별하여 서울로 보내면서

안해는 가고 사나이가 남으니
이 어인 일인고.
그대는 그래도 자유스러운데
나는 어찌하여 죄수와 같은고.

배 떠나 사람은 멀어 가도
마음은 의연히 따라가고
바다에서 밀려드는 조수
눈물과 함께 흐르는구나.

강 하나를 사이에 두고
물결은 출렁이는데
남북으로 천리 길
끝없이 아물거리누나.

곡산[1]이 지척이로되

---

1) 개성에 있는 산 이름인데 여기서는 개성을 의미한다.

이 몸은 가기 어려워
말 위에서 거짓 졸면서
돌아다보기도 두려워하노라

祖江別妻兒還京

婦去夫留是底由　嬝無拘迫我如囚
舟將人遠心隨去　海送潮來淚共流
只隔一江波浩浩　却同千里路悠悠
鵠山咫尺身難到　馬上佯眠怯轉頭

양포[1]를 얻어 어머니를 대접하고

예로부터 들었어라
효도는 하늘을 움직여
얼음에서 잉어가 뛰어나오고
죽순이 눈 속에서 돋아난다는 것을.

늙어 백발을 드리우신 홀어머님께
아침저녁 진지도 드리기 어려운데
봄내 병석에 누운 몸이 입맛을 잃고
찾으시는 음식은 천만 가지라
국이라 회깟이라 찾으시는 것을
어찌 다 세리오마는
젓가락을 놓기도 전에
구역질 날 듯 괴로워하신다.

오늘 아침엔 무엇을 드릴까 여쭈었더니
다른 것 마다시고 양고기를 청하시네.

---

1) 양고기를 얇게 떠서 말린 것.

번개같이 달려 나가 사방으로 헤맸으나
창졸간에 어데 가서 양 새끼를 얻으랴.

손수 기르던 양을 서둘러 잡으려니
무릎 꿇은 늙은 양을 어찌 차마 죽이리오.
일찍 갈림길에서 잃어버린 너²⁾를 탄식했거니
이제 돌을 꾸짖어 양이 되라고³⁾ 요술을 부릴 수도 없구나.
온갖 수단 다 썼으나 종내 얻기 어려워서
냄새 맡은 개미처럼 부질없이 헤맸노라.

최공은 진정으로 효성 있는 사람이라
지극한 효성이 남에게도 미치어
우리 나라 특산인 양포 한 뭇 보냈으니
이야말로 웅장 성순⁴⁾도 못 미칠 바라.

포를 받아 붉은 고기 칼로 저미어
풀무 불에 구워서 술과 함께 드렸노라.
내게 대한 정성이 두터움을 아노니
다섯 양가죽으로 나를 천거하리라.

이로써 파리한 양 죽임을 면했으나

---

2) 갈림길에서 양을 잃어버리듯이 복잡한 세상에서 바른 길을 찾기 어려움을 비유하였다.
3) 옛날 황초평黃初平이 금화산金華山에서 돌을 꾸짖어 양이 되게 하였다는 이야기가 있다.
4) 곰의 발바닥과 성성이의 입술인데 둘 다 팔진미의 하나다.

빨리 닫는 세월을 슬퍼할 뿐이노라.
글을 지어 사례하매 우선 걱정하는 것은
준치⁵⁾를 잘못 써서 웃음거리 될까라네.

謝崔天院宗藩惠羊羓饋病母

舊聞至孝天可動	紅鱗躍氷笋生凍
我有嬌親鶴髮垂	晨昏甘旨猶難奉
病脇沾床僅一春	病中嗜好日千種
鮮羹腥膾何足數	下箸未終還欲吐
今朝辦膳問所安	却厭梆莒要齊魯
雲奔電走覓四方	倉卒難邀髥主簿
欲呼元放急捉致	屈膝老羝那忍視
讀書曾恨多歧亡	學道何由叱石起
千搜萬索竟難獲	環顧空期慕羶蟻
崔公眞是純孝人	愛親欲及人之親
遺之一羓燕土羞	絶勝熊掌與狙脣
入手紅肌隨刃落	券軸兼獻甕頭春
因知愛我情義篤	薦擢行將五羖贖
從此平生免角羸	但嗟流景如胛熟
作章欲謝先自愁	錯寫蹲鴟資捧腹

---

5) 준치蹲鴟는 붓글씨 쓰는 법에서 점을 찍을 운필법을 말한다.

두 아이를 생각하고

내게 어린 딸아이 있어
엄마 아빠를 부르며
옷을 당기며 무릎 위에서 재롱 피고
거울 앞에서 화장하는 시늉도 했다.
집 떠난 지 이제 몇 달이건만
문득 곁에 있는 것만 같구나.
내 본래 유랑하는 선비로
불행한 몸이 타향에 깃들어
술에 취하기 두어 열흘에
병석에 눕기도 한 달이 지났구나.
머리를 돌려 서울을 바라보면
산천은 울창하여 아득히 먼데
오늘 아침 문득 너를 떠올리고
흐르는 눈물이 옷깃을 적시니
마부는 어서 말을 먹이라
돌아가고픈 마음에 날로 바빠지누나.

*

내게 한 아들이 있어
그 이름을 삼백이라 지었다.▪
우리 가문 일으키려는가
너는 어미를 태몽으로 놀래키더니
네 생긴 골격이 남달리 기특하고
눈이 빛나며 얼굴조차 맑아라.
활달한 세 선비는
네 출생을 축하해 떡국을 먹으며▪
아들 낳은 경사를 축하하여
금석 같은 시를 지었느니라.
원컨대 너는 그이들을 닮아
이름이 시단에서 뛰어나거라.
내 평생 얼굴 편 날 드물었더니
네가 난 뒤엔 항상 웃고 떠들었다.
왕왕 남에게 자랑을 하며
아이를 추는 버릇조차 생겼어라.
오월 여름 하늘 밑
서울서 너를 이별했더니
오늘 만리 밖에 나그네 되어
문득 단풍 든 나뭇잎을 본다.
시절은 날마다 옮겨 가거늘

▪ 내가 오 낭중의 삼백 운시에 화답한 날 아이가 태어났으므로 이를 기념하여 이름지었다.
▪ 아이가 난 지 7일째 되는 날 오세문, 정문갑, 유서정이 와서 축하하는 시를 지어 주었다.

내 병은 점점 깊어 가거니
네 머리 쓸어 줄 길 없어
상한 가슴을 아파하노라.

憶二兒　二首

我有一弱女　已識呼爺孃
牽衣戲我膝　得鏡學母粧
別來今幾月　忽若在我傍
我本放浪士　落魄寓他鄉
沈醉數十日　病臥三旬强
廻首望京闕　山川鬱蒼茫
今朝忽憶汝　流淚濕我裳
僕夫速秣馬　歸意日轉忙

　　　　*

我有一愛子　其名曰三百
將興指李宗　來入驚姜夕
爾生骨角奇　眼爛面復晳
磊落三學士　作爾湯餠客
綴詩賀弄璋　詞韻鏘金石
願汝類其人　才名軼元白
我生少展眉　得汝長笑謔
往往向人誇　始得譽兒癖

仲夏五月天　初別長安陌
遷延客萬里　忽見霜葉赤
時節日遷代　我病日云劇
無由撫犀顚　惻惻傷胸膈

아들 삼백이 술 마심을 보고

너 이도 갈지 않은 것이 벌써 잔을 기울이니
정녕코 얼마 안 가 창자가 상하리라.
늘상 취하는 아비 버릇 너는 배우지 마라
한평생 인생길이 너무 어지러우니라.

      *

한 몸을 그르침이 오직 이 술이거늘
너 이제 술을 즐겨 어쩌려는가.
삼백이라 이름 지은 걸 후회하노니
날마다 술 삼백 잔 기울일까 두렵다.

兒三百飮酒　二首

汝今乳齒已傾觴　心恐年來心腐腸
莫學乃翁長醉倒　一生人道太顚狂
    *

一世誤身全是酒　汝今好飮又何哉
命名三百吾方悔　恐爾日傾三百杯

어린 딸을 애도하노라

어린 딸의 얼굴은 눈같이 회고
총명하기 이를 데 없어
두 살에 능히 말을 하되
앵무새보다 능란하였다.

세 살에 제법 수줍음을 아는 듯
놀아도 대문 밖을 나서지 않고
금년이 바로 네 살인데
능히 길쌈질을 배우기도 했다.

무엇에 앗기어 돌아갔는가
갑자기 번개처럼 사라졌어라.
비로소 어린 새끼 떨어져 죽는 건
보금자리 나쁜 탓임을 깨달았노라.
도리를 배운 나는 아픈 생각 씹어 삼키나
안해 울음은 언제 그치려나.

보건대 밭 가운데

곡식의 어린 싹이 돋아날 때
혹시 뜻밖에 우박이 오면
모두 맞아 꺾어지나니.

자연은 생명을 만들어 내고
자연은 생명을 사정없이 빼앗도다.
피고 시듦이 어찌 그리 덧없는가.
변화함이 또한 거짓 같도다.
인생이 가고 옴이 모두 그림자거니
아서라 너와는 영영 이별이로구나.

悼小女

小女面如雪　聰慧難具說
二齡已能言　圓於鸚鵡舌
三歲似恥人　遊不越門闑
今年方四齡　頗能學組綴
胡爲遭奪歸　倏若駃電滅
春雛墮未成　始覺鳩巢拙
學道我稍寬　婦哭何時輟
吾觀野田中　有穀苗初茁
風雹或不時　撲地皆摧沒
造物旣生之　造物又暴奪

枯榮本何常　變化還似譎

去來皆幻爾　已矣從此訣

온 천하를
부채질하리

이로부터 해는
더디기도 하여
사람은
붉은 불이 되누나

언제나 하늘까지 뻗친
부채를 얻어
키질하듯 온 천하를
부채질하리

단옷날 그네뛰기

오를 제는 달나라로 가는 듯하더니
돌아올 젠 사뿐히 선녀가 내리는 듯
줄을 차며 솟을 때는 손에 땀을 쥐지만
어느 결에 표연히 돌아왔는가.

*

선녀가 내려오나 하지 말게
오가는 것이 베 짜는 북 같네.
마치 꾀꼬리가 휘늘어진 버들 숲에
펄펄펄 날아오고 날아가는 듯하네.

端午見鞦韆女戱 二首

推似神娥奔月去 返如仙女下天來
仰看跳上方流汗 頃刻飄然又却廻

　　*

莫言仙女下從天　來往如梭定不然
應是黃鸝擇佳樹　飛來飛去自翩翩

함자진의 자석연을 두고

자석은 돌 안에 박혀 있는 돌이다. 겉이 곱고 윤기가 나서 먹을 갈기에 적당하므로 강남 사람이 이것으로 벼루를 만들어 옥당 이미수李眉叟에게 보냈다. 이미수는 이것을 다시 함공에게 보냈는지라, 함공이 나에게 시를 지어 달라기에 이에 쓰노라.

무창땅 정녀 이야기[1] 가련하니라
역군으로 끌려간 남편을 바라
높은 산에 올라 그 얼마를 기다렸는가.
남편은 오지 않고 몸은 메말라
망부석이 되어 벼랑 위에 서 있단다.
정녀는 그때 아이를 안았으니
아이마저 품속에서 굳었으리.

이끼 덮이고 흙에 묻혀
오랜 세월에 모습이야 사라졌으나
벼락 치는 어느 밤 한가운데가 쪼개져
돌 가운데 어린 애기 돌이 나왔어라.

아직도 젖에 함초롬히 젖은 듯

---

1) 중국 무창에 정녀貞女가 살았는데 부역꾼으로 끌려간 남편을 기다리느라 아이를 안고 산 위에 올라가 바라보았으나 남편은 죽어 돌아오지 않고 정녀와 아이는 그 자리에서 돌이 되었다고 한다.

보드라운 살결 벼루 돌에 알맞구나.

남쪽 사람 곱게 무늬도 아로새겨
멀리 적선[2]에게 보내 주었건만
적선은 자기 것으로 삼지 않고
또다시 당세의 문장에게 돌렸구나.
적선의 갸륵한 뜻 저버리지 못하리
그대 무엇으로 그 정을 갚으려나.

붓에 흠뻑 먹 묻혀 시를 쓰니
한 줄 한 자마다 구슬같이 잘 써지네.

題咸校勘子眞子石硯

子石乃石中之石 精潤可愛 宜潑墨 江南人有以此作硯 寄玉堂李眉叟者 眉叟得之
輒贈咸公 咸公請予作詩

君不見 武昌貞女眞可憐 一登蒼嶺望夫廻
夫竟不廻身漸槁 化爲頑石立崔嵬
聞道當時抱兒去 兒應驚入阿孃懷

---

2) 적선謫仙은 본래 이백을 일컬어 귀양 사는 신선 같다고 부른 것인데, 여기서는 이미수를
이백에게 비겨 이렇게 불렀다.

苔侵土蝕喪素質　歲久羌難辨頸腮

一夜雷公忽劃裂　中有礱石眞嬰孩

津津尙有流乳痕　縠理瓊肌宜硯材

南人斲作蟾蜍樣　題封寄與謫仙才

謫仙不忍自祕蓄　輙贈芸閣文章魁

謫仙此意似難負　君欲剩報宜何哉

濡毫潑墨贈之詩　一篇一字眞瓊瑰

모진 더위에 관아에서

금 까마귀[1] 스스로 불을 토하니
헐떡이며 날아 솟구치기도 어렵구나.

이로부터 해는 더디기도 하여
사람을 볶는 불이 되누나.

언제나 하늘까지 뻗친 부채를 얻어
키질하듯 온 천하를 부채질하리.

苦熱在省中作

金烏自吐炎　呀喘反難翥
自此日行遲　留作煎人火
安得亘空扇　搖簸遍天下

---

1) 태양.

능가산 원효방에서

변산은 능가산이라고도 하는데 옛날 원효 대사가 거처하던 방이 지금도 남아 있다. 늙은 중 하나가 홀로 도를 닦고 있는데, 상좌 하나 없고 솥이나 밥 짓는 그릇도 없어 날마다 소래사에 가서 밥 한 끼씩 얻어먹고 올 뿐이다.

봉우리 감돌아 자드락 밟고 올라
발길 자주 옮겨 오솔길 따라가니
위에는 백 길 비탈인데
여기에 원효 대사 집을 지었도다.
그 옛날 발자취 어데 있느냐
남긴 초상만 벽에 걸려 있네.

샘에는 옥같이 맑은 물 고여
마시니 한없이 시원하고 달아라.
그 옛적엔 이곳에 물이 없어
중들이 살래야 살지 못했더니
원효 대사 한번 오신 뒤로
바위틈에서 물이 솟았다네.

오늘 대사도 옛 자취 이어
잠방이 베옷 입고 여기에 사누나.
여덟 자 휘휘 넓은 방에는
한 켤레 짚신이 놓여 있을 뿐

도와주는 상좌도 없이
아침저녁 홀로 앉았네.

원효 대사가 다시 와 본대도
그대 앞에 절을 하리.

八月二十日題楞迦山元曉房

邊山一名楞迦 昔元曉所居方丈 至今猶存 有一老比丘獨居修眞 無恃者 無鼎鐺炊
爨之具日於蘇來寺 趁一齋而已

循山度危梯　疊足行線路
上有百仞巓　曉聖曾結宇
靈蹤杳何處　遺影留鵝素
茶泉貯寒玉　酌飮味如乳
此地舊無水　釋子難栖住
曉公一來寄　甘液湧巖竇
吾師繼高躅　短葛此來寓
環顧八尺房　唯有一雙屨
亦無侍居者　獨坐度朝暮
小性復生世　敢不拜傴僂

박연폭포에서 [■]

저 소리에 반한 용녀
선생께로 시집갔네.
알뜰히도 마음 맞아
한평생을 즐기었네.
거문고 소리에 반한
임공의 새 과부¹⁾
절개를 잃은 것보다는
오히려 났네.

題朴淵

龍娘感笛嫁先生　百載同歡便適情
猶勝臨邛新寡婦　失身都爲聽琴聲

■ 옛적에 박 진사라는 이가 연못 가에서 저를 불고 있었는데 연못 속에 있던 용녀가 크게 감
격하여 자기 남편을 죽이고 박 진사와 결혼하였으므로 그 연못 이름을 박연이라 하였다.
1) 한나라 임공臨邛에 살던 탁문군이 과부가 되었는데 사마상여의 거문고 소리에 반하여 그
와 부부가 되었다.

다시금 불사의 암자를 두고

불사의不思議 암자는 옛날 진표 율사眞表律師가 도를 닦고 있을 때 미륵보살과 지장보살이 나타나서 계율을 주었다는 곳이다. 백 척이나 되는 사다리를 타고 내려가야만 그 암자에 이르는데, 그 밑은 한량없이 깊은 구렁이다. 그 암자는 쇠사슬에 얽혀서 바위 위에 못 박혀 달려 있는데 세상 사람들이 전하기를, "바다의 용이 조화를 부려 만들어 놓은 곳이다." 한다.

무지개처럼 위태로운 사다리 그 밑을 모르나니
몸을 돌려 일만 길이나 내려가야 하누나.

진표 율사는 이미 떠나 자취도 없는데
그 옛집은 누가 지켰길래 지금껏 남았는고.

지장보살은 어디서 나타났으며
깊은 굴 안에 어찌 크나큰 세계를 간직하였던고.

전주의 벼슬아치는 시름없이
손 씻고 와서 향불만 피우고 앉았네.

又題不思議方丈

不思議房者 昔眞表律師寓居修眞 而慈氏地藏顯身授戒之所也 有木梯高可百尺 緣
梯而下 乃得至於方丈 其下則皆不測之壑也 以鐵索引其屋 釘之於巖 俗傳海龍之
所爲也

虹蝀危梯脚底長　廻身直下萬尋强
至人已化今無跡　古屋誰扶尙不僵
丈六定從何處現　大千猶可箇中藏
完山吏隱忘機客　洗手來焚一瓣香

문 장로의 짚신

산과 강을 천만 굽이 굽이돌아
강남에서 멀리 여기까지 왔구나.

누가 이 짚신 지성으로 삼았길래
그 먼 길을 걸어도 여전히 탄탄한가.

이 짚신 초나라 향기로운 꽃물 들고
진나라 푸른 잔디도 밟았어라.

이 짚신 삼은 솜씨는 당나라 도추[1] 같고
신기 편하기는 사령운의 나막신[2]도 비할 바 아니네.

낡았다 한들 정든 것을 어찌 버리리오.
다시 발을 보호하여 시냇물을 건너리라.

---

1) 당나라 때 신을 잘 삼기로 이름난 주도추朱桃椎를 말한다.
2) 남북조 때 송나라 시인 사령운은 항상 나막신을 신었는데 산에 오를 땐 앞굽을 떼고 내려
   올 땐 뒤굽을 떼어 불편을 안 느꼈다고 한다.

하비³⁾에 원님 되어 내려간다 해도
이미 사치스런 가죽신은 다 해졌어라.
허나 이 짚신은 먼 길 떠날 때 신으리니
대나무 지팡이여 너도 함께 동무하자꾸나.

又用白公韻 賦文長老草履

君從江南來　山水千萬曲
何人餉草履　促密宜老宿
行惹楚花香　踏遍秦草綠
織巧桃椎芒　折非靈運木
舊物那忍遺　護足度溪谷
下邳行可封　已使革華伏
遠遊當借君　副之以杖竹

취한 중이 밤에 얼음 먹는 것을 조롱하노라

술이 깨어 한밤중에 찬 얼음 먹는 맛
온갖 맛있는 음식이 이보다는 못하리라.
이 맛은 평생 나만이 누리는가 했더니
늙은 중이 나보다 앞서 맛있게 먹누나.

嘲醉僧夜起嚼氷

酒醒中夜嚼寒氷　百品珍羞敵未能
此味平生疑獨享　老髡先我飽嘗曾

꼭두각시놀음을 보고

조물주가 사람을 놀림도
꼭두각시 놀리듯 하리
꼭두각시 구경하며
제 몸 보는 듯하여라.
인생이란 꼭두각시와
비슷한 것이니
어느 것이 참이요
어느 것이 거짓인가.

        *

꾸부리고 펴고 찌푸리고 웃음이
흡사 조그만 사람이라
그 누가 이렇게도 정성 들여
살아 있는 것처럼 만들었는가.
사람이란 오직
기운으로 움직임이라
기운이 없어지면 그만이로다

꼭두각시놀음을 그만둔 때처럼.

觀弄幻有作 二首

造物弄人如弄幻　達人觀幻似觀身
人生幻化同爲一　畢竟誰眞復匪眞
　　　　*
俯仰嚬伸具體微　孰將心匠奪天機
人緣一氣成蚩蠢　氣出還同罷幻歸

떠도는 티끌

우리는 티끌 가운데 살면서도
티끌을 잘 모른다.
해가 창틀을 뚫을 적에라야
비로소 잘 보이나니.

가늘기는 털 가루와 같고
가볍기는 안개 같아
어느 틈에 얼굴에 붙는지
막을 수도 없어라.

游塵

身在塵中元不識　日穿窓隙始詳看
細如毛碎輕如霧　暗着人顔障亦難

늙은 기생[1]

예쁜 얼굴 꽃 떨어진 가지처럼 되었으니
이팔청춘 곱던 때를 그 누가 알아주랴.
노래하고 춤추는 그 모습은 옛날 그대로라
슬프다 상기도 재간만 남았구나.

老妓

紅顔換作落花枝　誰見嬌饒十五時
歌舞餘姸猶似舊　可憐才技未全衰

---

1) 이 시는 '늙은 장군〔老將〕' 이라는 시와 함께 자신을 비유한 것이다.

기생집에 불이 났네

기생집에 불이 붙었는데
왜 아무도 꺼 주지 않을까.
만일 내 젊었더라면
머리털이 다 타도 뛰어가 꺼 줄걸.

隣妓家火戲作

火能殘妓家　胡奈無人救
我若少年時　焦頭猶不懼

밤에 술 거르는 소리를 들으며

처마 끝에 빗방울
밤새도록 떨어지면
자주 꿈만 깨고
듣기 귀가 아프리.

술 거르는 소리도
빗소리와 비슷한데
이 소리는 왜 이리도
듣기 좋을까.
알았노라 그 소리엔 이해가 따라
마음이 스스로 끌렸음이니.

기쁜데 왜 듣기가 싫으랴
마시고 취함이 얼마나 좋은가.
비도 한창 가물다가 내리면
이 소리만큼이나 듣기 좋으리.

夜聞汁酒聲

君看簷端雨　終夜滴不止
徒爾破甘夢　聞之但厭耳
此亦眞雨聲　其聞何自喜
有利與無利　所以心如是
喜故聽不厭　所利飲而醉
雨亦滴旱天　未謂終無利

박생의 아이 죽음을 슬퍼하며 쓰노라

선배 임춘이 죽은 지 이미 24년이 지났거늘 지난 무오년(1198) 6월 25일에 꿈을 꾸니, 나의 벗 박환고가 와서 임 선생이 돌아가셨으니 묘지명을 써 주어야겠다고 하며 나무 팻말 하나를 내놓았다. 팻말이 너무 좁아서 곤란하다고 하니, "자네의 글이면 한 자만 써도 넉넉하다." 하기에 다음과 같은 글을 써 내려갔다.

"임모의 자는 기지耆之인데, 성질이 곧고 날카로우며 스스로 자기 재주를 믿었도다. 몇 번 과거를 보았으나 급제하지 못하고 모월 모일에 자기 집에서 세상을 떠났다. 그 높은 재주 널리 펴지 못하였으니 천명인가!"

곁에 있던 중 하나가 붉은 주사로 내 글을 옮겨 쓰고 있었다. 그러다 꿈을 깨니 괴이하기 짝이 없는지라, '임춘은 죽은 지 오래인데 박생이 이제 묘지명을 청하다니 이 무슨 징조일까?' 하고 생각했다.

다음 날 박생이 왔기에 꿈 이야기를 모조리 다 하였더니 박생은 한참 동안 말이 없다가, "이상하네, 그 꿈. 내 어제 아이를 잃어 임춘의 무덤 곁에 묻고서 지금 자네에게 이 아이를 슬퍼하는 시 한 수를 청하러 온 길이네. 아마 이런 징조로 꿈을 꾼 모양일세." 하거늘 꿈과 일이 모두 기이하여 이 시를 써서 죽은 아이를 애도하노라.

꿈이 어이 헛되다 하랴
일을 혹 먼저 알리도다.

바로 어제 재밤중
내 곤히 잠들었을 때
그대 와서 묘지명을 청하였는데

꿈 깨니 이상하기 짝이 없었어라.

그대 이제 와 아이를 여의었다는 말
주름진 얼굴엔 눈물 흔적 남았구나.
아마 어젯밤 꿈속 일은
골똘하던 생각이 나타남이리라.

그대 아이는 이제 여섯 살
눈 모습이 그대와 흡사하였는데
그 무엇이 앗아 갔는가.
아마 귀신의 시새움일까.

옛날에 자운도 아이를 잃었고[1]
공자도 일찍 아들을 여의었도다.
어려서 죽은 것도 운이라 할까.
자네 너무 상심하지 말게.

부인이 병이나 나시지 않았는지
대를 세움은[2] 좋지 않으이.
임 선생의 곁에 묻어 두었으니

---

1) 한나라 양웅楊雄의 자가 자운子雲이다. 그의 아들 오烏가 아홉 살에 죽었다.
2) 옛날 풍속에 아이가 죽으면 곧 파묻지 않고 가매장을 해 놓고 그 앞에 대나무를 세워 표식
   을 하였다.

그것만으로도 슬픔을 덜게.

悼朴生兒 兼書夢中事

林先輩椿卽世幾踰二紀 戊午六月二十五日夢 予友朴還古來告云 林先生死 墓銘非
子焉託 因出木槧三寸許 請其辭 予若嫌其狹 朴曰 得子辭 雖一字足矣 遂誌之 曰
林某字耆之 性孤峭 頗以才自負 累擧春場不捷 某月日卒于家 銘曰 未施才 命哉 傍
有僧硏朱書之 及寤 其怪之曰 林死久 朴纔乞誌 是何祥乎 明日朴生來 予具說夢中
事 朴彈指良久曰 奇是夢也 昨失吾兒 瘞于林椿冢側 今欲請子一詩爲哭 故來謁 豈
此徵耶 予奇其夢 感其事 作詩以哭之

夢豈自無徵　事或先有識

憶昨夜方午　睡熟邯鄲枕

君來乞人銘　及寤良怪甚

子來告兒亡　淚暈餘老臉

因思夢中事　莫是精神感

君兒方六齡　眉目得君範

何物奪之去　無奈鬼橫僭

預玄童烏亡　無椰孔鯉殮

壽殤皆關天　子幸勿爲念

細君苟無恙　立竹眞可厭

葬隣林君墩　雖夭未爲傔

연복정을 지나며

옛날 현종이 뱃놀이하던 날
용주와 비단 닻줄이 강호에 어렸는데
기녀들은 노래 불러 흥을 돋우고
신하들은 술이 취해 거꾸러졌더니라.

호사한 짓 예로부터 억제하기 어렵기에
많은 사람 옛일을 길이 탄식하거니.

오늘 무너진 방축에는 물결조차 볼 수 없고
복도에는 어데나 잡풀만 우거졌다.
화려하던 차림은 구름과 함께 흩어지고
아름답던 노래는 새소리로 바뀌었구나.

여기엔 분명히 좋은 거울 있거니
역사의 남은 자취를 없애지 말아라.

過延福亭

憶昔明皇遊幸日　龍舟錦纜髣江湖

勸歡仙妓廻眸笑　被酒詞臣倒腋扶

自古窮奢難遠馭　幾人懷舊發長吁

頹堤不見滄濤拍　複道渾成碧草蕪

羅綺飄將雲共散　笙歌換作鳥相呼

箇中殷鑑分明在　莫遺遺基掃地無

푸른 사기잔

— 김군이 청하기에 쓰노라.

남산의 나무를 찍어
불을 지피니 연기는 해를 가렸어라.

푸른 사기잔[1]을 구워
이모저모 살피며 고르고 또 골랐도다.

새파란 구슬처럼 광채 나는 이 사기잔
푸른 연기 속에 얼마나 묻혀 있었노.

수정같이 맑고 맑은 이 사기잔
단단하긴 차돌에다 비길 건가.

흙을 빚어 교묘하게 만든 솜씨
하늘의 조화를 빌린 것만 같아라.

어렴풋이 그려 넣은 꽃무늬

---

1) 고려산 자기.

화려한 단청처럼 내 눈을 끄누나.

쨍강 소리 내며 내 손에 들어와도
하 그리 묘하여서 손에 붙지 아니한 듯.

하루아침에 날개 돋쳐 날아갔다는
유공권의 은잔[2]인들 무엇이 부러우랴.

맑은 기운은 시인이 간직해야겠고
아리따움은 어여쁜 여인과도 같구나.

집 주인에게 향기로운 술이 있어
이 사기잔을 자주 불러내는구나.

푸른 사기잔이여 몇 순배 돌아
나를 유쾌히 취하게 하라.

金君乞賦所飮綠瓷杯 用白公詩韻同賦

落木童南山　放火烟蔽日

---

2) 유공권柳公權은 당나라의 명필로서 그의 글씨를 받은 사람들이 선사한 은잔이 한 상자 가
　득했는데, 도적이 하루아침에 다 훔쳐갔다고 한다.

陶出綠瓷杯　揀選十取一
瑩然碧玉光　幾被靑煤沒
玲瓏肖水精　堅硬敵山骨
迺知埏埴功　似借天工術
微微點花紋　妙逼丹靑筆
鏗然入我手　快若羽觴疾
不羨杅公銀　羽化一朝失
淸宜蓄詩家　巧或如尤物
主人有美酒　爲爾頻呼出
莫辭三四巡　使我醉兀兀

질항아리의 노래

나는 질항아리 하나를 가지고 있는데 그 속에 담은 술은 맛이 변하지 아니하
므로 진기하게 여겨 사랑한다. 그리하여 내게는 다시없는 귀물이라고 느낀 바
있어 노래하노라.

내게 작은 질항아리가 있는데
쇠를 불려 만든 것도 아니며
쇳물을 부어 지은 것도 아니니
흙을 불에다 구워 만들었다네.

목이 불룩하고 배는 펑퍼짐하며
입은 젓대의 부리와 같느니
귀 달린 항아리 비슷하나 귀가 없고
양병에 가까우나 입이 넓구나.
닦고 문지르지 않아도
검붉은 옻칠이나 한 듯 광채가 나네.

어찌 금으로 만든 그릇만 진귀하랴.
비록 질그릇이라도 깨끗하고
한 손으로 들기에 적당하여
들고 다니기에도 꼭 알맞다네.

값이 싸고 구하기 쉬워

비록 깨뜨린다 해도
그렇게 허물될 것이 없네.
술을 얼마나 담는가 하면
한 말이 겨우 들까 말까.
차면 곧 비우며
비면 다시 채운다네.

진흙을 잘 구워 정하매
뿜지도 새지도 않으며
입이 넓어 많은 술을 부어도
목멘 일이 없나니
따를 때도 술술 나와서 좋구나.
잘 나오니 엎지르지 않으며
잘 들어가거니 계속 술을 담아 두네.
일생에 담은 술을 돌이켜 보면
실로 몇 섬인지 헤아릴 수 없으리라.
군자의 겸허함을 닮아
항상 덕스러워 요사하지 않구나.

소인들 재물 탐냄과
취할 바 없는 사람들 욕심을
가엾이 여기노니
그들은 유한한 양으로
무궁한 욕심을 부리며

재물을 쌓기만 하고 흩을 줄 모르면서
오히려 부족하다고 하네.

작은 그릇은 차기가 쉽지만
또한 엎지르기도 쉬우니라.

나는 이 항아리를 옆에 놓고
스스로 차고 넘쳐 잘난 체함을 경계하노니
제 분수 헤아려 평생을 보내면
몸도 온전히 하고 복록도 받을 것이네.

陶甖賦

予蓄瓦甖 以酒不渝味 甚珍而愛之 且有所況 爲賦以興之

我有小甖　非鍛非鑄

火與土以相熬　落埏埴而乃就

頸癭腹膰　觜侔笙味

譬之瓴則無耳　謂之甄則樞口

不磨而光　如漆之黝

何金皿之是珍　雖瓦器其不陋

適重輕以得宜　合提挈於一手

價甚賤而易求　雖破碎其曷咎

盛酒幾何　未盈一斗

滿輒斯罄　虛則復受

由陶熟而且精　故不淪而不漏

由旁通而不咽　能出納乎醇酊

由能出故不傾不覆　由能納故貯酒斯續

顧一生之攸盛　羌難算其幾斛

類君子之謙虛　秉恒德而不忒

嗟小人之徇財　昧斗筲之局促

以有涯之量　趂無窮之欲

積不知散　猶謂不足

小器易盈　顛沛是速

予置斯甖於座右　戒滿溢而自勖

庶揣分而循涯　儻全身而持祿

부록

이규보 연보
이규보 작품에 대하여 – 김하명
원래 제목으로 찾아보기

이규보 연보

1168년 12월 16일

호부낭중을 지낸 이윤수李允綏와 김씨 사이에서 태어났다.

처음 이름은 인저仁氐이고, 자는 춘경春卿, 호는 백운거사, 늘그막에는 시, 거문고, 술을 좋아해 스스로 삼혹호三酷好선생이라고 했다.

1178년(11세)

작은아버지인 이부李富가 문하성 낭중들과 함께 이규보를 불러들여 시를 짓게 하였다. 이규보가 '종이 위에는 모 학사가 다니고, 술잔 속에는 국 선생이 늘 들어 있네.〔紙路長行毛學士 盃心常在麴先生〕'라고 쓰자, 모두들 신동이라고 칭찬했다.

1181년(14세)

사학의 하나인 문헌공도의 성명재에 들어가 공부했다. 정해진 시간 안에 시를 짓는 데 탁월한 기량을 보였다.

1183년(16세)

봄에 아버지가 수주水州의 원이 되었다. 이규보는 개성에 머물면서 사마시司馬試를 보았지만 합격하지 못하고 가을에 아버지가 있는 수주로 내려갔다.

1185년(18세)

개성으로 올라와 다시 사마시를 보았으나 합격하지 못하였다.

1186년(19세)

수주 원에서 해임된 아버지를 따라 개성으로 왔다.

1187년(20세)

사마시를 다시 보았으나 합격하지 못했다. 지난 몇 년 동안 방탕히 지내면서 오직 시 짓기에만 힘쓰고 과거 공부를 제대로 하지 않았기 때문이었다.

1189년(22세)

사마시에서 첫째로 뽑혔다.

사마시를 보기 전에 문학을 맡은 별인 규성奎星이 장원할 것이라고 일러 주는 꿈을 꾸었다. 그래서 이름을 규보奎報로 바꾸었다. 꿈에서 들은 대로 장원급제했다.

1190년(23세)

예부에서 주관하는 시험을 보아 합격했다. 자신의 재능에 자부심이 강했던 이규보는 낮은 등급으로 합격하자 사양하려 했으나, 아버지가 전례에 없는 일이라고 엄하게 꾸짖어 사양하지 못했다.

1191년(24세)

8월에 아버지가 돌아가셨다.

개성의 천마산에 들어가 스스로 백운거사라 했다. '북산잡제北山雜題'니, '북산에 다시 오르다[重遊北山]' 같은 시들은 모두 천마산에서 쓴 것이다.

1192년(25세)

'백운거사라는 호에 대해[白雲居士語錄]'를 썼다.

1193년(26세)

4월에 《구삼국사舊三國史》를 읽고 동명왕의 이야기에 흥미를 느껴 '동명왕의 노래[東明王篇]'를 썼다.

1194년(27세)

'조수 논문에 대한 편지〔論潮水書〕'를 써서 오세문에게 보냈다. 당나라 역사를 통해 나라가 잘 다스려지는 이치를 읊은 '개원천보영사시開元天寶詠史詩' 43수와 '초당의 작은 정원을 정리하고〔草堂理小園記〕'를 썼다.

1196년(29세)

4월에 서울에서 최충헌이 이의민을 죽이고 정권을 장악했는데, 이때 매형이 황려로 귀양 가자 누이와 함께 황려로 매형을 찾아갔다. 이해 봄에 어머니는 상주 원으로 나간 둘째 사위에게 가 있었다.

6월에 황려에서 상주로 가 있다가 한열병寒熱病에 걸려 낫지 않는 바람에 10월에야 돌아왔다. '남유시南遊詩' 90여 편은 모두 이때 쓴 것이다.

1197년(30세)

12월에 조영인趙永仁, 임유任濡, 최선崔詵, 최당崔讜 등이 이규보를 추천하자, 임금이 윤허했다. 그런데 이규보를 미워하던 어떤 이가 문서를 이부吏部에 부치지 않고 잃어버렸다고 거짓말을 하여 등용되지 못했다.

1199년(32세)

5월에 최충헌이 꽃이 아름답게 핀 자신의 정원으로 이인로, 함순, 이담지와 이규보를 불러 시를 짓게 했다. 이때 쓴 시가 '석류꽃〔己未五月日知奏事崔公宅千葉榴花~〕'이다. 최충헌은 이규보의 시를 보고 이규보를 눈여겨보았다.

6월에 전주목사록全州牧司錄에 임명되고 서기를 겸하게 되어 9월에 전주로 부임했다.

이해에 '먼 길 가는 사람을 위해 지은 집〔懸鐘院重創記〕'을 썼다.

1200년(33세)

전주목에서 함께 근무하던 동료가 터무니없는 말로 이규보를 모함해 12월에 파직되었다. 이때 쓴 시가 '전주를 떠나며〔十二月十九日 被讒見替 發州日有作〕'다.

전주를 떠난 이규보는 섣달 그믐날 처형 진공도晉公度가 서기로 있던 광주에 이르렀다. 이때 '광주에 들러서 진 서기에게〔二十九日入廣州贈晉書記公度〕'를 썼다.

1201년(34세)

4월에 죽주로 가서 어머니를 모시고 개성으로 왔다. 이때 '죽주만선사竹州萬善寺' 시를 썼다.

5월에 '사륜정기四輪亭記'를 썼고, 6월에 '남행월일기南行月日記'와 '자죽주여모부장안自竹州舁母赴長安' 시를 썼다.

1202년(35세)

5월에 어머니가 세상을 떠났다.

12월에 경주에서 반란이 일어났다. 조정에서 이 반란을 진압하기 위해 벼슬하지 못한 이들을 뽑아 보내려고 했다. 모두 이를 회피했으나 이규보가 의연히 전쟁터로 나섰다. 이달에 청주淸州로 가서 '막중서회고시幕中書懷古詩' 18운을 썼고, 또 상주로 나가 '관김상인초서觀金上人草書' 15운을 썼다.

1203년(36세)

경주의 군막에 있으면서 싸움터에서 죽은 사람들을 장사 지내는 일을 의논하고 고시와 율시 10여 편을 썼다.

1204년(37세)

3월에 군사들이 반란을 진압하고 돌아왔다.

1205년(38세)

'상최상국서上崔相國書'를 써서 벼슬을 구했다.

1207년(40세)

최충헌이 정자를 짓고 이인로, 이원로李元老, 이윤보李允甫와 이규보에게 기문記文을 지으라고 명하고는 재상들에게 평하게 했다. 이규보의 글이 첫째로 뽑히자 현판에 새겨 정자 벽에 걸고 12월에 직한림원直翰林院에 임시로 임명하였다.

'초입한림시初入翰林詩' 2수를 쓰고 '그쳐야 할 데 그치는 것은[止止軒記]'을 썼다.

1208년(41세)
6월에 한림에 정식으로 임명되었다.

1212년(45세)
1월에 천우위녹사 참군사千牛衛錄事參軍事가 되었다.
6월에 겸직한림원이 되었는데, 이때 쓴 시가 '재입옥당再入玉堂'이다.

1213년(46세)
12월에 최우가 밤에 잔치를 열고 모든 고관을 불러 모았는데, 이규보만 8품 미관말직이었다. 밤중에 최우가 이인로를 시켜 운을 부르도록 하고 이규보에게 시를 쓰게 했다. 이에 이규보가 40여 운에 맞추어 시를 썼다. 최우가 그것을 보고 탄복해 다음날 최충헌에게 시를 보이며 이규보를 불러들여 재주를 시험해 보라고 했다. 최충헌이 이규보를 불러들여 술상을 차려 놓고 취하도록 마시게 한 뒤 뜰에서 오락가락하는 공작새를 시제로 삼아 운을 부르게 했는데 40여 운에 이르도록 이규보가 잠시도 붓을 멈추지 않았다. 최충헌은 감탄하여 눈물까지 흘리면서 이규보에게 원하는 관직을 물었는데 이규보는 지금 8품이니 7품이면 족하겠다고 대답했다. 12월에 6품인 사재승司宰丞에 임명되었다.

1215년(48세)
우정언 지제고가 되었다. 이때부터 순조롭게 벼슬하기 시작했다.
7월에 '초배정언初拜正言' 시를 썼고 10월에는 '조향태묘송朝享太廟頌'을 썼다.

1217년(50세)
2월에 우사간 지제고가 되었다.
이해 가을에 공사公事가 정체되었다는 내용으로 '상진강후서上晉康侯書'를 썼다.

1218년(51세)
부하가 모함하여 좌사간으로 좌천되었다.

1219년(52세)

4월에 외직인 계양도호부부사 병마검할桂陽都護府副使兵馬鈐轄이 되어 5월에 계양으로 부임하였다. 이때 '계양에서 바다를 바라본다[桂陽望海志]'와 '나 홀로 즐거운 집[桂陽自娛堂記]'을 썼다.

1220년(53세)

6월에 시예부낭중 기거주 지제고가 되어 계양에서 개성으로 돌아왔다. 최우가 정권을 잡았기 때문이다.

12월에 시태복소경에 임명되었는데 기거주 자리도 겸하게 하자 사양하는 글을 썼다.

1221년(54세)

6월에 보문각대제 지제고에 임명되자 사양하는 글을 썼다.

1222년(55세)

6월에 태복소경 즉진卽眞이 되었다.

1223년(56세)

12월에 조산대부朝散大夫 시장작감試將作監이 되었다.

이해에 종혁 상인이 정자를 짓고 글을 써 달라고 해 '산수도 뜻이 있거든[赫上人 凌波亭記]'을 썼다.

1224년(57세)

6월에 장작감 즉진이 되었다.

12월에 그 다음해의 사마시 좌주座主가 되자 사양하는 글을 썼다. 또 조의대부 朝議大夫 시국자좨주 한림시강학사가 되었는데, 사양하는 글을 썼다.

1225년(58세)

2월에 사마시 시관을 맡았다.

12월에 좌간의대부左諫議大夫에 임명되자 사양하는 글을 썼다.

'왕륜사장륙영험기王輪寺丈六靈驗記'를 썼으며, 또 명을 받고 '태창니고상량문太倉泥庫上樑文'을 썼다.

1226년(59세)
12월에 좨주 즉진이 되었다.
《어의촬요방》을 새로 묶고〔新集御醫撮要方序〕'를 썼다.

1228년(61세)
1월에 중산대부中散大夫 판위위사判衛尉事가 되었다.

1230년(63세)
11월 21일에 위도로 귀양 갔다. '흰머리의 죄수〔庚寅十一月二十一日將流猬島~〕'와 '배를 타고 위도로 들어가며〔十二月二十六日將入猬島泛舟〕'는 이때 쓴 시다.

1231년(64세)
1월 15일에 고향 황려현으로 귀양지가 옮겨지자 22일에 죽주에 이르러 만선사에서 하룻밤을 지냈다. 이규보가 1201년에 이 절에 왔을 때 여러 사람들이 현판에 지어 놓은 시에 화답하면서 끝 구절에 '푸른 산 좋은 게 있으니, 벼슬 그만두고 다시 찾으려네.〔好在靑山色 休官欲重尋〕'라고 했는데 그 시구가 들어맞은 것이다.

7월에 황려를 떠나 개성에 왔는데, 9월에 오랑캐의 침입에 대비하기 위해 백의종군하여 보정문保定門을 지켰다. 이때에도 달단에게 보내는 문서들을 모두 맡아 썼다.

1232년(65세)
4월에 귀양에서 풀려나 정의대부正議大夫 판비서성사 보문각학사 경성부우첨사 지제고에 임명되었다.

6월에 강화로 도읍을 옮겼다. 이규보는 집을 마련하지 못해 객사 행랑채를 빌려 살았다. 이 무렵의 심정을 읊은 시가 '객사의 행랑을 빌려 살며〔寓河陰客舍西廊有作〕'다.

9월에 유수중군 지병마사留守中軍知兵馬事가 되었다.

1233년(66세)

6월에 은청광록대부銀靑光祿大夫 추밀원부사 좌산기상시 한림학사 승지에 임명되었는데 아들 이함이 직한림원이 되자 보문각학사로 옮겼다.

8월에 추밀원에서 숙직하면서 시를 지어 상국 김인경金仁鏡에게 보냈다.

12월에 금자광록대부金紫光祿大夫 지문하성사 호부상서 집현전태학사 판예부사에 임명되어 사양하는 글을 썼다.

1234년(67세)

12월에 정당문학 감수국사監修國史에 임명되었다.

명을 받아 송광사주松廣社主 법진각法眞覺 국사의 비명을 썼다.

1235년(68세)

12월에 참지정사 수문전태학사 판호부사 태자태보가 되었다.

1236년(69세)

12월에 벼슬에서 물러나려 했으나 임금은 계속 벼슬에 있도록 명했다. 이규보는 병이 위독하다는 핑계를 대고 사양했다.

최우가 이규보더러 호적의 나이가 잘못되었다고 하면서 머물러 있기를 권하자 이규보는 하는 수 없이 12월부터 다시 일을 보았다. 그러나 늘 불안한 생각을 갖고 여러 차례 시를 지어 편치 못한 뜻을 나타냈다.

이해에 '옛사람은 전쟁에 임해서도 시를 노래하였느니〔全州牧新雕東坡文集跋尾〕'를 썼다.

1237년(70세)

금자광록대부金紫光祿大夫 수태보문하시랑평장사 수문전태학사 감수국사 판예부사 한림원사 태자태보로 벼슬에서 물러났다.

이해에 명을 받고 '대장각판 군신기고문大藏刻板君臣祈告文'을 썼다.

1238년(71세)

12월에 명을 받고 몽고 황제에게 보낼 표장表狀과 진경당고관인晉卿唐古官人에게 보낼 편지를 썼다.

1239년(72세)
12월에 몽고 황제에게 보낼 표장과 진경晉卿에게 보낼 편지를 썼다.

1241년(74세)
이규보는 비록 벼슬에서 물러나 집에 있었으나 조정의 고문대책高文大冊과 다른 나라에 보내는 문서를 도맡아 썼다.

7월에 병이 심해지자, 최우가 이름난 의원들을 보내 치료하게 했다. 최우는 또 이규보를 위로하기 위해 이규보가 평소에 쓴 시문들을 모두 가져다가 판각하도록 했다. 이규보는 자신의 문집을 미처 보지 못한 채 9월 2일 잠든 듯이 세상을 떠났다. 임금은 사흘 동안 정사를 보지 않았으며 문순공文順公이란 시호를 내렸다. 12월 6일 강화도 진강산 동쪽 기슭에 묻혔다.

* 이 연보는 이규보의 아들 이함이 《동국이상국집》을 만들고 나서 쓴 연보를 참고하여 정리했습니다.

이규보 작품에 대하여

김하명[■]

이규보(1169~1241)는 우리 나라 사상 문화사에서 고려 시대를 대표하는 유물론 철학자며 뛰어난 시인 작가다. 대농민전쟁의 불길이 온 나라를 휩쓸고 있던 12세기 후반기에 창작 활동을 시작하여 거듭되는 외적의 침략에 백성들이 거세게 항전한 13세기 전반기에 애국의 필봉을 높이 들고 우수한 시와 산문 작품을 수많이 써 내어 우리 나라 문학사를 빛나게 장식하였다. 그것은 이 시기 문학 발전의 새로운 지표로 되었다.

이규보는 첫 이름이 인저이며 자를 춘경이라 하고 백운산인, 백운거사 등의 호를 썼다. 그는 경기도 황려현의 한미한 양반 가정에서 태어나 일곱 살 때에 아버지를 따라 개경으로 와서 청소년 시절을 보냈다. 어려서부터 글공부를 하였는데 총민하여 사람들을 놀라게 했고 특히 시를 잘 지어 '신동'이라는 칭찬을 받았다고 한다.

[■] 김하명은 1922년 평안 남도에서 태어났다. 북한의 대표적인 국문학자로, 서울 대학교 사범 대학을 다니던 중 월북해 1948년에 김일성 종합 대학을 졸업했다. 북한의 초창기 국문학 연구에 주요한 역할을 했으며, 1982년 3월부터는 사회과학원 주체문학연구소장을 지냈다.
　　논문으로 '연암 박지원의 풍자 작품들과 그 예술적 특성'(《박연암 연구》, 1955), '연암 박지원', '풍자 문학과 사회주의적 사실주의'(1958) 들이 있다. 고전 문학을 연구하여 《조선 문학사 15~19세기》(1962)를 펴냈다. 이것말고도 1990년대까지 근현대 문학 연구에 많은 저술을 남겼다.

이규보의 선진적인 세계관의 형성과 사회 비판적 안목을 키우는 데 긍정적인 영향을 준 것은 1170년 무신정변과, 집권한 무신들의 횡포한 통치를 피하여 산중에 숨어 살거나 방랑 생활을 한 이인로, 임춘, 오세재, 황보항, 조통, 이담지, 함순 등 '해좌칠현'과의 접촉이었다. 이들은 무신정변으로 하루아침에 벼슬자리를 잃고 온 가족이 몰살되었거나 가산을 털려 정처 없이 헤매는 신세가 된 불우한 문인들로서 불평불만에 차 있었으며 당대 현실에 비판적으로 대하였다. 이들은 이러한 처지로 하여 생겨난 현실 비판의 지향을 자기들의 시 창작에 구현함으로써 이 시기 진보적 문학 사조의 하나를 이루었다.

이규보는 젊은 나이로 이들과 사귀었으며 자주 그들의 시회(시 짓기 모임)에 참가하였다. 그중에서도 오세재는 나이가 30년 이상이나 손아래인 이규보를 벗으로 대하여 학문과 창작 세계로 이끌어 주었다. 이규보는 이에 대하여 '동각 오세문의 조수 논문에 대한 편지〔寄吳東閣世文潮水書〕'에서 다음과 같이 썼다.

"제가 완고하고 사리에 어두우며 어리석음을 헤아리지 못하고 관 쓰기 전부터 벌써 동무들을 떠나서 선생 같으신 어른을 모시기 좋아하였습니다. 그리하여 학문이 넓고 깊은 참다운 선비로 선생 같으신 어른이 없으신데, 제가 모시게 되어 날마다 듣지 못한 것들을 배웠습니다.

선생님은 저보다 무려 30여 년이나 연장이시어 자식이나 아우뻘밖에 되지 않는 저를 벗으로 허락하시니 제가 어찌 이를 감히 감당하겠습니까."

이규보는 조달한 편으로 이렇게 젊어서부터 사회적 경난經難이 많은 사람들과 사귀면서 당대 사회 현실을 비판적으로 보게 되었으며 조국 현실에 발을 붙이고 창작적 재능을 꽃피울 수 있었다. 그러나 이규보는 '해좌칠현'이 하는 일을 맹목적으로 따르지 않았으며 부단히 자기의 독자적인 창작 세계를 개척해 나갔다.

당시 양반 사대부들 속에서 숭상되고 있던 과거 시 문체를 멸시하였기 때문에 뛰어난 재능과 견식을 가지고도 사마시에 여러 차례 낙제하였고, 진사 시험에 하등으로 급제한 것 때문에 사퇴하려다가 아버지의 권유로 뜻을 이루지 못한 일도 있었다. 당대 현실에 대한 이러한 부정적 입장으로 하여 과거 시험에 합격한 뒤에도 벼슬하기를 단념하고 천마산에 들어가 은거 생활을 하였다. 이로 인하여 이규보는 당시 집권파 양반들에게서 미친 사람, 불평객으로 지목되었으나 바로 이 천마산 은거 생활에서 창작적 재능이 활짝 꽃피기 시작하였다.

대표적인 대작이라고 할 수 있는 서사시 '동명왕의 노래〔東明王篇〕'는 26세에, 장시 '천보영사天寶詠史'는 27세에, '삼백운시三百韻詩'는 그 다음 해인 28세에, 모두 천마산 시절에 창작되었다.

이규보는 1199년 32세에 전주의 사록 겸 서기로 벼슬길에 들어섰는데 이때부터 50세에 이르기까지 지방과 중앙 관청에서 하급 관리로 지내면서 봉건사회 현실의 깊은 데까지 체험하였다. 그뒤 시인의 명성으로 등용되어 호부상서, 정당문학 등 중앙 관청의 높은 벼슬에까지 올랐으나 말년의 이 시기에도 강직도 되고 유배살이도 하는 등 파란 곡절을 많이 겪었다. 그리하여 자기의 시와 글에서 토로하고 있는 바와 같이 인생의 쓰고 단맛을 다 보았으며 '참된 삶'을 찾아 몸부림치면서 언제나 가난을 면치 못하였다. 시 '초상을 그려 주게〔求寫眞〕'에서 자신의 면모와 성격적 특성을 다음과 같이 그려 보았다.

　　내 비록 몸은 작으나
　　나라의 무거운 소임도 맡았고
　　진리를 찾기에 깊이 힘썼으며
　　마음은 깨끗하여 때 묻지 않았도다.
　　……
　　늙어 벼슬에서 달게 물러나
　　거문고와 술을 벗삼아 살아가니
　　우습도다 의심할 바 없이
　　내 천하의 한가로운 늙은이라.

그대 그려도 무방할 것이네.
이만하면 생각이 떠오르는가.

予雖幺麼軀　歷位足馳驟
慕道亦云深　心地了無垢
年亦過七旬　似可謂之壽
怡然乞身退　所樂唯琴酒
笑哉復何疑　天地一閑叟
寫之尙不妨　以此卜然否

청소년 시절의 진지한 학구적 생활과 사회 비판적 안목의 형성, 30대 이후 곡절 많은 벼슬살이에서의 심각한 생활 체험은 그의 후기 창작의 사실주의적 경향을 규정하였다.

이규보는 자기 한생에 참으로 다양한 주제와 형식의 시와 산문들을 수없이 창작하였다. 그 자신이 '시의 잘못을 말해 주는 것은 부모 은혜와 같으니〔與兪侍郞升旦手簡〕'에서 "제가 소년 적부터 시 짓기를 좋아하여 평생에 지은 시가 넉넉잡아 아마 8천여 수는 될 것"이라고 하였다.

이규보가 서정시 '시 짓는 병〔詩癖〕', '시 짓는 병을 다시 걱정하며〔復自傷詩癖〕' 등에서 병석에 누워서도 나이 일흔이 넘어서도 어느 한때 시 짓기를 멈출 수 없는 스스로를 개탄하고 있는 데서 알 수 있듯이 그는 시를 쓰지 않고는 삶의 보람을 느낄 수 없을 만큼 시 짓기를 생활 그 자체로 여겨 쓰고 또 썼던 것이다.

온몸에 기름이 마르고
이제는 살점마저 남아 있지 않아
뼈만 앙상하여 그래도 시를 읊는
이 모양이야 정말로 우스우리.

그 시라는 것도 뛰어나지 못하여

천추에 남길 것이 되지 못하니
나 스스로도 손뼉 치며 웃노라.
그러나 웃고 나선 다시 시를 쓰네.

아마 죽는 날까지 이러하리라
이 병은 약으로도 고칠 수 없으리.

滋膏與脂液　不復留膚肌
骨立苦吟哦　此狀良可嗤
亦無驚人語　足爲千載貽
撫掌自大笑　笑罷復吟之
生死必由是　此病醫難醫

　그는 일상생활의 나날에 여러 가지 주제로 다양한 형식의 시를 수없이 지었을 뿐 아니라 각종 형태의 산문 작품들도 적지 않게 썼다. 그는 '시 귀신을 몰아내는 글〔驅詩魔文〕', '시를 평론하는 이야기〔論詩說〕'와 같은 문예 평론들, '백운소설白雲小說'과 같은 시화를 위주로 하여 설화 형식의 이야기들을 묶은 패설집, '국선생전麴先生傳'과 같은 의인 전기체 작품, '노극청전盧克淸傳'과 같은 인물 전기, '남행월일기南行月日記'와 같은 여행기, '게으름 병을 조롱한다〔慵諷〕', '어느 쪽이 진정 미쳤는가〔狂辨〕' 등의 풍자 산문들, 그밖에 당시 양반 사대부들의 주요한 공식적 산문 형식으로 되어 있던 논, 설, 기, 서, 서문, 표, 묘지명 등 다양한 형식의 글을 남겼다. 문인 자신이 쓰고 있는 바와 같이 그중의 많은 것은 불살라 버리기도 하고 혹은 잃어버리기도 하여 얼마 남지 않은 것을 두루 찾아 《동국이상국집》53권을 묶었다. 이규보의 문집 《동국이상국집》에는 2천여 수의 시와 7백여 편의 산문 작품들이 실려 있다.

　이 《리규보 작품집 1》과 《리규보 작품집 2》는 《동국이상국집》에서 우수한 작품들을 골라 시와 산문으로 나누어 주제별로 묶은 것이다.

　이규보는 자기 시대의 가장 뛰어난 애국 시인으로서 우리 나라의 사실주의적

시 문학의 발전에서 큰 역할을 수행하였을 뿐 아니라 사실주의적 문학 평론의 기초를 쌓아 올린 문학 평론가이기도 하였다. 이규보는 여러 가지 문학 형태를 이용하여 평론 활동을 전개하였다. 《리규보작품집 2》에는 이규보의 미학 사상을 피력하고 문학 작품들을 분석 평가한 평론적 성격의 시와 산문들이 적지 않게 실려 있다.

'시에 대하여〔詩論〕', '이불 속에서 웃노라〔衾中笑〕' 등에서와 같이 미학적인 문제를 시로 읊었으며, '시 귀신을 몰아내는 글', '시를 평론하는 이야기', '시의 구상의 미묘함을 간단히 논평한다〔論詩中微旨略言〕', '나 홀로 말과 뜻을 아울러 창조하였으니〔答全履之論文書〕', '왕문공 국화 시에 대하여〔王文公菊詩議〕', '이산보 시에 대하여〔李山甫詩議〕', '백운소설'에 실린 여러 시화 등 시를 논하고 평한 평론 작품들이 대표적인 실례다.

이규보는 문학 이론의 중요한 원칙적 문제들에 대하여 기본적으로 유물론적인 견지에서 해답을 주었다. 그는 문학 창작에서 현실을 진실하게 반영하는 데 대한 문제를 제기하였으며 이러한 입장에서 남의 작품에서 형식만을 본뜨려고 하는 모방주의를 반대하여 진출하였다. 그는 "대체 글이란 정서가 마음에 북받쳐 반드시 형상으로써 밖으로 나타나 막을 수 없는 상태로서 이루어지는 것"이라고 하였으며, 또 다른 데서 "마음에서 새어 나온 바는 반드시 글에 나타나는 것이기 때문에 그 글로써 족히 그 사람을 알 수 있다.('남산의 참대를 베어 붓을 만든다 해도〔與朴侍御犀書〕')"고 썼다.

이규보는 '시 귀신을 몰아내는 글'에서 시학의 주요한 문제들에 대하여 사실주의적인 견해를 보다 전개하여 서술하면서, 시란 바로 사물 현상을 구체적으로 묘사 반영하는 것임을 강조하였다. 그의 견해에 의하면 시는 인간 사회와 자연의 깊은 이치를 밝혀 내는바, 시인은 그 오묘한 세상 이치의 깊은 데를 들이파고 신비한 것을 파헤쳐 기밀을 누설하되 당돌하게 그칠 줄 모르고 위협하여 다달이 병이 들며 마음을 꿰뚫어 세상을 놀라게 하는 것이다.

그는 계속하여 "구름과 노을의 아름다움과 달과 이슬의 정기와 벌레와 물고기의 기이함과 새와 짐승의 기괴함과 움트고 꽃 피는 초목의 천만 가지 현상이 온 천지를 장식하는 것을 너는 서슴지 않고 닥치는 대로 취하여 열에 하나도 남김없이 보는 대로 읊어 웅긋중긋한 삼라만상을 네 붓끝으로 옮기지 않는 것이 없다."('시 귀신을 몰아내는 글')고 썼다.

이 글에서 이규보는 문학을 한갓 개인의 소일거리나 흥취로서가 아니라 거대한 사회적 미학, 정서적 교양의 기능이 있다는 것을 명백히 밝혔다.

"네 비위에 거슬리면 즉시 공격부터 하니 무슨 무기와 무슨 보루를 가졌느냐. 반가운 사람이면 곤룡포 없이도 임금으로 꾸미며 미운 사람이면 칼 없이도 해하는구나. 네 무슨 부월(옛날 병장기의 종류들)을 가졌기에 싸우고 죽이기를 네 마음대로 하며, 네 무슨 권리를 잡았기에 상 주고 벌 주기를 함부로 하느냐. 네 높은 벼슬자리에 있지 못하면서 국가의 정사를 논하며 네 놀음쟁이가 아니면서 만물을 조롱하여 뱃심 좋게 뽐내며 거만하게 노니, 누가 너를 시기하지 않으며 누가 너를 미워하지 않겠는가."

이 글은 시를 한갓 유흥거리로, 음풍영월이나 과거 보고 출세하는 수단으로 여기는 보수적이며 반동적인 견해에 날카롭게 대치되어 있다.

이규보는 '시에 대하여'라는 시에서 자신의 창작 경험을 일반화하여 시에 관한 이론을 더한층 심화시켰다. 그는 우선 시의 예술적 규범의 하나로서 내용과 형식의 통일을 주장하였다.

시 짓기란 참으로 어려운 것
말과 뜻이 함께 아름다워
그 안에는 깊이 숨은 뜻이 있고
씹으면 씹을수록 맛이 나야 하리.
뜻은 통하여도 말이 거칠거나
어렵기만 하고 뜻이 안 통하면 무엇 하랴.
作詩尤所難　語意得雙美

含蓄意苟深　咀嚼味愈粹
意立語不圓　澁莫行其意

　여기서 말과 뜻은 오늘의 문예학적 개념으로 보면 형식과 내용에 해당하는
것이다.

　이규보는 이렇게 시란 "말과 뜻이 함께 아름다워" 즉 내용과 형식의 통일이
이룩되어야 한다는 옳은 견지에 서 있었기 때문에 내용이 없이 형식의 분식만
을 일삼는 형식주의자들을 배격하였다.

　당시 시단에서 형식주의는 과거 제도에 의하여 더욱 조장되었으며 시 문학의
건전한 발전에 가장 엄중한 장애물이었다. 과거에 급제하기 위하여 양반집 자
식들은 어려서부터 유학을 배우고 시 짓기에 힘썼으며, 시를 짓는 데서 먼저 시
의 틀을 익혀 거기에다 각이한 현상을 맞춰 넣으려고 하였다. 그들이 익힌 '시
의 틀'은 중국의 이름 있는 시인들의 아름다운 시구로서 그것을 얼마나 잘 닮았
는가에 따라 시의 우열을 가늠하고 또 평가하려고 하였다. 그리하여 많은 사람
들이 시를 익히면서 그 내용에 관계 없이 시어를 수사학적으로 아름답게 꾸미
는 데 열중하였으며 결국 참다운 시에서 멀어져 갔다.

　이규보는 위의 '시에 대하여'에서 이러한 기풍을 그릇된 병집으로 날카롭게
고발하였다.

　　더욱이 버려야 할 것은
　　깎고 아로새겨 곱게만 하는 버릇
　　곱게 하는 것이 나쁘기야 하랴.
　　겉치레에도 품을 들여야 하지만
　　곱게만 하려다 알맹이를 놓치면
　　시의 참뜻은 잃어버린 것이다.

　　요즈음 시 짓는 사람들은

시로 사람을 깨우칠 줄 모르도다.

겉으로는 울긋불긋 단청을 하고

내용은 한때 산뜻한 것만 찾누나.

就中所可後　雕刻華艷耳

華艷豈必排　頗亦費精思

攬華遺其實　所以失詩旨

邇來作者輩　不思風雅義

外飾假丹靑　求中一時嗜

이규보는 이 시에서 곱게만 꾸미려고 하다가 시의 참뜻을 잃어버리는 것을 반대하였으며 내용과 형식과의 관계에서 내용의 우위성을 주장하였다. 시란 사람을 깨우치는 데 기본 사명이 있다고 보았기 때문에 "시의 내용이란 진리에서 나옴이라, 되는대로 가져다 붙일 수는 없는 일"이라고 하면서 땅에 떨어진 시 정신을 되찾아 시의 본도를 살려 나갈 자신의 결의를 표명하였다.

이규보는 이러한 유물론적인 미학관을 '나 홀로 말과 뜻을 아울러 창조하였으니'에서 보다 전개하여 서술하였다. 그는 이 글에서 당시 시인으로 이름을 날리고 있는 누구누구 두서너 사람들이 모두 다 동파를 본받으면서 "다만 그 말을 훔쳤을 뿐 아니라 그 내용까지 따다 쓰면서 잘한다고 뽐내는데" 이런 모방주의 현상을 가져오게 한 원인의 하나로서 과거 제도의 폐해를 들었으며, 옛날의 우수한 시 작품들이 결코 남의 작품을 모방한 것이 아님을 구체적인 예를 들어 분석하고 논증하였다.

이규보는 이 글에서 남의 글을 본뜨기만 하는 것은 문학 발전에 백해무익함을 밝혔으나, 새것의 창조는 결코 전통의 계승을 배제하지 않을 뿐 아니라 반드시 그것이 필요하다는 것을 강조하였다.

"옛 시인들은 비록 새 뜻을 창조하더라도 그 말이 원만치 않은 것이 없는 것은, 경서와 사서, 많은 학자들과 옛 성현들의 글을 읽어서 마음에 스며들고 입에 익지 않은 것이 없어 창작할 적에 절로 흘러나와 잘 응용되므로, 시와 산문이 비록 다르더라도 그 말을 쓰고 글자를 쓰는 법은 다 같은 것이니 말이 어찌 원만하지 않겠습니까."

이규보는 이 글에서 자기는 마치도 옛글을 학습함이 적기 때문에 부득이 "말과 뜻을 아울러 창조하지 않을 수 없었다."고 겸손하게 말하였으나 남의 글을 본뜨기만 하는 자들을 '도적의 무리'로 낙인하면서 다음과 같이 글을 맺었다.

"아, 이 세상 사람들의 현혹됨이 얼마나 심합니까. 비록 도적의 물건이라도 볼 만한 것이 있으면 구경하니, 누가 알아보고 그 유래를 트집 잡아 욕하겠습니까. 오랜 세월이 지난 뒤에 만일 그대 같은 이가 있어서 진실과 거짓을 판단한다면 남의 글을 잘 훔친 자는 도적으로 잡힐 것이요, 저의 깔깔한 말이 도리어 칭찬받기를 오늘 그대의 칭찬과 같을는지도 알 수 없습니다."

이에는 자신의 미학적 견해의 정당성과 자기 시의 예술적 가치에 대한 확신과 자부심이 나타나 있다.

이규보는 문학의 인식 교양적 의의를 높이 평가하고 생활의 진실한 반영을 주장하면서 작시법상의 문제에 깊은 탐구를 기울여 우리 나라 문학 이론 발전에서 의의 있는 견해들을 내놓았다. '시 구상의 미묘함을 간단히 논평한다', '그대가 보낸 계사에 아직 답하지 못한 까닭은〔與金秀才懷英書〕' 등은 작시법에 관한 문제를 해명한 대표적인 글들이다. 이규보가 '시 구상의 미묘함을 간단히 논평한다'에서 전개한 시 창작에서 피해야 할 아홉 가지의 좋지 않은 시체에 대한 견해라든가, 글을 써 놓고 진지하게 추고하며 다른 사람들의 시평을 성실하게 받아들일 데 대한 견해 등은 창작 실천에서 의의 있는 견해라고 할 수 있다.

이규보가 우리 나라 문예 이론 발전에 기여한 또 하나의 공적은 풍자에 대한 견해를 내놓은 것이다. 그는 당대 사회가 진보적 문학 앞에 제기한 과업을 옳게 이해하고 부패 타락한 고려 말기의 부정적 현상을 날카롭게 비판하였으며, 그 비판에서 풍자적 수법을 능숙하게 이용하였다.

이규보는 시 '이불 속에서 웃노라'에서 웃음의 대상에 대하여 훌륭한 일반화를 주었다. 이 시에서 세상에 우스운 일이 하도 많은데 그 웃음은 위선적인 것, 유명무실한 것에 의하여 환기된다는 것을 명확히 밝혔다. 이규보의 견해에 의하면 글재간이 모자라 보통 때는 쩔쩔매다가도 높은 사람 앞에서는 잘난 체 뽐내는 자, 벼슬아치가 뇌물 받아 깊이 감춰 두고는 물건 하나 가진 것도 사람들은 다 아는데 물같이 맑고 청백하다 떠드는 자들, 거울을 보고도 제 못난 것도 모르고 누가 곱다고 추어나 주면 정말로 잘난 체 아양을 떠는 여자들, 세상살이 거의 다 요행을 바라면서 곧고 굽은 모든 일 사람들은 다 아는데 저 잘나서 이렇게 높아졌다 떠드는 자, 미인을 만나면 가슴은 설레면서 먼 하늘을 바라보며 보지도 않는 척 제 마음은 깨끗하고 싸늘한 체하는 중 따위들이 모두 세상에서 우스운 존재들이다.

이규보는 이렇듯 당시로서는 매우 선진적인 미학 견해를 가지고 시적 탐구에 온갖 넋을 쏟아 부은 정열의 시인이었다.

이규보가 남긴 우수한 시 작품들의 주요한 특성은 편마다에 열렬한 애국 정신이 기본 지향으로 흐르고 있는 것이다.

이규보는 당시 봉건사회에서 백성들과 적대적 관계에 있는 양반 관료였으나 계급적 예속과 외래 침략자들을 반대하여 싸우는 백성들의 생활과 투쟁을 보고 듣고 체험하면서 시 창작에서 이러한 시대의 선진적 지향과 요구를 일정하게 반영할 수 있었다. 그것은 이규보가 20대 시절에 천마산에 들어가 학문에 힘쓰면서 쓴 서사시 '동명왕의 노래'와 장시 형식의 '천보영사', '삼백운시' 등 초기 작품들에서 벌써 뚜렷한 흐름으로 나타나 있다. 이 시들은 청년 시인의 뜨거운 애국적 열정을 구현하고 있는 낭만주의적 경향의 작품들이다.

서사시 '동명왕의 노래'는 고구려의 시조인 동명왕의 건국 설화에 기초하여 우리 나라 역사의 유구성과 우리 백성의 민족적 긍지를 고취하고 있다. 이규보는 이 작품의 서문에서 《구삼국사》의 '동명왕본기'를 보고 동명왕에 대한 이야기가 옛날 "우리 나라가 처음으로 창건될 때의 신성한 자취를 나타내려 한 것"

임을 알게 되었다고 하면서 다음과 같이 썼다.

"이것을 이제 서술해 두지 않으면 뒷세상 사람들이 어떻게 알 수 있으랴. 그러므로 내 노래로 이 사적을 기록하는 것이니 우리 나라가 본디 성인이 이룩한 나라임을 온 세상에 알리고 싶어서다."

이규보는 바로 이러한 동기에서 출발하여 아득한 옛날 나라가 시작되던 시기에 주몽이 해모수의 아들로 태어나 고구려를 건립한 신비로운 이야기를 서사시의 형식으로 자랑차게 노래하였다.

시인이 서문에서 쓰고 있는 바와 같이 "동명왕에 대한 신기한 이야기는 세상에 널리 전파되어 아무리 어리석고 몽매한 사람이라도 이 이야기만은 잘할 줄 안다." 시는 이렇듯 우리 백성들이 오랜 세월 구비로 창조, 전승되어 온 이야기의 주인공 주몽과 그의 아버지인 해모수, 어머니 유화의 형상을 예술적으로 재창조하였다.

이 형상의 원형들은 고대 백성들에 의하여 창조되었지만 서사시에서 형상된 이들의 성격에는 또한 시인의 미학적 이상과 당대 백성들의 지향이 체현되어 있다.

그것은 시인이 주정 토로로 강조하고 있는 바와 같이 건국의 신성한 이야기와 대비해서 당대 고려의 현실을 비판하려고 한 데서 찾아볼 수 있다. 시에서는 앞부분에서 태곳적 인심이 순박할 때는 신비롭고 성스러운 일을 이루 다 기록할 수 없었지만 세월이 흐르면서 사람들의 마음이 야박해지고 풍속이 분에 넘쳐 사치해지면서 세상에 성인이 자주 나지 않고 신비로운 자취도 드물어졌다고 강조하고 있을 뿐 아니라 뒷부분에서 이러한 사상적 지향을 다시 한 번 힘 있게 토로하면서 시를 마무리하고 있다.

예부터 제왕이 일어날 때는
상서로운 징조 이렇게 많았지만

그다음 자손들이 게으르고 거칠어
조상의 업적을 잇지 못하나니
옛 법을 잘 지키는 임금은
어려움 겪을수록 스스로 경계하도다.

임금은 언제나 너그럽고 어질어
예절과 의리로 백성을 다스리며
이 법 자자손손 전하여
천만년토록 나라를 편히 하리.

自古帝王興　徵瑞紛蔚蔚

未嗣多怠荒　共絶先王祀

乃知守成君　集蓼戒小毖

守位以寬仁　化民由禮義

永永傳子孫　御國多年紀

　이처럼 서사시 '동명왕의 노래'는 비록 옛 설화의 신비한 이야기에 토대하고
있지만 시인 이규보의 뜨거운 애국 정신과 민감한 현실 인식과 자기 조국의 부
강 발전을 염원하는 낭만주의적 지향을 구현하고 있다. 그리고 시는 현전하는
우리 나라 시가 유산에서 서사시의 첫 작품으로 될 뿐 아니라 인물들의 생동한
성격 창조에 있어서나 정제된 구성 조직과 아름답고 힘 있는 시어의 구사에서
매우 높은 수준에 이르고 있다는 점에서 거대한 문학사적 의의를 가진다.
　이규보의 열렬한 애국 정신은 후기 작품들에도 뚜렷이 구현되어 있으며, 특
히 외적의 침략을 규탄한 시 작품들에서 더욱 힘차게 울리고 있다. 시 '달단이
강남에 들어왔단 말을 듣고[聞達旦入江南]', '이월에 아직도 적들이 남쪽에 있단
말을 듣고[二月聞虜兵猶在南]', '시월의 번개[十月電]', '오랑캐가 강 너머에 주
둔했다기에[九月六日聞虜兵來屯江外 國人不能無驚 以詩解之]1, 2', '전승 소식[聞
官軍與虜戰捷]1, 2' 등은 뜨거운 애국의 기백, 힘찬 규탄의 목소리, 강한 정론적

호소성으로 하여 거대한 미학 정서적 감화력을 가지고 있으며 우리 나라 시가사에 귀중한 유산으로 빛나고 있다.

오랑캐 무리 사나워도
강을 건너오진 못하리라.
놈들도 그것을 아는 까닭에
저렇게 칼날만 번뜩임이라.

누가 강가에 오랑캐를 끌고 오라.
물에 이르면 모두 죽음을 주리라.

만백성 모두 놀라지 말고
베개를 높여 편히 잠들라.
오랑캐는 고대 물러가리니
나라는 다시금 편안해지리라.

虜種雖云頑　安能飛渡水
彼亦知未能　來以耀兵耳
誰能諭到水　到水卽皆死
愚民且莫驚　高枕甘爾寐
行當自退歸　國業寧遽已

이규보는 시 '오랑캐가 강 너머에 주둔했다기에 1'에서 이렇게 승리의 신심으로 백성들을 고무하였으나 그뒤 오랑캐들의 노략질이 장기화됨에 따라 더욱 거세찬 분노의 목소리로 침략자들을 단죄 규탄하였다.

그는 시월에 비 내리고 번개 치는 기후의 변조를 두고 오랑캐들의 노략질에 또 시월의 번개는 무슨 일인가 근심도 하였으나 "번개야 너 오랑캐의 머리를 내리치렴. 그러면 제철은 아니어도 때를 맞추었다 하리라."('시월의 번개')라고 하여 하루 빨리 오랑캐를 쳐부술 날이 올 것을 염원하였으며, 또 다른 시에서는 아직도 남아 있는 "원수를 모조리 쪼아 먹으라."('이월에 아직도 적들이 남쪽에 있단 말을 듣고')고 붉은 새에게 의탁하여 침략자들에 대한 격분을 표시하고 그 죄상을 준열히 규탄하였다.

이규보가 우리 백성의 고유한 민속놀이를 시적 계기로 하여 '단옷날 그네뛰기〔端午見鞦韆女戲〕', '꼭두각시놀음를 보고〔觀弄幻有作〕', '칠석날 내리는 비를 두고〔七夕詠雨〕' 등의 시를 지은 것도 바로 이러한 애국적 감정의 발로로 보아야 할 것이다. 이규보는 자기 나라의 민족적인 것을 사랑하고 높은 민족적 자부심을 가지고 우리 나라의 역사와 문화, 조국의 자연을 사랑하였던 것이다.

이규보 시의 주요한 사상과 예술적 특성과 문학사적 의의는 또한 그 많은 작품들을 당대 현실에 기초하여 매우 다양한 주제로 썼을 뿐 아니라 사회 비판의 지향이 강한 것이다.

이규보는 양반 가문 출신으로서 높은 벼슬자리에도 있었고 봉건왕정을 지지하였으며 농민들의 봉기에 대한 그릇된 견해로 하여 과오도 범하였으나, 당시 봉건사회의 조건에서 포악한 양반 통치배 일반과 자신을 구별하려고 노력하였으며 백성들의 처지에 대한 이해와 동정을 표시하여 많은 시를 썼다. 시 '늙은 홀어미의 한숨〔孀嫗嘆〕', '농사꾼의 노래〔代農夫吟〕', '햇곡식의 노래〔新穀行〕', '소를 때리지 말라〔莫笞牛行〕', '농사꾼에게 청주와 이밥을 못 먹게 한단 말을 듣고〔聞國令禁農餉淸酒白飯〕', '비 내리는데 밭갈이하는 것을 보고 서기에게 주노라〔雨中觀耕者贈書記〕', '금주 사창 벽 위에 쓰노라〔書衿州倉壁上〕', '남쪽 집을 바라보며〔望南家吟〕' 등은 이러한 주제로 쓴 대표적 작품들이다.

시인은 이 시들에서 백성들의 고통과 불행을 깊이 동정하였으며 그 원인이 바로 부귀영화를 누리는 자들의 수탈에 있다는 것을 적발, 단죄하였으며 농민들, 가난한 사람들의 지향을 반영하였다.

비 맞으며 구부리고 김을 매자니

거칠고 검은 얼굴 사람의 꼴이랴만

왕손 공자들아 업신여기지 말라

부귀 호사가 우리 손에 매였나니.

帶雨鋤禾伏畝中　形容醜黑豈人容

王孫公子休輕侮　富貴豪奢出自儂

　시 '농사꾼의 노래'의 시구들에 울리는 시인의 목소리는 면바로 정곡을 찌르고 있으며 그 비판과 규탄은 매우 신랄하고 엄격하다.

　시인은 다른 시 '햇곡식의 노래'에서 땀 흘려 일하여 낟알을 생산하는 농민들에게 다함없는 감사와 존경의 마음을 표시하였다.

낟알 하나하나 어찌 가벼이 보랴

생사와 빈부가 이에 달렸거늘.

나는 농부를 부처처럼 공경한다.

부처만으론 주린 사람 살리지 못하나니.

一粒一粒安可輕　係人生死與富貧

我敬農夫如敬佛　佛猶難活已飢人

　시 '늙은 홀어미의 한숨'은 당시 백성들의 비참한 생활 처지에 대한 시인의 동정, 그의 고상한 인도주의 정신을 보여주는 서정시의 하나다. 이 시에서 그려진 홀어미의 신세는 당시 백성들의 처지를 일반화한 것으로서 시인은 이 홀어미의 대답을 통하여 그들의 항의를 전달하였다.

　시인 이규보는 이러한 진보적 견해로 하여 당시 백성들에 대한 포악한 착취자, 압제자들에게 항의의 목소리를 높일 수 있었다. 그는 시 '농사꾼에게 청주와 이밥을 못 먹게 한단 말을 듣고'에서 단순한 동정자로서만이 아니라 그들의 '대변자'며 적극적인 '옹호자'로서 항의의 목소리를 높이고 있으며, 시 '군수 몇 놈이 뇌물을 받아 죄를 입었다는 말을 듣고[聞郡守數人以贓被罪]'에서는 가렴주구하여 백성들을 거의 죽게 만들고도 모자라서 마지막 피마저 말리려 드는 지방 관료들을 "강물을 마시는 검은 쥐"만도 못한 인간 추물로 낙인하였다.

이규보는 백성들의 생활에 접근하여 그들의 세태 풍속을 잘 알았고 양반으로 거드름을 부리지 않고 그들을 인간적으로 대하였으며 시인다운 민감성으로 인정의 기미를 잘 포착하여 서정 깊이 노래할 줄 알았다.

이규보의 시에는 양반 관료 생활을 하면서 신변 잡사를 읊은 것이 많은데, 그것들은 별반 사회적 의의를 가지지 못하지만 시를 억지로 꾸미지 않아 생활을 실감 나고 정서적으로 깊이 있게 펼쳐 보이고 있는 점에서 당시 모방주의의 진흙탕 속에 빠진 양반 사대부들의 억지로 꾸며 내고 격식화된 '시 아닌 시'와는 구별된다.

특히 농민들을 서정적 주인공으로 하여 그들의 사상 감정을 구현한 작품들은 그리 많은 것은 못 된다고 하더라도 우리 나라 문학사에서 뿐만 아니라 세계 문학사적으로 매우 커다란 의의를 가진다.

《리규보 작품집 2》에는 산문 작품들도 적지 않게 수록하였다. 이규보가 산문 분야에서 이룩한 문학사적 공적의 하나는 패설집 '백운소설'을 집필한 것이다. 패설 문학은 고려 시기에 예술적 산문 형식의 하나로서 새롭게 형성 발전하였는데 '백운소설'은 이인로의 《파한집》, 최자의 《보한집》, 이제현의 《역옹패설》 등과 함께 패설 문학의 발전에서 선구적 의의를 가진다. '백운소설'은 전편이 그대로 온전하게 전하지 못하고 그 일부 내용만이 전한다. 그 작품들은 이 시기 패설집에서 공통적으로 볼 수 있는 시평적 성격의 시화가 기본으로 되어 있다. 이 《리규보작품집 2》에 '백운소설'의 제목으로 수록한 내용만 보더라도 을지문덕 장군이 적장 우중문에게 보낸 시를 비롯하여 신라 말에서 고려 초까지 활동한 이름 있는 문인들인 최치원, 박인범, 박인량 등의 시 작품들을 높은 민족적 긍지를 가지고 소개 논평하고 있다. 그리하여 '백운소설'은 이규보의 미학적 견해를 연구하는 데서 뿐만 아니라 이 시기 우리 나라 문학 발전 정형을 연구하는 데 귀중한 자료다.

이규보는 고려 시기에 새로 형성 발전한 의인 전기체 소설 형식의 '국선생전', '청강사자현부전淸江使者玄夫傳' 등을 남겼는데, 이 선집에는 '국선생전'만을 수록하였다. 의인 전기체 소설이란 일정한 물건들을 의인화하여 전기소설 형식으로 쓴 예술적 산문의 한 종류를 말한다. 고려 시기에 의인 전기체 소설이 많이 창작되었는데, 임춘의 '국순전', 이곡의 '죽부인전' 등이 이규보의 '국선생전'과 함께 대표적인 작품으로 알려졌다. '국선생전'이 술을 의인화하였다면 '청강사자현부전'은 벼루와 먹을 의인화하여 전기 형식으로 이야기를 전개하고 있다. 그리고 끝머리에 사신(역사를 기술하는 신하, 관리)의 논평을 붙여 작자의 창작 의도를 밝히고 있다. 문학사적으로 보면 '국선생전'은 그 내용과 형식이 아울러 16세기 임제의 의인 전기체 우화소설 '수성지(시름에 싸인 성)'에 계승, 발전되었다는 것을 알 수 있다.

이규보는 실재한 인물들의 전기 작품들도 적지 않게 썼는데 '노극청전', '백성 위해 오셨다가 어찌 그리 빨리 가셨는가[趙公諫書]' 등이 그 실례다.

'백성 위해 오셨다가 어찌 그리 빨리 가셨는가'는 13세기 초 외래 침략자들과의 전투에서 애국적 헌신성을 발휘한 조충 장군의 생애와 업적을 찬양한 글이라면, '노극청전'은 고려 봉건사회의 "글러 가는 세상에 서로 다투며 자기 잘살기만 애쓰는 때" 지극히 청렴하고 의리에 두터운 노극청의 행실을 찬양하여 전기 형식으로 쓴 글이다. 이규보는 이 작품의 제목 뒤에 "내가 《명종실록》을 편찬하다가 이 전을 지었는데, 탐오를 경쟁으로 하는 패들에게 자극을 줄 수 있으므로 덧붙인다."는 주석을 달았다.

이규보는 또한 자기 자신의 간단한 전기 형식으로 '백운거사전白雲居士傳'을 썼는데 여기서는 자신이 호를 '백운거사'로 지은 까닭을 중심으로 하여 이야기를 전개하였다. '백운거사라는 호에 대해[白雲居士語錄]'에 자신이 호를 백운거사로 쓰게 된 까닭을 더 자세히 전개하여 밝히고 있기 때문에 편자는 이 선집에 '백운거사라는 호에 대해'만을 실은 것 같다.

'백운거사라는 호에 대해'는 이규보가 자기의 호를 백운거사로 짓게 된 내력을 수필 형식으로 재치 있게 밝히고 있는 글이다. 어떤 이가 호를 '초당선생'으로 하라고 하였지만 그것이 두자미의 호였기 때문에 사양하였고 또 자기의 초당이란 것이 살림집이 아니고 빌려 있는 곳이기 때문에 더욱이 그 호가 어울리지 않는 것으로 보아 그만두었다. 그는 평생에 거문고와 술과 시 세 가지를 몹시 좋아하였으므로 '삼혹호선생'이라고 호를 지었다가 "거문고 타는 것이 거칠고 시 짓는 것도 능치 못하며 술 마시는 것도 많이는 못하여" 어울리지 않는 것으로 보아 이 역시 그만두고 마침내 '백운거사'의 호를 가지게 되었다. 그는 그 까닭을 스스로 이렇게 밝혔다.

"대체로 구름이라는 것은 뭉게뭉게 솟고 훨훨 피어서 산에 걸리거나 하늘에 매이지 않고 동으로 서로 마음대로 가고 오는 데 거리낌이 없다. 또 잠깐 동안에 변화하여 앞뒤를 짐작할 수 없으며 활활 퍼질 때에는 군자가 세상에 나타난 것 같고 슬며시 걷힐 때에는 고인高人이 종적을 감춘 것 같으며 비가 되어서는 가물에 마르던 것을 살리니 어질다 할 것이요, 와도 반갑지 않고 가도 그립지 않으니 탁 트였다 할 것이다. 빛은 푸른 것, 누른 것, 붉은 것, 검은 것이 다 구름의 본빛이 아니요 오직 희고 문채 없는 것이 본빛이다. 덕이 벌써 그러하니 빛도 그러한 것이다. 만일 이것을 본받아 배워서 세상에 나가면 사물에 이익을 주고 들어오면 허심하여 그 흰빛을 지키고 언제나 한결같이 귀 있어도 들리지 않고 눈이 있어도 보이지 않는 신선의 지경에까지 이르러서 구름이 나인지 내가 구름인지 모르게끔 되리니, 이렇게 되면 옛사람이 공부에서 얻은 결과에 가까울 것이 아니겠는가."

이규보의 이 대답에는 그의 사람됨과 성격적 특성과 삶의 보람의 내용이 잘 드러나 있다.

《리규보 작품집 2》에는 풍자 산문 작품들로서 '게으름 병을 조롱한다', '어느 쪽이 진정 미쳤는가', '토령에게 묻노라(問土靈)' 등 이규보의 현실 비판과 작가적 기량을 과시하는 작품들과 미신을 반대하고 자기의 유물론적 세계관과 사회 정치적 견해를 전개한 '이상한 관상쟁이의 대답(異相者對)', '조물주에게 묻노라(問造物)'를 비롯한 수필, 정론 작품들도 실려 있다.

'조물주에게 묻노라'는 이규보가 자연과 사물의 발생, 소멸 과정을 유물론적으로 이해하고 있었다는 것을 웅변적으로 말해 준다.

그리고 뇌물 행위가 횡행하고 있던 고려 후반기의 부패 타락한 사회적 현실을 폭로 비판한 '뇌물 주고 배를 타는 이야기[舟賂說]', 탐욕적인 악질 관료를 치려고 한 최홍렬의 이야기를 적은 '술잔으로 탐오한 자를 친 이야기[坑擊貪臣說]' 등도 이규보의 사상 경향을 이해하는 데서 가치 있는 산문 작품들이다.

위에서 본 바와 같이 이규보는 다방면에 걸친 창작 활동으로 우리 문학사를 빛내는 우수한 시와 산문 작품들을 많이 남겨 놓았다. 그는 봉건 통치배들의 학정과 외래 침략자들을 반대하는 백성들의 투쟁이 거세차게 벌어지고 있던 시대에 살면서 자기 창작에서 시대가 제기하는 절박한 사회 정치적 문제들을 민감하게 반영함으로써 우리 문학의 보물고를 더욱 풍부히 하고 사상 예술적 수준을 새로운 높은 단계로 발전시키는 데 크게 이바지하였다. 그는 양반 출신으로서 자기 시대와 계급적 토대의 울타리를 벗어날 수는 없었으나 일찍이 청소년 시절부터 '해좌칠현'과의 접촉과 진지한 학구적 생활, 그리고 오랜 기간 지방관으로 벼슬살이와 유배살이를 통한 심각한 현실 체험으로 하여 창작에서 당시 기본 계층인 농민들의 생활과 지향을 어느 정도 반영할 수가 있었으니, 그것은 우리 나라 중세 문학 발전에서 거대한 의의를 가지는 하나의 사변으로 된다. 그리하여 그의 동시대 사람들은 물론 역대로 진보적 경향의 문인들은 한결같이 이규보를 고려 이전의 전 역사를 두고 우리 문학의 제일인자로 높이 평가하였다. 그와 거의 같은 시대 문인으로서 《보한집》의 저자인 최자는 이규보의 문학에 대하여 논하면서,

"문순공 이규보의 문집이 이미 세상에 유포되었다. 그의 시문을 보면 해와 달도 오히려 무색하다."

라고 썼다.

그러나 지난날 봉건사회에서나 일제 식민지 통치 시기에는 이규보의 값 높은 문학 유산이 백성들의 소유로 될 수 없었는데, 해방 후 대중들이 누구나 알기

쉽고 즐겨 읽을 수 있게 우리 말로 번역 출판할 수 있게 되었다. 우리는 이규보 문학의 긍정적인 면과 제한성을 옳게 가려 내어 비판적으로 계승 발전시켜야 할 것이다.

원래 제목으로 찾아보기

이규보 작품집 1 동명왕의 노래

ㄱ

가포육영家圃六詠 211

갈우渴雨 65

갈우渴雨 203

감흥感興 137

강남봉고인江南逢故人 478

강두모행江頭暮行 346

강상월야망객주江上月夜望客舟 339

견아동농지유작見兒童弄枳有作 330

견인가양잠유작見人家養蠶有作 216

경복사노상작景福寺路上作 340

경인십일월이십일일 장류위도~庚寅
十一月二十一日 將流猬島~ 140

계관화만원성개 자하지추계 애이부
지 잉요이백전학사동부鷄冠花滿苑
盛開 自夏至秋季 愛而賦之 仍邀李百
全學士同賦 273

고열苦熱 161

고열재성중작苦熱在省中作 513

고우苦雨 159

고우가苦雨歌 252

고한苦寒 242

과송림현過松林縣 225

과연복정過延福亭 532

관롱환유작觀弄幻有作 522

관성 치주박생원 전양평주공로 득황
자冠成 置酒朴生園 餞梁平州公老 得
黃字 406

관진생공도이원 취동파시운증지觀晉
生公度理園 取東坡詩韻贈之 455

관청충상벽화접觀菁蟲上壁化蝶 297

구연래舊鷰來 299

구연래舊鷰來 370

구월고우九月苦雨 383

구월육일문로병래둔강외 국인불능
무경 이시해지九月六日聞虜兵來屯
江外 國人不能無驚 以詩解之 56

금중소金中笑 93

기묘사월일득계양수 장도조강유작己
卯四月日得桂陽守 將渡祖江有作 149

기미오월일 지주사최공댁천엽류화
성개 세소한견 특환이내한인로 김
내한극기 이유원담지 함사직순급

여 점운명부운己未五月日 知奏事崔
公宅千葉榴花盛開 世所罕見 特喚李
內翰仁老 金內翰克己 李留院湛之 咸
司直淳及予 占韻命賦云 278
기박학사환가야금寄朴學士還加耶琴
453
기상서댁부노원奇尙書宅賦怒猿 301
기상서퇴식재용동파운부일절奇尙書
退食齋 用東坡韻賦一絶 357
김군걸부소음녹자배용백공시운동부
金君乞賦所飮綠瓷杯用白公詩韻同賦
534
김내한신정휴주내방 즉석주필사지金
內翰莘鼎携酒來訪 卽席走筆謝之 469

ㄴ

노기老妓 525
노무편老巫篇 182
노방이영路傍二詠 374
노상봉고인구호路上逢故人口號 426
노상영설路上詠雪 266
노장老將 86
농중조사 망강남령籠中鳥詞 望江南令
153
누식주리屢食朱李 336

ㄷ

단오견추천여희端午見鞦韆女戲 508
대농부음代農夫吟 190
도박생아 겸서몽중사悼朴生兒 兼書夢
中事 529
도소녀悼小女 504
도앵부陶甖賦 537
도적성강도赤城江 344
도휴어稻畦魚 209
독본초讀本草 115
동명왕편東明王篇 22
동문외관가東門外觀稼 193
동백화冬柏花 287
두동자조頭童自嘲 109
두문杜門 132
득선명도得蟬鳴稻 195
득흑묘아得黑猫兒 316

ㅁ

마암회빈우 대취야귀 기소견 증향교
제군馬巖會賓友 大醉夜歸 記所見 贈
鄕校諸君 444
막도위주락莫道爲州樂 124
만망晚望 268
망남가음望南家吟 174
명일대우부작明日大雨復作 205

모춘등하북사루暮春燈下北寺樓 150

무술정월십오일대설戊戌正月十五日
大雪 72

문관군여로전첩聞官軍與虜戰捷 59

문국령금농향청주백반聞國令禁農餉
淸酒白飯 100

문군수수인이장피죄聞郡守數人以贓
被罪 96

문달단입강남聞達旦入江南 50

문동년한추밀훙聞同年韓樞密薨 436

문비직승범계피형 이시희지聞批職僧
犯戒被刑 以詩戲之 98

문앵聞鸚 310

문운제현위대수소표聞雲梯縣爲大水
所漂 218

문호종입강동성자보재성중작聞胡種
入江東城自保 在省中作 52

ㅂ

박최이군견화 부차운답지朴崔二君見
和 復次韻答之 483

방선부放蟬賦 390

벽한서辟寒犀 176

병중사김학사인경견방病中謝金學士
仁鏡見訪 427

복고가 희우인독음腹鼓歌戲友人獨飮
441

부차운김군견화復次韻金君見和 462

불평不平 62

ㅅ

사계화四季花 281

사문생조렴우유원지가야금래황謝門
生趙廉右留院持加耶琴來貺 472

사문선로혜미여면謝文禪老惠米與綿
420

사양교감국준송앵도謝梁校勘國峻送
櫻桃 327

사원홍창통판김군휴량주견방謝元興
倉通判金君携粮酒見訪 404

사월십구일문야우四月十九日聞夜雨
202

사월유한四月猶寒 210

사월이십사일대우四月二十四日大雨
200

사월칠일우음四月七日又吟 163

사최천원종번혜양파궤병모謝崔天院
宗藩惠羊羓饋病母 495

산석영정중월山夕詠井中月 243

삼월유한三月猶寒 363

상구탄嫣嫗嘆 74

상수마傷瘦馬 360

서광鼠狂 106

서금주창벽상書衿州倉壁上 64

석화惜花 269

선蟬 296

설영雪詠 358

설중방우인불우雪中訪友人不遇 479

성취초醒醉草 381

손한장부화 차운기지孫翰長復和 次韻
寄之 79

송송좌승순절제새북送宋左丞徇節制
塞北 417

송우인지남전거送友人之南田居 434

송춘送春 239

송춘음送春吟 361

송화松花 376

숙갑군대명일장발유작宿甲君臺明日
將發有作 146

시야우작是夜又作 67

시월전十月電 55

시월팔일오경대설十月八日五更大雪
207

시일차운전군유작 겸증박군是日次韻
全君有作 兼贈朴君 477

시자질示子姪 491

시통판정군示通判鄭君 423

식증해食蒸蟹 321

신곡행新穀行 192

신묘정월구일기몽辛卯正月九日記夢
155

신청新晴 258

신축삼월삼일송장자함이홍주수지임

유작辛丑三月三日送長子涵以洪州守
之任有作 487

십이월십구일 피참견체 발주일유작
十二月十九日 被讒見替 發州日有作
120

십이월이십육일장입위도범주十二月
二十六日將入猬島泛舟 142

십이월이우보안현이진사한재가 사
향교제생휴주래위 좌상작十二月移
寓保安縣李進士翰材家 謝鄕校諸生携
酒來慰 坐上作 447

십일일우음十一日又吟 158

ㅇ

아삼백음주兒三百飲酒 502

안혼유감 증전이지眼昏有感 贈全履之
169

앵무鸚鵡 303

야문즙주성夜聞汁酒聲 527

야제夜霽 256

억이아憶二兒 498

영계詠鷄 304

영국詠菊 288

영국詠菊 294

영동詠桐 373

영서반화詠黍飯花 272

영설詠雪 262

영설詠雪 264

영설詠雪 358

영안詠鴈 389

오군견화부차운吳君見和復次韻 429

오덕전동유불래 이시기지吳德全東遊
不來 以詩寄之 468

옥매玉梅 372

옥야현객사 차운판상채학사보문이
화시沃野縣客舍 次韻板上蔡學士寶
文梨花詩 280

왜송矮松 388

외손해아학배外孫孩兒學拜 490

우고寓古 177

우구월육일문로병래둔강외 국인불
능무경 이시해지又九月六日聞虜兵
來屯江外 國人不能無驚 以詩解之
58

우누상관조 증동료김군又樓上觀潮 贈
同寮金君 350

우독산곡집차운우사偶讀山谷集 次韻
雨絲 260

우문관군여로전첩又聞官軍與虜戰捷
61

우용백공운 부문장로초리又用白公韻
賦文長老草履 519

우제불사의방장又題不思議方丈 517

우중관경자 증서기雨中觀耕者 贈書記
196

우차신채초옥시운又次新債草屋詩韻

165

우화유월삼일이시랑수김장원신정내
방화가천시음석차운又和六月三日
李侍郎需金壯元莘鼎來訪和家泉詩飮
席次韻 480

우화초당여제우생치주 취왕형공시
운 각부지又和草堂與諸友生置酒 取
王荊公詩韻 各賦之 134

원일희작元日戱作 228

원중문선園中聞蟬 312

월야문자규月夜聞子規 380

유견논犬 319

유동년충기견화 차운답지劉同年沖祺
見和 次韻答之 416

유북산遊北山 354

유어游魚 311

유원柳怨 365

유월십칠일방김선달철 용백공시운
부지六月十七日訪金先達轍 用白公
詩韻賦之 411

유월이십일구우홀청 여객행원중기
소견六月二十日久雨忽晴 與客行園
中記所見 347

유진游塵 524

유취민판관광효가 주인걸시 주필증
지留醉閔判官光孝家 主人乞詩 走筆
贈之 459

율시栗詩 324

음가원장미하 증전이지飮家園薔薇下

증전리지贈全履之 431

이병시리병시理病詩 76

이십구일입광주증진서기공도二十九
　　日入廣州贈晉書記公度 122

이월문로병유재남二月聞虜兵猶在南
　　54

이월초일일二月初一日 53

이월향만유한二月向晩猶寒 229

이진사대성요음 석상주필증지李進士
　　大成邀飮 席上走筆贈之 481

인기가화희작隣妓家火戱作 526

임수재구금전화이재林秀才求金錢花
　　移栽 286

입도작入島作 147

ㅈ

자남원도원수사일숙 환지남원 입인
　　월역 차벽상시운自南原到源水寺一
　　宿 還指南原 入印月驛 次壁上詩韻
　　343

자답自答 148

자순창군향전주 입갈담역 용판상제
　　공운自淳昌郡向全州 入葛覃驛 用板
　　上諸公韻 114

자이잡언自貽雜言 116

자조自嘲 123

자책自責 172

작소鵲巢 314

잡국개진 견명국지구월향회성개 애
　　이부지雜菊皆盡 見名菊至九月向晦
　　盛開 愛而賦之 277

장미薔薇 371

장부전주막부 이중민견증 차운답지
　　재왕선사방장작將赴全州幕府 李中
　　敏見贈 次韻答之 在王禪師方丈作
　　413

장향남원오수역누상 차벽상시운將向
　　南原獒樹驛樓上 次壁上詩韻 342

전주객사야숙서편회全州客舍夜宿書
　　褊懷 112

절구絶句 232

절화음折花吟 270

정유월십팔일대우 표인물가호 자
　　탄위상무상 시동료이상丁酉六月十
　　八日大雨 漂人物家戶 自嘆爲相無狀
　　示同寮李相 70

제박연제朴淵 516

제봉두사題鳳頭寺 356

제석천題石泉 349

제포구소촌題浦口小村 345

제함교감자진자석연題咸校勘子眞子
　　石硯 510

조강별처아환경祖江別妻兒還京 493

조명풍名諷 90

조취승야기작빙嘲醉僧夜起嚼氷 521

종화種花 283

좌상주필 사이첨사등제공 대설연견
　위坐上走筆 謝李詹事等諸公 大設筵
　見慰 449

주망蛛網 307

주필사대왕사문사송탄주필謝大王寺
　文師送炭 475

주필사문선로혜탄주필謝文禪老惠炭
　430

주행舟行 144

죽순竹笋 108

중구일영국重九日詠菊 293

중동우仲冬雨 259

증문장로贈文長老 425

증오제憎烏啼 306

지상영월池上詠月 257

진화가치주상화 취후주필陳澕家置酒
　賞花 醉後走筆 290

ㅊ

차운김장원신정견화채종시내방증지
　次韻金壯元莘鼎見和菜種詩來訪贈之
　465

차운노동년휴주견방유시次韻盧同年
　携酒見訪有詩 414

차운박환고남유시십일수次韻朴還古
　南遊詩十一首 484

차운백낙천춘일한거次韻白樂天春日

閑居 237

차운이백전학사부화계관화시次韻李
　百全學士復和鷄冠花詩 275

차운정비감부화사력감이시次韻丁祕
　監復和謝曆柑二詩 463

차운조유원화전시래정次韻趙留院和
　前詩來呈 470

차운화최상국선화황낭중제박내원가
　분중사영次韻和崔相國詵和黃郎中題
　朴內園家盆中四詠 377

차운황려현재유경로견기次韻黃驪縣
　宰柳卿老見寄 84

책묘責猫 298

초당여제우생치주 취왕형공시운 각
　부지草堂與諸友生置酒 取王荊公詩
　韻 各賦之 133

초당영우草堂詠雨 385

초당즉사草堂卽事 338

초몰草沒 387

초식주리初食朱李 334

촉제자囑諸子 489

촌가村家 223

추곡고승선최종번追哭故承宣崔宗蕃
　438

추송김선배상제환향秋送金先輩上第
　還鄕 433

춘감春感 235

춘망부春望賦 395

춘일우흥春日寓興 234

춘일잡언春日雜言 230

취가행醉歌行 352

칠월삼일문운제현 위대수소표七月三
    日聞雲梯縣 爲大水所漂 218

칠월삼일식림금七月三日食林檎 332

칠월삼일영풍七月三日詠風 241

칠월칠일우七月七日雨 245

화요花妖 382

황려여사유작黃驪旅舍有作 151

후수일유작後數日有作 104

흥천사강상우음興天寺江上偶吟 250

희우喜雨 68

희우喜雨 197

ㅌ

탁목조啄木鳥 136

탄협가彈鋏歌 180

퇴공무일사退公無一事 127

ㅍ

팔월이십일제능가산원효방八月二十
    日題楞迦山元曉房 514

ㅎ

하일즉사夏日卽事 248

한식일유풍무우寒食日有風無雨 368

한천견관전旱天見灌田 199

해당海棠 284

홍작약紅芍藥 285

시

기화낙천십오수시 인서집배旣和樂天
十五首詩 因書集背 190

ㄱ

가야금인풍자명加耶琴因風自鳴 171
강상우음江上偶吟 148
개국사지상작開國寺池上作 146
게시후관憩施厚館 144
견려도생침방남헌지방 유작見穮稻生
　寢房南軒之旁 有作 71
경중감영鏡中鑑影 191
고한苦寒 75
고한음苦寒吟 111
구묵죽求墨竹 269
구사진求寫眞 271
궁재상窮宰相 67
규정閨情 22
근유누공지탄 인부지近有屢空之歎 因
　賦之 60
금롱실솔金籠蟋蟀 110
기김학사창寄金學士敞 252

ㄴ

난돌暖堗 173
노상기아路上棄兒 33
논시論詩 222
누창한좌漏窓寒坐 169

ㄷ

대별미인代別美人 27
대인답代人答 66
도사평유작 渡沙平有作 30
도임진渡臨津 132
독도잠시讀陶潛詩 245
독서讀書 255
독이백시讀李白詩 238
독임춘시讀林椿詩 247
동당시원東堂試院 109

동야산사소작冬夜山寺小酌 178

등가원망해유작登家園望海有作 77

등북악망도성登北岳望都城 101

ㅁ

막태우행莫笞牛行 104

만성漫成 79

명일방주부도 순류동하 주거여비~
明日放舟不棹 順流東下 舟去如飛~
141

명일우제明日偶題 276

모춘강상송인후유감暮春江上送人後
有感 154

모춘병기暮春病起 112

문동당방방聞東堂放牓 107

문적선행 증내한이미수 좌상작問謫
仙行 贈內翰李眉叟 坐上作 241

미인원美人怨 24

민상시령부쌍마도閔常侍令賦雙馬圖
260

ㅂ

박군현구가 부쌍로도朴君玄球家 賦雙
鷺圖 266

반관난反觀難 50

발주유작시전객發州有作示餞客 58

방양연사 부소축백학도訪養淵師 賦所
蓄白鶴圖 264

범소선泛小船 127

범주泛舟 134

병신원일丙申元日 94

병중삼절病中三絶 185

병중유작病中有作 192

부로답태수父老答太守 56

부유서교초당復遊西郊草堂 123

부자상시벽復自傷詩癖 230

분고焚藁 228

ㅅ

삼마시三魔詩 232

삼월이십일남헌우음三月二十日南軒
偶吟 183

상마목相磨木 37

소금素琴 42

소병素屛 44

소정희작炤井戲作 96

수기작주睡起酌酒 188

숙사평진宿沙平津 133

숙쌍령宿雙嶺 116

시락詩樂 225

시벽詩癖 226

시월십구일유소방 이우미과 우성十

月十九日有所訪 以雨未果 偶成 158

신묘칠월복경후유제辛卯七月復京後
有題 93

신유오월초당단거무사 이원소지지
가 독두시 용성도초당시운 서한적
지락辛酉五月草堂端居無事 理園掃
地之暇 讀杜詩 用成都草堂詩韻 書閑
適之樂 85

ㅇ

───────────

앵계초당우제鸎溪草堂偶題 119

억구경삼영憶舊京三詠 150

억오덕전憶吳德全 153

여연로구이제색욕 유미거시주 시주
단유시우홍이이 불의성벽 성벽즉
마 여우지구의 점욕소성 선작삼마
시이견지이予年老已除色慾 猶未
去詩酒 詩酒但有時寓興而已 不宜成
癖 成癖卽魔 予憂之久矣 漸欲少省 先
作三魔詩以見志耳 232

여사유감 차고인운旅舍有感 次古人韻
138

연수좌방장관정득공소화어족자淵首
座方丈觀鄭得恭所畵魚簇予 258

연지시硯池詩 280

연파硯破 283

영망詠忘 156

영필관詠筆管 279

오월이십삼일제가천五月二十三日題
家泉 160

옥무屋蕪 69

올좌자상兀坐自狀 236

옹로擁爐 73

옹로유감擁爐有感 40

외부畏賦 205

우거천룡사유작寓居天龍寺有作 84

우견기구 인우의偶見氣毬 因寓意 203

우고寓古 201

우병중질승又病中疾蠅 177

우유산중 서벽상偶遊山中 書壁上 129

우음偶吟 167

우음이수유감偶吟二首有感 82

우이장편이수 구묵죽여사진又以長篇
二首 求墨竹與寫眞 269

우인견화부차운又人見和復次韻 275

우차절구육수운又次絕句六首韻 90

우치통又齒痛 175

우하음객사서랑유작寓河陰客舍西廊
有作 194

울회유작鬱懷有作 235

원일조회 퇴래유감元日朝會 退來有感
179

위심시희작違心詩戲作 80

유가군별업서교초당遊家君別業西郊
草堂 120

유영통사遊靈通寺 135

유월십사일초입상주六月十四日初入
尙州 125

을유년감시고열차유작乙酉年監試考
閱次有作 108

음주유작시좌객飮酒有作示坐客 204

응벽지凝碧池 277

이계시증우인二誡詩贈友人 48

ㅈ

자조自嘲 182

적의適意 164

전의유감 시최군종변典衣有感 示崔君
宗藩 61

정월칠일수록正月七日受祿 52

제전주효자리입석題全州孝子里立石
31

조이도사嘲李道士 106

좌이초롱左耳稍聾 68

주행舟行 139

주행舟行 139

중유북산重遊北山 199

집서세오월일 장유황려초출동문 마
상유작執徐歲五月日 將遊黃驪 初出
東門 馬上有作 114

ㅊ

차운김수재회영次韻金秀才懷英 103

차운백낙천노래생계시次韻白樂天老
來生計詩 181

차운윤국박위견여시문 이시기지 기
서목여위적선 여거지次韻尹國博威
見予詩文以詩寄之 其序目予爲謫仙
予拒之 248

차운윤학록춘효취면次韻尹學錄春曉
醉眠 165

차운이시랑수부화울회시次韻李侍郎
需 復和鬱懷詩 249

차운전이지유안화사次韻全履之遊安
和寺 251

차운진한림제묘정자대은루재시변次
韻陳翰林題苗正字大隱樓在市邊 99

찬수좌방장소축화로송병풍 사여부
지璨首座方丈所蓄畫老松屛風使予賦
之 256

천수사문외음天壽寺門外吟 35

초당우중수草堂雨中睡 162

초입황려初入黃驪 117

칠석영우七夕詠雨 28

ㅌ

태수시부로太守示父老 54

여박시어서서與朴侍御犀書 443

여유시랑승단수간與兪侍郞升旦手簡
  442

오덕전극암시발미吳德全戟巖詩跋尾
  314

완격탐신설塊擊貪臣說 391

왕문공국시의王文公菊詩議 312

용풍慵諷 378

윤공 묘지명尹公墓誌銘 467

위앙전론衛鞅傳論 330

위조조설원론爲晁錯雪寃論 341

이도걸퇴표二度乞退表 478

이산보시의李山甫詩議 310

이상자대異相者對 372

이옥설理屋說 388

ㅈ

전주목신조동파문집발미全州牧新雕
  東坡文集跋尾 476

접과기接菓記 398

조공뇌서趙公誄書 457

주뢰설舟賂說 387

주서문呪鼠文 370

지지헌기止止軒記 421

ㅊ

천인상승설天人相勝說 381

초당이소원기草堂理小園記 396

칠현설七賢說 389

ㅌ

태재기泰齋記 427

통재기通齋記 424

ㅎ

한신전박韓信傳駁 327

혁상인능파정기赫上人凌波亭記 433

현종원중창기懸鐘院重創記 436